花
笙
STORY

让好故事发生

月上的海兔

The Choice on the Moon

琮玄 —— 著

中信出版集团 | 北京

图书在版编目（CIP）数据

月上的海兔 / 琉玄著. -- 北京：中信出版社，
2024.7. -- ISBN 978-7-5217-6672-1

I. I247.5

中国国家版本馆 CIP 数据核字第 2024BY6683 号

月上的海兔

著者： 琉玄
出版发行：中信出版集团股份有限公司
（北京市朝阳区东三环北路 27 号嘉铭中心　邮编　100020）
承印者： 北京通州皇家印刷厂

开本：880mm×1230mm 1/32　　印张：9.5　　字数：226 千字
版次：2024 年 7 月第 1 版　　　　　印次：2024 年 7 月第 1 次印刷
书号：ISBN 978-7-5217-6672-1
定价：49.80 元

版权所有·侵权必究
如有印刷、装订问题，本公司负责调换。
服务热线：400-600-8099
投稿邮箱：author@citicpub.com

目录

第 1 章	介于日与夜之间	001
第 2 章	以人之名,神之相	020
第 3 章	穿过暗流的光	035
第 4 章	待到星河重叠	056
第 5 章	将落日温柔地撕裂	073
第 6 章	是树奏响了风之诗	090
第 7 章	手心的海浪	105
第 8 章	万花如洪流席卷	122
第 9 章	越过山巅,越过海啸	141
第 10 章	在天幕落下之前	159
第 11 章	无论是冰雪还是飓风	179
第 12 章	去穿过瀑布	194

第 13 章　月上的时光　　　　　　207

第 14 章　向陆地与一切道别　　　219

第 15 章　这滔天的冰水啊　　　　233

第 16 章　这纷飞的火焰啊　　　　250

第 17 章　终于城市开始坍塌　　　265

第 18 章　化作宇宙中流淌的　　　279

尾声　空空如也、无边无际　　　　292

后记　一切如此轻轻又充盈　　　　295

第 1 章　介于日与夜之间

季风已经 22 岁了，但是她还没决定是要成为男性还是女性。

人类有两次发育期。无论你生下来是什么原生性别，在 18 岁时都可以通过自我意识来决定身体的性别，此时还有许多人会犹豫不决，也没关系，在 24 岁还有最后一次机会，但无论你是否做出决定，到 25 岁都会被定性。

季风出生时是女孩，但是一直被当成男孩养大。直到她的弟弟意外降生，家里的经济状况又遇变故，她的父母经过商议，擅自决定让她不要转性了。当然，外人是做不了主的，这得看她自己的意识倾向。

"你是男的女的？"这个问题，季风经常听到。

因为过了 18 岁她还没做好决定，所以身体特征呈现出既不是男人又不是女人的样子。她身形修长，有着棱角分明的五官和白皙细腻的皮肤，发型既不算长发又不是很短——这似乎是大家默认的规则，如果你还没定性，那么你就不该选择过于男性化或过于女性化的发型和着装。

又来了，季风看着比自己矮小的师父心想。她回答："现在是女的。"

穿着连体工装的师父露出惊讶的表情："你年纪也不小了，这有什么值得犹豫的吗？你如果是男的，就能多拿 25% 的工资。"

季风问："为什么？"

师父发出嗤笑声："什么为什么,因为男的力气大,能吃苦耐劳。"

季风说:"我力气很大。"

师父带些敌意地打量季风的个头,不情愿地摆摆手:"你要是男的,能比现在再高个两头都不止。"

季风说:"我还有个弟弟。"

师父一听这话,就不再多说什么了。他走向货车,说道:"以后你就管我叫师父,会开车吗?"

季风追上去,说:"会。"

货车从搬家公司一路往外开。师父自我介绍姓陈,名顾家,问季风是不是第一天上班。季风点点头。他又问:"以前没工作经验?"

季风说:"经常打工。"

陈顾家瞄一眼季风的双手:"倒是一双干活儿的手。都干过什么?"

季风说:"我家做烧烤的,从小就帮忙。"

陈顾家问:"那怎么跑出来打工了?"

季风说:"家里只做晚上,白天有空,就想多挣一份。"

陈顾家百无聊赖地看着前方:"你这人够闷的,跟你说话得挤一点儿是一点儿。"

季风于是思索了一番,生硬地找了一个话题:"师父,你吃了吗?"

陈顾家"哈!"地笑出声,没有搭理她。

这是一台陈旧的中型货车,季风坐在哐啷作响的副驾驶座,望着窗外,享受夏风拂面。大多数时候,她都是一个沉默的人,因为她还没决定自己要用哪一种性别视角去看待世间万物,所以她不知道自己该用男人还是女人的身份去与人说话。

两人进了顾客的家,那是一对夫妻。女的见了季风明显眼睛一亮,表现出很是喜欢的样子,男的则有些挑剔:"就你俩啊?我们这些东西都挺沉的,行不行啊?"

陈顾家因为个头不高又精瘦,习惯了这样的发问,于是亮出绳索和板车,说:"多沉都行,放心。"

季风也是经过了培训,动作非常麻利,已经去一边闷不吭声地开始给电视机打包了。女主人热情地迎上来,问:"要不要喝水?"

这栋老楼没有电梯,所以季风要跟陈顾家一件一件把东西从楼梯间里抬下去。在抬沙发的时候,陈顾家站在上边,失手了。只见笨重的三人沙发一路咚咚咚地往下出溜,他吓得大吼:"当心!"因为季风就站在下边等着接应。

沙发停下来了,悄无声息的。陈顾家脱口而出:"糟啦!"这才第一天,就把徒弟带出工伤。他从墙壁与沙发的缝隙里挤下去,小心地问:"还活着吗?"

季风探出头来,双手托住了沙发,整个人毫发无损地对他说:"我力气很大。"

干完活儿,在回去的路上,就是季风开车了。

陈顾家倚着车窗在抽烟,说:"你人挺不错的,我就给你说些掏心窝子的话,你还是当男人吧。那罚款其实也没几个钱,你干个半年一年的,就能给交上。"

见季风不接话,他吐一口烟圈,继续说:"你看得出来吗?我的原生性别是女性。"

季风瞥了他一眼:黝黑粗糙的皮肤,干燥的嘴唇被一圈浓密的胡须包围着。她说:"看不出来。"

陈顾家说:"我家就我一个孩子,所以我从小就被当男孩养。"

季风点点头,开始走神。

陈顾家接着说他小时候是多么懂事乖巧,而青春期又是如何挣扎,最后是怎么做出选择的。这些话,对季风来说都不新鲜,她听过太多类似的故事了。几乎每一个人都觉得自己经历了不一样的挣扎,但其实所有人的"挣扎"听起来都差不多。

她想到自己最后也不过是和所有人都"差不多",就觉得了无生趣。

回到公司时,已经夕阳西下,几乎所有穿着制服的人都坐在户外的台阶和石墩子上吃饭,有人正端着饭和水往外走,冲陈顾家远远地打招呼:"回来了?正赶上吃饭!"

陈顾家走上前去,问:"怎么都坐外头?"

有个光着膀子的男人回答:"空调不制冷,外头凉快。"他抬抬下巴,冲季风努一努嘴,"这是新来的?"

陈顾家敲一敲季风的后背,说:"对,我徒弟,季风,快叫喜哥。"

喜哥虎背熊腰,有两个陈顾家那么大,他大笑:"哟,你也算混成前辈了。"

陈顾家满脸赔笑,转身却冲季风低吼道:"还不快去食堂领饭?等会儿就没了。"

季风说:"我不在这里吃了,等会儿跟朋友吃饭去。"

季风的朋友来了,那是一个纯粹至极的女人,而且是一个美女。

起初有一个男人抬头发现她,立即看得呆了。其他男人则像是有感应一般纷纷抬起头,像是兽群发现了猎物,都停止了咀嚼的动作,甚至忘了合上嘴。

众人交头接耳,似乎在相互确认自己没有在做梦:"好女人啊……"

有几个人开始吹口哨，矜持的则向季风打听："那就是你朋友？""叫什么名字？""有对象吗？"

季风没有理睬他们，径直朝禾智慧走去，有意无意地用后背遮挡男人们的视线。

但是禾智慧很享受这样的注目礼，她笑眯眯地向左边倾身，躲开季风这个人肉挡板，向男人们友好地挥了挥手。这举动引发了变本加厉、肆无忌惮的起哄声。

季风接过禾智慧手中的遮阳伞，把她一把拽到自己的阴影里，将她整个人挡住，有些不悦："你干什么？"

禾智慧故作无辜地瞪大眼："跟你的同事搞好关系啊。"

季风说："不需要。"

"你生气了？"禾智慧笑起来的声音也是丁零零的，像是把全世界最甜的东西给浓缩后再凝结，又腻又脆，似乎碰不得，一碰就碎。她亲昵地挽着季风，说："你知道我最喜欢看你生气了。"

两人去了禾智慧相熟的街边小馆，她一进门就受到了老板的热情欢迎，她也亲热地回应着。这屋里阴暗，但她短裤下的两条细腿白得反光，惹得其他食客不住地往这边打量。

季风将她按在椅子上，又脱下衬衫盖在了她的腿上，压低声音责怪道："怎么又是这家店？你看有女人进来吃饭吗？"

老板端着掐点做好的一锅炖肉上桌，跟季风说："听小慧说今天是你的生日，所以这顿算我请的！生日快乐！"接着，他又扭脸冲禾智慧道："几个炒菜马上出锅，要不了三分钟，啤酒你们自己去冰箱里拿，喝多少都算我的。"

禾智慧笑嘻嘻道："武哥哥最好了！"说罢，对季风得意地挑了挑眉毛，算是回答了她的问题。

季风皱眉嘀咕："一些小便宜。"

禾智慧玩起手边的筷子，满面笑意："都是智慧。"

四道菜上齐，三荤一素，红红绿绿的，摆在桌上很惹食欲。但是季风不太下筷子，她心里别扭。

禾智慧倒是吃得高兴，夹起一块肉放在季风的碗里，说："你不适合当女人。"见她不吃，又夹了一块肉放在米饭上，"你还没决定吗？那不如就听我的吧。"

在季风闷不作声时，一个插着"22"数字蜡烛的生日蛋糕被放在了桌上，她抬头看向禾智慧。禾智慧一边拆开塑料的刀叉，一边说："这个会吃吧？这可是我自己买的，别糟蹋我的钱。"

吃完饭，季风一手提着还剩下大半个的蛋糕，一手扶着微醺的禾智慧送她回家。季风的衬衫就一直系在禾智慧腰间，替她遮着屁股。

夏风袭来，禾智慧瞥了一眼季风几乎没有波澜的胸口，满意地轻哼一声。季风瞪她一眼。禾智慧挑衅地说："也可能来不及了。"

禾智慧租的房子位于市中心最繁华的地段，但是间"老破小"的一室户，还是顶楼。两人开始爬楼梯，禾智慧边哀叹边自言自语："明年我一定要搬到有电梯的房子。你跟我一起住吧，我不收你房租。"

"别想了。我得照看家里的生意。"

"让你弟管就好了，反正那铺子以后也是他的。"

"他还小，读书重要。"

"小风，如果你真的很在意家里的生意，你成为男人后，那个店就算不全归你，至少也有一半是你的吧？"

季风站在禾智慧的家门前，冲她歪歪头，示意她掏钥匙开门："我有我自己的打算。"

禾智慧说:"真要有打算,你18岁就做出选择了。"

门开了,屋里没有厨房,冰箱就在洗手间门外,贴着书桌,而书桌旁边就是床。季风熟门熟路地把蛋糕放好,说:"你工资不是挺高的嘛,早就可以住大房子了。"

禾智慧坐在床上,一边喝水一边说:"我得存钱啊。像我这样的大美女,你不给够钱,我爸妈可是不会放人的。"

季风听了笑起来:"你在存钱好叫我娶你?"

"你笑吧。"禾智慧伸手把季风拽过来,让她倒在床上,居高临下地看着她,"反正你什么打算都没有,把人生交给我安排就好了。"

季风的眼珠子转向一边,她似乎很不满,但也不回嘴。

禾智慧叹了一口气,也倒下来,枕在季风的肩上。从两人的视角往窗外看,只能看到一点点夜空,整个天幕被对面的楼给遮得差不多了。但两人都感到短暂的安逸,一时间,室内只有均匀的呼吸声。

禾智慧问:"你在看星星吗?"

季风说:"没有啊,没有星星。"

"那你在看什么?"

"什么也没看,什么也没想。"

又一阵短暂的沉默后,禾智慧说:"我存钱也是为了英雄,她15岁了,到时候该交罚款了。"

季风问:"她自己也决定要做男生吗?"

禾智慧说:"爸妈的心愿就是她的心愿,而且这在她出生的时候就决定了吧。"

季风陷入沉默,禾智慧支起上半身,说:"我看她可高兴喽,校服都选男款呢。我还挺感谢她的，如果没有她，我就得做男生了。"

季风看着她的眼睛问："你好像一刻都没犹豫过，在我认识你的时候，你就是一个完美的小女孩了。"

禾智慧笑起来："也没有很完美吧。但是我确实没有犹豫过，现在我也更坚信我的选择是对的……"

她深深地凝视着季风的双眼，像是要把季风的灵魂从眼睛里抽出来。这使得季风感到压力和压迫感，她把脸别过去，轻声叹息。

禾智慧从身后抱着她，替她说出心声："如果可以不长大就好了。"

天黑了，季风要赶回家去帮忙。禾智慧的出租屋虽然坐落于市中心，但是深藏于陋巷，到地铁站还得走上二十来分钟。

稀疏的路灯照不亮细长的巷子，季风听着自己的脚步声在夜里回荡，不禁加快了脚步，同时把塞在裤子口袋里有公司标志的帽子扣在了头上，以此增加一些安全感。

终于走到了繁华的大街上，她长舒一口气，放缓了步伐，却在路过便利店时，通过十字路口的凸面镜发现有个男人在跟踪自己。

那男人宽肩大个头，穿着一身看起来价格不菲的运动服，薄薄的衣料下健身痕迹鲜明——如果打起来，季风觉得自己完全没有胜算。

对于这样的突发状况，她又惊又疑地小跑起来，结果对方也跑了起来。这就很明显了，他的目标就是她。

她跑得更快了，对方边追边喊："哎，等一下！等一下！你、你是季风吗？"

听到他喊自己的名字，她迟疑了半秒，但脚下没有停歇。他认得自己？她边跑边回想自己是招惹过谁，又或者是自己的爸爸又惹是生非了吗?

毕竟是健身的人,又有一双夸张的长腿,来者很快就追上了季风。他一手就握住了她的胳膊,像是虎口钳着小兔脖子。这无法与之抗衡的力量差距,让季风的后背瞬间冷汗淋漓。

男人的声音又急又兴奋:"你跑什么?你是季风吗?"

季风呼吸还乱着,瞪大了眼睛辨认眼前的人是谁。对方一手挑起她的帽檐,两人终于四目相对,她看见他双眼里满是星光,热切、奔涌、火光冲天。

"真的是你!戴着帽子我没敢认!"他更兴奋了,"是我啊,姜幼辰,我回来了。"

"姜幼辰?"季风在脑海里飞快地回顾往事。眼看着姜幼辰面露失望,这有些沮丧的表情终于使她从人像库里对上号了,她惊呼:"你怎么变成男人了?"

姜幼辰再度激动起来。"对!是我!你还记得。"他因为过于兴奋而滔滔不绝,"我18岁就完成转性了,现在是个彻彻底底的男人!我长高了快三十厘米,天啊,你还记得我以前有多矮小吗?你看,我以前都是仰望你的,季风,你摸摸我的肌肉——"说罢,他把季风的双手按在自己的胸膛上。

季风也不矜持,还真捏了两下,这令姜幼辰得意起来:"怎么样?我一周泡两次健身房。"

季风笑了:"还可以。"

姜幼辰小心地打量了一下季风,有些不确定地问:"你现在……"

"还是女人。"

此话一出,季风注意到姜幼辰明显有些高兴,这却叫她不高兴了。

她收起笑容，扭脸往前走。

姜幼辰亦步亦趋地跟上来，奇怪道："你生气了？"

季风直视前方，看着人群自言自语："你们都只关心这个。"

"谁们？什么？"姜幼辰快走两步，张开双臂拦在她身前，"季风，我还有很多话想和你说。"

"我没空。"季风说，"我要回家帮忙看店。"

"你们家做生意了？我开车送你回去。"姜幼辰抬手指着远方，"我有车。"

姜幼辰的车停在健身房的楼下，是一辆银色的跑车，季风不认识牌子，但是光看外表就知道很贵。她坐进去之后，感觉自己几乎是躺着的，很不自在地哼了一声。为了掩饰尴尬，她说："这车就只能坐两个人吗？感觉很不方便。"

姜幼辰说："还好吧，我独来独往惯了，不喜欢带人。"

"那你让我上车？"

"你不一样啊，你……很特别。"

季风心不在焉地嗯了一声。车里的古龙水香味让她思绪飘散，她很少闻到这种象征"另一种生活"的气味。这和变成男人的姜幼辰一起，形成了一种奇异的冲击，使她好像身处自己本不该存在的虚幻空间里。

那个瘦小的、说话时会缩起肩膀，就连生气和哭的时候都细声细气的单眼皮女孩，如今竟然变成这么强壮的男人。

低沉的嗓音打断了季风的回忆："你还记得我在体育课崴到脚，是你背我去的医务室吗？当时我太痛了，一直哭，等你把我放下的时候，我才发现你的脖子被我的胳膊勒出了一圈红印子，你说我差点儿没把你给勒断气。"

季风看向正在说话的姜幼辰,他一手扶着方向盘,一手在空中比画,整个人是非常放松又自信的状态。

他的胳膊好粗,和曾经勒着自己脖子的那条细胳膊,已经完全不像一个人的了。

季风指挥道:"往高架桥上开。"

姜幼辰说:"我认得路,金龙花园对吧?"

她答:"不对,我已经不住那里了。"

他有些惊讶:"哦,搬家了啊。那个,跟你玩得很好的那个呢?"

"禾智慧吗?"季风说,"她还住那里。"

"她肯定还是老样子。"

季风知道他在说禾智慧"肯定还是女生",于是点头道:"嗯。"

"她那时候就像公主一样了,走到哪里都是焦点,我觉得她舍不得那些视线。"姜幼辰有些出神,"换我像她那样……"但是他很快又回过神来,突然发问,"你不觉得我很帅吗?"

季风诚实地说:"是很帅。"

他笑了:"我现在要什么有什么。"

"你对自己很满意吗?"

他笑意更甚,音调也扬了起来:"非常满意,如果满分是一百,我给自己一百五,不,两百。"

季风的语气很平静:"恭喜你。"

跑车在高架桥上行驶得很平稳,这使得本就静谧的狭小空间显得更静谧了,所以姜幼辰开口说话的声音在季风耳边犹如立体环绕声:"季风,你现在的样子就是最好的,你没有变,真的太好了。"

季风摸了摸车窗:"这个窗怎么开?"

姜幼辰说:"你想透气?我来吧。"

风灌进来,季风感觉好多了。

在季风的指挥下,车越往前开,周围的光源越少,似乎要将两人带进黑洞去。

姜幼辰问:"搬得这么远吗?"

季风说:"嗯,我爸爸欠了很多钱,就把原来的房子卖了,在郊区租了个铺子做夜宵,现在我们全家人都在替他还债。"

"叔叔干什么了?赌博吗?"

"他没有那样的胆子,就是被熟人骗了。出发点是好的,想让我们过上好日子。"

前方终于有光亮了,人声也嘈杂起来。夏夜,大家都愿意出来乘凉,这一路上,有许多大爷坐在家门口的藤椅上摇着蒲扇,还有一些小男孩在举着水枪奔跑。

季风指着马路对面的一栋两层小楼,说:"到了。"

姜幼辰掏出手机,说:"我什么时候可以再见到你,明天行吗?"

"我白天要打工,晚上要看店。"

季风接过手机输入自己的手机号。姜幼辰不放心,直接拨了过去,见到她手机振动才放心。

"那你的店几点收摊?"

"一般到凌晨三四点。"

姜幼辰还有些不舍,双手捏紧了方向盘,似乎在鼓起勇气,最后扭过脸来,绽放一个恳切的笑容:"我可以去吃吗?"

"不可以。"

季风下了车,看见妈妈易杰正在把桌椅往店门外摆放,赶忙跑过去帮忙。

易杰和季风不太相像,她体形浑圆,长年累月的风吹雨淋和昼伏夜出,使她愈发结实,看起来虎背熊腰,加之顶着一头蓬松的烫发,更显得一脸悍相。周边跟她相交不太好的邻居提起她时,会用"母熊"做代称。但也正因为她性格泼辣,在这鱼龙混杂、靠实力吃饭的夜市里,他们家的店才能生根发芽。

易杰抬眼看见了银色跑车,问季风:"你坐那车回来的?那谁啊?"

季风说:"朋友。"

易杰双手叉腰,眯起眼仔细观察:"你还能有这么有钱的朋友?男的女的?"

季风边摆桌椅边回答:"我跟他不熟,就是路上遇见了,蹭了一下车。"

易杰似乎有些不甘心,直到那辆名贵跑车从视野里消失,才转过身对季风说:"你也得学着把握。"

季风把煤气罐拖了出来,边排列已经穿好的串儿边问:"把握什么?"

易杰挥挥手,赶走正打转儿的蚊子:"把握机会,把握人生,把握好男人。"

有客人来了,点单道:"老板,来十串羊肉、五串牛肉和五根鸡翅,再来一份炒粉。"

易杰赶紧答应:"好嘞!"她拿起锅铲,扭身对季风喊道:"你去把电视打开,把炒粉的家伙拿出来,赶紧地,要上人了。"

季风先打开了悬挂在墙上、面朝着餐桌的电视,再手脚麻利地把放着大黑锅的小炉灶给拽了出来,摆在串摊边上。在易杰一手抓起配菜的时候,她已经热上油、磕上蛋了。两把黄瓜丝和豆芽扔下去,季风扒拉了两下,易杰一边烤串儿,一边又抓起一把米粉投了过来。母女俩配合得十分默契,不一会儿,客人的点单就齐活了。

店里的四套桌椅和店外的八套,不知不觉间就坐满了一半,季风一边干活儿,一边听着电视里的新闻:"今年的性别普查数据还未公布,据相关人士透露,形势更为严峻了,有关部门表示会尽快出台相关举措……"

季风擦一把汗,扫视了一圈,除了一对情侣和一对夫妻里的两位女性,今晚的食客几乎都是男人。

电视里有个专家被采访,他在呼吁:"就应该立法禁止成年后的转性,大自然对我们人类自有安排,我们就应该遵从上天赋予的原生性别,这样的话,不需要任何外力干涉,我们的性别比例很快就会——"

他情绪高昂,却被记者相当强势的提问给打断:"不好意思,打断一下!请问您的原生性别是?"

"这个嘛……"

声画很快就切到了其他专家的发言。

有一位提到了性别比例失衡的灾害性:"在我们人类的历史上,大量的富余男性,最终都是通过战争消化的,当然,我们应该尽可能避免这样的惨剧发生……"

有一位提出了解决方案:"依我看,针对成年后转性的罚款不是不该罚,而是方式方法应该改一改了。从现有的数据来看,有一个不能忽视的事实,那就是虽然无论什么原生性别在成年后转性都要罚款,但几乎都是女性选择转为男性……这里面有很多社会面的成因,比较复杂,我不好总结,我只说我的建议。那就是应该对原生女性转男性的加重罚款力度，对男性转女性的则进行奖励。如此，根据我的模型计算，不出一代人，我们的性别比例就会得到很大的改善……"

"嗐，又在那儿胡扯。"一个正在吃串儿的客人不屑地笑起来，他对坐在对面的朋友说，"女的少吗？哪儿少了，不到处都是？说得这么可怕。"他用光秃秃的铁签子指着易杰说，"老板娘不是女的？"又指着季风说，"你不是女的？"

季风瞥了他一眼，没接话，扭头继续炒粉。

那客人却非要跟她搭话："哎，妹子，是妹子吧？你多大了，成熟了没？"

易杰接话道："这是我女儿！"

客人说："知道是你女儿，我家里不是有个儿子嘛，看着跟你家女儿一般大，我想问问有没有对象。"

坐他对面的朋友笑起来，对易杰起哄道："别搭理他，他家儿子是转性的，我家的是原生的，你家女儿可以跟我家儿子认识一下。"

易杰笑一笑："你们喝醉了。"她拍一拍季风说："你爸去进货这么久了还没回来，不知道躲哪儿逃避劳动呢，你去找找他。"

季风沿着丰沛路的商铺一家一家找过去，一路上有许多店家跟她打招呼——这条街上的人是看着她长大的。

"小风，你家还没出摊啊？你跟这儿闲逛。"

"季风，我这儿还剩下几条鱼，你看你妈需要不，我可以给她片好了送过去！"

"小风，你能不能过来帮我看下这条短信什么意思？"

"小风，你是不是在找你爸呢？我刚看见他在宏叔那里喝酒。"

季风一路走，一路和他们搭话，都是叔叔阿姨、爷爷奶奶。她喜欢年长的人，因为他们会把她当成孩子看待，而孩子是没有性别的。

她讨厌和自己一般年龄的年轻人，无论是熟悉的还是陌生的，他们看她的眼神让她很不舒服，那是一种猜度、估量又怀有期待的眼神。

至于孩子，她对他们的态度是消极的，因为他们最终都会成为大人，像是她这样的，或是她的爸爸妈妈那样的，反正都差不多的大人。

走了大约半小时，季风确实在宏叔的五金店门口找到了爸爸季永强。他正坐在店前的马扎上，旁边的线圈座子上放着空啤酒瓶。

喝得满面通红的季永强看见了季风。虽然父女之间只有三米不到的距离，他却举起手大幅度地挥舞起来："我在这里！"

季永强的个头接近一米八，还好他十分消瘦，所以还能蜷缩在小马扎上，但一双瘦长的腿屈成了像是被叠起来的诡异模样。

季风走过去，拿走他手上还剩半瓶的啤酒放到一边："你喝了多少？"

宏叔拿了两瓶还没开盖的啤酒，从里面走出来打招呼："哟，小风，还没喝上呢，才刚喝了两瓶。"

季风看见季永强的脸颊有瘀青，问他："你跟人打架了？"

季永强比出个"嘘"的手势，光头大肚子的宏叔则发出大笑，他告诉季风："这是你妈妈打的。真够没用的，你爸怕不是我们这条街上唯一挨老婆打的。"

季永强摆摆手："我！好男人！不还手！不跟女的计较！"

宏叔拉开一把椅子坐下，边起开啤酒瓶边说："小风以后可别像你爸这么窝囊。"

季永强说："小风不是我儿子，是我女儿。"

宏叔补充："哦哦，不管男的女的，都不能像你。像她妈妈最好，彪，不吃亏。"

"走吧，回去了。"季风踢一踢季永强的脚尖，"你的车呢？我来骑。"

季永强站起来，他没有喝醉，但整个人走起来还是左摇右摆的。他边走向挂满了鼓鼓囊囊的塑料袋的电动车，嘴中边嘟囔："女儿骑车带老爸，像什么话？"

季风骑着电动车，季永强坐在她身后，两只手各提着好几塑料袋调味料。

季风问："妈妈怎么就打你了？"

季永强说："就是那个嘛，中午的时候，我嫌她做的面太酸，她醋倒得跟不要钱似的，讲了两句，两人就都有点儿来气。她也不是动手，就是推了下我，我撞到了那个橱柜上。"

季风哦了一声，不再搭话。

季永强却滔滔不绝起来："小风，你说，爸爸是不是好男人？不赌博，不抽烟，偶尔喝点儿酒，从来不在外头过夜，从来不跟你妈打架。好多男的别看在外面像个好人，在家里都打老婆的。你宏叔看着笑眯眯的，但他老婆就是被他打跑的。"

季风接话："那你还跟宏叔玩？"

"我没跟他玩，看他一个人在那里喝酒怪可怜的，陪了一下，而且他现在改过了。"

"改过了？不管真的假的，反正都是为了再找一个老婆吧。"

"那肯定找不到了，他那么一把年纪了，就算再年轻个十岁……"季永强突然笑起来，"估计都没我抢手。这年头，只有好男人才有市场。"

季风觉得好笑："你好？你好在让妈妈那么辛苦？"

"又不是她一个人辛苦，我没干活儿？开店这事儿不是我张罗的？

屋里那墙不是我刷的?"因为风声太大,盖过了说话声,季永强伸长脖子,在季风耳边大声说,"小风,听我说,当男人真的很苦,想要娶老婆、养家,更是要吃得苦中苦。得有担当,像一头老牛一样驮着全家人前进,是家里的大树,给家里人提供养分……你呀,可以不用当男人,很幸福。"

季风问:"爸爸,照你这么说,那你为什么不叫季灿当女生?你就舍得他吃苦?"

"哎,那是因为一儿一女正正好嘛!"季永强语气有些不耐烦,"而且转性不是要交罚款嘛,你看咱们家这么巧,正好一儿一女,省钱!这话我们不是说过好几次了嘛,翻来覆去地说。"

季风闷不吭声地骑着车,季永强看她好像不高兴了,用下巴点一点她的肩,以讨好的语气笑起来:"小风,你信我,别觉得爸爸在骗你,如果时光倒流,我真想跟你妈妈商量,我做女人行不行。"

季风笑出声:"你?女人?我想象不出来。"

季永强说:"那我可能还挺漂亮呢,你看你不就是像我,皮肤白。"

回到自家的"杰强烤串"店前,季永强跳下车,嬉皮笑脸地冲向易杰:"老婆,我回来啦!"

易杰抬头就开始骂:"我这儿忙得要死,你怎么没死在外面啊?!"

季永强搂过她亲一口脸,就自觉地挽起了袖子,端起堆满了烤串的铁盆,问:"哪桌的?"

"二号的。你把四号的钱收一下,我这儿没手了。"易杰说完,对停好电动车、双手提着调料的季风大声下令,"季风,孜然快没了,你先兑到瓶子里,再拿给我,然后把外卖单子的炒粉给做了。"

季风点点头,也忙碌起来。

忙到凌晨三点多，最后一桌客人也散了之后，季风脱下围裙，准备开始收桌椅，易杰叫住她："先别收，来，坐下。"

季永强从厨房往外端出来一个插着蜡烛的蛋糕，边唱"生日快乐"边走过来。

季风见了，嘴角不禁上扬，但还是有些抱怨："昨天才是我的生日，这都过零点了。"

易杰说："哎，我们都没睡呢，怎么能算一天过去了呢？"

三个人围坐一桌，季永强感叹："可惜你弟住校，不然也能陪你过生日。"

季风原本已经倾身要去吹蜡烛，听了这话又直起了后背："我白天已经跟智慧吃过蛋糕了，这个留给小灿吧。"

易杰一拍她的后背，说："哎，这是你生日又不是他生日，留什么留？快吹！许个愿。"

季永强鼓掌："对，许愿我们家发大财，住别墅！"

易杰白他一眼："还是先把钱还上吧。"

季永强憨笑着转移话题，指着店对面的吉普车，问："那车看着挺贵的啊，多漂亮，咱们家什么时候再弄辆车？"

季风扭脸看过去，见到姜幼辰站在车边，朝她挥手。

第 2 章 以人之名，神之相

季风走向姜幼辰，问："你怎么又来了？"

姜幼辰换了一身休闲装，说："我回家洗了个澡，换了身衣服，我看你坐我那车不太舒服，就换了台。"

季风皱眉："你还是没说你来干吗。"

姜幼辰有些不好意思地笑笑："来找你，太久没见你了，想跟你多待一会儿。"

季风的双眼不禁瞪大，她不能理解他对她的这份……"感情"，有些太突兀。

姜幼辰问："能陪我一下吗？"

季风拒绝："我没空。等会儿我要帮家里穿签子。"

姜幼辰急了："耽误个半天也没事儿的吧，在哪里上班都能请假呀，我去跟叔叔阿姨说一声。"

"哎？哎？"见姜幼辰大步走向店里，季风赶紧追了上去。

"叔叔阿姨好！你们还记得我吗？"姜幼辰伸出手去，"我是姜幼辰，读中学的时候，跟季风是好朋友，还去你们家吃过饭的。"见他们一脸疑惑，他屈了一下膝盖，伸手在自己头上比画了一下说，"刘海盖着眼睛，小个子，背个红色书包，还穿着红色皮鞋。"见他们似乎还想不起来，他又模仿易杰的语气，将手聚拢在耳边，"啊，什么？你说话大点儿声！"

这回易杰终于记起来了："是你！说话声音特别小的那个……小女孩！"

"对对，是我。"姜幼辰笑了，露出一口整齐的白牙。

季永强赶忙蹦上来握住他的手，惊喜地拍了拍他的胳膊，说："你是男人了？"

季风见到父母这一副欢天喜地的样子，就知道他们会同意姜幼辰的要求了。果然，易杰痛快地对她说："去玩吧！玩多久都行！"

季风撩了撩汗津津的头发，不情愿地说："我这一身衣服还没换。"

"哦，对对。"易杰拿起一个购物袋，从里面掏出一件崭新的衬衫给季风套上，"生日礼物，牌子货，我看你没这种花的，好看。"

季风摸了一下衣摆的吊牌，上面写着299元。

易杰拿起剪子给剪下来："挺合身的，不退了。"

坐进车里，姜幼辰问她："你今天生日？"

季风回答："昨天。"

"这真是命运的相逢啊。"姜幼辰说，"我会好好表现的！"

季风见姜幼辰似乎心里已经有了目的地，问："这么一大早，哪里都没开门，我们要去哪儿？"

姜幼辰说："肯定是好玩的地方啊，24小时都开着的。"他打了个电话："喂，阿水，是我，大概二十分钟后到，照着生日席给我弄。"

过了一会儿，车停在一家夜店门前。离得老远，季风就看见夜空被霓虹灯映得红红绿绿的。她没有来过这样的店，下了车之后，因为一切都很陌生，她感到很不自在。门口稀稀拉拉有一些人，都是年轻人，有的正抱着路障在呕吐。

叫阿水的男人穿着一身黑色西装,冲出来向姜幼辰打招呼:"姜总,都给你准备好了!"

"走!"姜幼辰顺手揽过季风的肩膀,见她困惑地看了他一眼,便立即把手拿开了,"不好意思!"

进门处,有个穿着花衬衫的光头男,拿着个章,边上下打量边问季风:"男的女的?"

阿水冲上前抢过章,在季风的手臂上按了下去,对光头男训斥道:"没见到是跟姜总一起来的?"

见季风一脸不明所以,姜幼辰在季风耳边解惑:"女的进来玩是免费的。"

季风看一眼自己的手臂,被印上去的图案是荧光色的玫瑰与骷髅的店招标志和一排"24小时准入"的字迹。姜幼辰说:"不用管,这是特殊墨水,过个大半天就不见了。"

进门之后是向下走的楼梯,有两三层楼的高度。随着深入,音乐声越来越响,季风终于见到了这家店的全貌:巨大的舞池,涌动的人头,五颜六色的光污染充斥着空间,音响轰轰隆隆,人潮起起伏伏。这对季风来说,可谓奇观。她愣在原地,姜幼辰喊了她好几声她才回过神来。

在阿水的引领下,季风跟着姜幼辰穿越人海。她注意到这里有好多年轻女性,那么多细长的四肢和飞扬的长发,像是无数个禾智慧的分身,这些都是她平时在家附近和上班的地方见不着的。

有许多男男女女跟姜幼辰打招呼:"小姜!""幼辰!""姜总!"他们边说着,边伸手过来,要么揽他的肩膀、胳膊,要么摸他的头发或是拉他的手臂，动作都很亲热。

难怪姜幼辰对自己动手动脚的，季风算是明白原因了。

不知不觉间，竟有几个人跟在了姜幼辰的身后，簇拥着他走上了二楼中央的一个环形沙发座。这是视野最佳的VIP座，能从楼上将楼下的舞池尽收眼底。中间的茶几上堆满了码得十分漂亮的果盘和酒水。

姜幼辰领着季风，对包围着他的朋友们介绍："这是我最好的朋友，季风！小时候我转学到这边，人生地不熟，都是她罩着我的，大家认识一下！今天是她的生日——"

众人立刻鼓掌，唱起了"生日快乐"歌。与此同时，阿水已经亲自用推车推着一个三层高的华丽蛋糕过来了。有人拉响了彩炮，无数彩色飘带和亮片在空中翻飞。

季风看着这些起哄的人，只觉得面目模糊，记不住他们的样子。

姜幼辰对待其他人并没有像对待季风一样温柔和讨好，季风有些惊讶，因为他看起来像是换了一个人，眉毛、眼睛、嘴角，全都溢出不遮掩的狂妄。如果他是以这副姿态接近她，她是绝对不会回应他半个字的。

他一条腿打横架在另一条腿上，胳膊伸得长长的，以最舒服的姿势搭在椅背上，这使得他占了这条沙发的一半。但是所有人都无所谓地落座在另一半沙发上，仿佛向日葵朝着太阳一般，身体全都朝向此刻的"国王"姜幼辰。

有的人在说笑话，有的人在做游戏，看起来是各玩各的，但是明里暗里都是以姜幼辰为主角，目的都是向他献媚。

对于劝酒的，姜幼辰喝一口苏打水，说："我开车来的，不喝酒。"

"没事儿没事儿，姜哥不喝，我们喝，来！"举着酒杯的男生冲另一个男生说，"咱俩比比，看谁先趴下！"

姜幼辰解下手腕上的一条名牌手链，扔在桌上，说："你们谁赢了，这个拿走。"

众人沸腾，好几个人加入战局，一直站在旁边伺候的阿水赶紧招呼服务生："酒！上酒！"

姜幼辰扭过脸来，问季风："好玩吗？你喜欢什么游戏，什么节目？"

季风身前堆着切好的蛋糕和色彩缤纷的鸡尾酒，以及层层叠叠的零食和果盘，但是她都没有吃。看着眼前的热闹，她摇了摇头，说："我什么时候可以走？"

"是不是因为都不认识，所以觉得无聊？以后慢慢就熟了。你玩不玩'谁是狼人'，还是你想跳舞？"姜幼辰夹起胳膊扭了两下，惹得旁边的女生们笑起来。他冲她们故作生气地龇牙，她们于是捂着嘴，露出暧昧兴奋的笑容。

他再看回季风，见她还是无动于衷，便皱起了眉头，抓起一杯酒一饮而尽。

一个紫色头发的女生问："姜总，你不是要开车？"

"你别管。"

紫发女孩站了起来，屁股蹭着姜幼辰的大腿，就这么挤过来，坐到了季风的身边。她冲季风笑笑："我叫达令。"

姜幼辰向季风介绍："她自己改的名字。"接着，他对达令说："小风跟你我都不是一个世界的人，你别吓着她。"

达令捂着半露在外的胸口，说："你这话说得好像我们不是好人！"

"小风不爱玩，她是一个很干净的人。"

"干净？"达令笑了，对季风悄声说，"他们男人夸的干净，听起来不怀好意，有没有？"

季风似乎能抓到她话里的话，跟着笑了起来。

见季风笑了，姜幼辰忙问："什么？什么啊？"

达令把他凑过来的脸给推远："我们女人说话，你别插嘴。"

达令也是一个极致的女人，但是身形与禾智慧不太相似。她很丰满，像是一捧放在手心里会晃晃悠悠的果冻，禾智慧则像是会拉伤手心的一种脆生生的玻璃。

达令贴得很近，饶有兴味地打量着季风："你过生日啊？多少岁了？"

"22岁了。我知道你要说什么。"季风抢答，"现在还是女的，没做好决定。"

"你皮肤很好啊……"达令手指轻抚着季风的脸颊，睫毛都快扑上季风的太阳穴了，她在季风耳边轻笑，"如果你是男生，肯定很帅。"

季风闻着她身上令人眩晕的香水气味，视线顺着脖颈一路往下滑，见到她的项链、腰间的细链都带着昂贵品牌的标志，她崭新的裙子、鞋子也都做工精致得很，季风虽看不出来牌子，却能意识到：肯定很贵。

她收回视线，再看自己在夜市买的裤子，上面有不少今晚刚溅上的油星，还有一些洗不掉的污渍。一想到自己的头发上一定也有油污的气味，她不禁缩了一下身子。

达令见季风躲了一下，笑起来。"怎么了，你怕女人啊？"她双手圈上去，环抱着季风，挑逗起来，"刚才不是偷看得挺来劲儿的？都看到什么了，还想看什么呀？想知道真正的女人是什么样子的吗？"

季风一时间浑身僵直，姜幼辰推开达令，说："你别闹她了。"

达令说："我喜欢她，想跟她交个朋友。"

季风趁着这个空当站起来，对姜幼辰甩下一句"我走了，再见！"后，便径直冲了出去。姜幼辰赶忙弹起来，扔下一桌人追了上去。

众人一时间不知道作何反应，都愣在原地。直到阿水说："大家继续玩！没事儿！姜总说了，今晚一切消费都算他的。"场面才恢复了热闹，或者说，更热闹了。

"小风！怎么了？是不是我做得不好？你别急啊，还没到好玩的时候呢。"姜幼辰在店外才追上季风，拦住她的去路，为自己辩解，"是不是那些人太吵了？等天亮了，我带你去别的地方玩，我们可以去购物，我给你买礼物。"

季风说："天亮了我得上班。我跟你不一样，每晚只能睡几个小时，然后就得去打工。"

姜幼辰说："你请一天假有什么关系？是不是要扣钱？扣多少，我给你，十倍赔给你。"

季风不可思议地瞪大了双眼，最终发出一声冷哼："你……真的很不尊重人。"

姜幼辰又无辜又慌张："什么意思啊？"

季风绕过他，说："走开，我没空陪你玩。你有那么多朋友，找他们去。"

姜幼辰不依不饶地拦在她身前。"那些人怎么能算朋友？"见她脸上浮现怒意，他举起双手做投降状，"我知道了，你要睡觉，然后上班！我不阻拦你，但是现在这个点，你要走回家去吗？我喝了酒，没法开车送你。"

季风说："让开，不用你管。"

姜幼辰急得吼出来："季风！我是姜幼辰啊！难道你忘了我？你不

用对我这么有敌意！"

姜幼辰……那个还是小女孩的姜幼辰，在季风的眼前闪过。她皱起眉头，但神色确实柔和了许多，语气也放松了下来："那你说，你想怎么办吧。"

姜幼辰抓了抓头发，左右张望，最后指着马路对面的酒店，说："开个房间睡吧，不用折腾了，你睡一觉起来就去上班。"

这家酒店非常奢华。季风长这么大，只在很小的时候，被父母带着去旅游时，住过快捷旅馆。当时还没有弟弟，她睡在父母中间，水管能直出热水令她非常惊喜，此外她再也没有住酒店的体验了。

她站在自动开合的大门前，不禁看了眼自己的白色帆布鞋，在常年的烟熏火燎下已经是黄色的了，甚至连脚下的地毯都比她的裤管干净。

姜幼辰似乎注意到了她这微妙的窘迫，拍拍她的后背，说："我们可是上帝！"

来到前台，姜幼辰说："开个景观双床房。"

双床？季风听了这话才猛然惊觉：他要跟她一起过夜？！

虽然想立刻提出抗议，但是她此时此刻有些畏缩，因为前台一男一女，两个穿着西装、袖口处露出了名贵手表的工作人员，正眼神充满好奇和轻蔑地打量着她。

当然，他们的打量是偷摸的，他们在尽力控制着面部表情不要过于"嫌贫"，专注于招待一看就很有钱的姜幼辰："好的，先生，我们的景观双床房有两个价位的，看您需要哪一种，目前 B 房型还有折扣……"

姜幼辰注意到了他们全程对季风的无视，便对前台说："我改主意了，不要景观房了。"

原本殷勤的两名前台都愣住了。这一条前台有数十米长，他们两侧还站着其他的服务人员，此时都八卦地看向了这边。

姜幼辰说："我要总统套房。"

一枚无声的炸雷，惹得众人发出轻轻的惊呼声。

女前台难掩激动，但还是不确定地问："先生确定吗？我们的总统套有四百平，你们只有两个人入住吗？"

男前台则觉得她多此一问，急于向姜幼辰介绍房型："先生，您真是运气太好了。我们的总统套刚刚接待过世界级的演奏家团队，您要早两天来还没有，今天才放出来，就被您撞上了，想必您也一定是位不得了的人物，能为您服务是我们的荣幸！"

一位胸口别着"总经理"名牌的西装男士及时地赶了过来，双手递上名片并鞠躬道："这位先生，宝金立集团很荣幸能为您服务！有任何需要我们都会尽力满足。"

姜幼辰抬起他那双长胳膊把季风给圈住，使得她像是坐在王座般引人注目。他说："还没决定呢。得我朋友点头，我们才入住。"

所有人堆起了殷切的笑容看着季风，他们的视线犹如能把人穿透的激光。

季风是承受不起"期待"的，所以她在压力之下点了头。现在，她和姜幼辰在众人护送之下，坐电梯直达酒店顶层。

这部金碧辉煌的电梯比季风和弟弟共用的卧室还要大，空间里各种香味混合成了一种明明应该安抚心灵，却将她的内心搅得一团乱的化学武器。季风的视线不敢四处乱瞟，其他人袖口上闪烁的袖扣、脚上油光发亮的尖头皮鞋，都像是针尖一般在刺探着她的"身价"。

眼前是一扇高大的双开黄铜门，酒店员工一左一右拉开门。等姜幼辰和季风进去后，只有经理跟着进来，开始随着他们的脚步介绍："这边是玄关，这是鞋柜，里面有拖鞋；这边有一个冰柜，里面的饮料酒水全都不用再付费了；这台咖啡机是全自动的，来自意大利，可以做拿铁；吧台那边还有一个双开门冰箱，等下我给两位介绍。这套总统套房里的所有物品，只要是能带走的，两位客人都可以带走。还有我们是全智能家居，所有的东西，比如说窗帘，都可以一键切换日夜模式……"

"好了。别介绍了，出去吧，我们急着休息。"

经理问："好的好的。需要开夜床吗？"

姜幼辰瞪了他一眼："出去。没叫你们，就不要来打扰。"

经理深深一鞠躬后，踩着厚重的地毯，无声无息地退出了房间。

当大门一关，这屋里静谧得堪比夜晚的海边。

为什么会联想到海边？因为季风站在巨大的落地窗前，看着窗外的繁华夜景，眼前的楼群像是起伏的海面。

姜幼辰走过去，在她身边静静地站了一会儿后，问："喜欢吗？"

季风痴痴地望着窗外，问："喜欢什么？"

姜幼辰转身看着室内，说："这房间，漂亮吗？"

季风终于回过神来。她转身看了看四周，感觉自己像飘浮于宇宙之中，看着另一个星球里的事物。眼下的这一切，太过华贵、震撼，蒙着一层虚浮的光芒，与她无关。她只问："我睡哪里？"

姜幼辰对她的反应有些失望，指着里面，说："那边是主卧套间，你睡，我睡次卧。"见她立刻朝那房间走去，他急道，"你这么快就要睡？陪我说一会儿话，行吗？"

季风的眉头因为疲惫而紧锁，她说："我真的要睡了。"

姜幼辰有些生气，按捺着怒火道："你到底有什么不高兴的，为什么总是臭着脸？我究竟哪里做得不好，你连一个笑脸都不肯给我？不管是开派对还是开这个总统套房，我都是为了讨你开心啊！"

季风也震怒道："为了我？你只是在享受！你享受自己被追捧的样子被我看见！这些都不是我想要的。"

姜幼辰愣住，半响后问："那……你想要什么？"

季风沉吟道："我没有任何想要的。我不知道你这样纠缠我有什么意义，我也惹得你不开心。"说罢，她朝大门走去，"不然，我还是走吧……"

姜幼辰赶忙抓住季风的手腕，央求道："等等！求求你，求求你别走。"

季风回首看他，他一副欲哭无泪的表情。好无辜的脸，像是无助的小孩子，可是他的手掌好大，手心发烫，像是加宽加热的镣铐。

她说："那你别再烦我了。"

姜幼辰举起双手，说："我保证！"

季风走进姜幼辰说的主卧套间，发现里面根本就是"另一套房子"，有客厅有吧台，还有书房以及洗手间。她一时间有些迷惑，终于在主卧套间里找到了所谓的"卧室"，发现里面有步入式衣柜，至于浴室，还要往里走。

屋里太静了，独自待在客厅的姜幼辰想知道季风在干什么，喊了她几声，不见回音。他一边喊着"小风？你怎么了？"，一边去找她，发现她站在浴室与卧室的衔接处发呆。

季风说："我想洗个澡。"

"哦哦，你把衣服脱在这里，出来之后穿上浴袍。"姜幼辰拉开卧室墙面上的一扇隐藏门,里面是脏衣篓和一整排挂起来的崭新浴袍。接着,再穿过全自动的透明门往里走,堪比小型澡堂的浴室里有三个不同造型的莲蓬头。他介绍道:"你看这一排按键,对应不同的淋浴头,你自己都试一下,看哪个好用。水是恒温的,不用你自己调节。这边这个,我不知道叫什么……"那是一处高低错落的大理石阶梯,"反正是可以坐着洗的,你就坐着洗吧,别摔着。"

他再指向对面嵌在墙里的梳妆台,上面整齐地码放着洗漱用品和护肤品,甚至还提供了香水。"洗发水什么的,都在那里,你可以自己选喜欢的香型。"边说着,他边走过去,拉开抽屉,取出吹风机放在台面上,"我给你放在面上了。哦,还有浴巾,要帮你拿吗?"

大大小小、长长短短,各种款式的浴巾,有的挂着,有的叠着,都在金色的金属架上。

"我自己拿。"季风走过去,随便扯下一条,手中一沉。这质感,比她在家盖的被子都要柔软细腻。

洗澡过程中,季风也晕乎乎的,不是因为不好,反倒是因为太舒服了,好得像一种虚拟体验。水珠很密很有力,像是站在瀑布里冲澡,水温也很合适。

不像在家里,自己正在洗澡,屋外有人开了一下水龙头,浴室里的水温就会骤降,再猛地变得滚烫。所以她养成了条件反射,听见有人在洗手洗东西,整个人就先躲一下,过个数秒,再回到莲蓬头下。至于水花,则总是稀稀拉拉的,落在皮肤上总觉得"缺了一块",得不住摆动身体才能让全身都沾到水。

她忍无可忍地检查过几次莲蓬头,是有堵塞,疏通了之后,又故态复萌。实在没有办法,她便花了30元换了新的,可没几天就又不是这儿堵，就是那儿堵了。

如果不是在这间酒店里洗了这个澡，她怀疑自己这一生都不会知道真正洗一次澡是什么感觉。她会以为在家里那样躲躲闪闪又要扭摆全身的麻烦，才是洗澡的常态。

洗完后，浑身都很香。她光着身子站在被 LED 灯包裹着的镜子前，似乎第一次这么清晰地看见自己，头发好黑，皮肤好白，睫毛一根一根密集地排列着。好奇妙，她凝视了好久，这和通过自己家那面灰蒙蒙的镜子看见的人完全不一样。

她逐个拿起包装上全是外国文字的护肤品，都打开来在自己身上抹了抹，又喷了喷香水，直到自己再也分辨不出来各种香味的区别。

恍恍惚惚地走出来，她发现自己脱下来的衣服连着篓一起不见了，顿时恼了，穿起浴袍一路上头发滴着水地走向客厅。

姜幼辰也洗过了澡，正穿着浴袍在客厅里看电视，茶几上摊开了一堆汽水、零食。

他见季风来了，惊喜地问：“你饿了吗？要不要叫些吃的？”

见季风一脸生气，原本瘫坐着的姜幼辰立刻正襟危坐，自问自答道：“衣服吗？我让酒店拿去干洗了。”

想起自己的内外裤是一起脱下来的，还有汗津津的袜子跟着脏鞋子一起不见了，季风的脸涨得通红：“谁让你干的？你问过我吗？”

姜幼辰不明所以：“我……我这不是办好事儿吗？”

"你、你——"季风咬紧牙关，感到备受屈辱。

"啊？哦！"姜幼辰终于意识到问题了，也红了脸，弹起来发誓，"我可没碰啊！是让人直接带着筐取走的。"

这话让季风感觉好受了一些，但她还是甩下一句："不要多管闲事。"

见季风的表情放松了，姜幼辰想开两句玩笑缓和一下气氛。他摸着下巴，故意扫视她平坦的胸口，坏笑道："哎呀，你说说你，我以前不是跟你一起换过衣服嘛，早把你看光了，你现在跟十几岁那会儿完全没变化，咱俩谁跟谁呀。"

本来已经想翻篇的季风这下彻底火了，扬起拳头就砸过来，吓得姜幼辰闪躲了一下。但拳头还是擦着眼眶过去了，他嗷的一声，赶忙伸手按住季风的一双胳膊。如此一来，季风便抬腿踢他，一脚踢在他的小腿上。这使得姜幼辰的双手更使力了，他边哀求"别！别！别！"，边把季风压倒在沙发上。

手脚并用的季风只挣扎了不到十秒，就发现自己被死死压制住了。她不禁感到恐惧，这就是一个一米九还健身的成年男人吗？他的力气叠加他的体重，犹如一座山压着她，夺走了她对四肢的控制权，她感觉自己的手脚仿佛根本不存在。

"冷静了吗？冷静了吧。"姜幼辰连呼吸都没有乱，说着，"你怎么可能打得过我？"刚要露出得意的笑容，却见到季风的眼眶里有泪水在打转。

他被吓得立刻松开双手，直起身子道："对不起！你打我吧，我绝对不还手！我不动，随便你打。"

季风抬手抹掉还没落下来的眼泪，闷不作声地支撑着坐起来。浴袍松动了，只有细微隆起的胸口露了出来，她却垂着脑袋，自暴自弃地没有搭理，任由皮肤暴露的面积越来越大。

姜幼辰看得愣神，脸红到了脖子根。他捂着脸说："小风！衣服，衣服——"

季风冷冷地看着他，问："不是都看过了吗？"

"对不起，对不起。"姜幼辰双手直哆嗦地接近她，小心地捏着衣襟为她整理，不住地哀求，"你别生我的气。"

"别碰我！"季风打开他的手。

"我、我也给你看！给你看我。"姜幼辰站起来，拉开自己的浴袍，继而跪在季风双膝前，仰起头虔诚地看着她说，"你看看我吧，我是为了你才变成这样的。"

姜幼辰是一个完美的男人。他的头发，他的脸，他的肩膀和腹肌，像是无数女人在夜里祈祷，产生了直达天上的共振，使得造人的神在收到了她们热切的愿望之后，高举双手站在金色的生命之池前，说："那么，就给女人一个男人吧。"

于是，姜幼辰就诞生了。

季风的视线平静地一寸寸漫过姜幼辰的身体，在巨大的落地窗前，她公平客观地得出结论：他确实是一件杰作，应该被装裱在画框里，与身后的高楼大厦相辅相成，似乎整个世界都在等着这个男人去征服。

她伸出手摸了摸他的脸，这层皮肤的质感，真的有些粗粝，和女人完全不一样。她问："为什么说是为了我？"

姜幼辰像是被召唤的信徒一般，立刻掏心掏肺地表起忠心来，说："我在和你说再见的时候，就下了决心，要以男人的身份回来找你。"

第 3 章　穿过暗流的光

起初，姜幼辰家也不过是奔来跑去做小买卖的，没几个钱。她跟着父母各个城市跑，因此频繁转学，又因为长得矮小、性格胆怯的关系，几乎交不到什么朋友；学习成绩也不好，体育、音乐方面的特长也几乎没有，干什么都是垫底的，所以也不受老师欢迎。用"透明"二字，可以概括她的儿童和青少年时期。

转学到季风所在的中学时，她是振作精神想要"好好交朋友"的，也做出了一些努力，却未收到期待的回应。这使得她又缩回了自己的精神世界里，表现得更为阴郁了。

中学的环境比小学时要苛刻得多，逐渐有了性别意识并开始模仿大人行为的孩子们，既拉帮结派，又相互排挤，恶作剧的级别也不再是小打小闹。这令落单的姜幼辰开始感谢自己的透明，并希望自己更透明一些。

可惜天不遂人愿，她被一伙坏男生盯上了。起初只是往她的课桌里塞烂香蕉皮，她没作声；之后是当着全班人的面，把黑板擦拍在她的脑袋上，她哭了，其他人却笑了；再然后就发展到故意在厕所门口堵她，这使得她再也不敢在学校里上厕所了。

这时候的她，还没能跟季风说过半句话，她们之间隔着三张课桌。

对姜幼辰来说，季风是月亮一样的人物。

季风长得好看，个子高，就连说话的声音都像是被调音师给整理过一般，像是流水又像是雪山，又润又脆。她走路时很轻盈，既像是从月亮上跳下来的女孩，又像是从梦之河里游出来的男孩。她成绩中等偏上，家境也中等偏上。这一切综合条件使得她既受到男生、女生的欢迎，又不会被老师过度地关注——总的来说，是姜幼辰想要成为的人。

能和季风成为朋友，现在回忆起来，姜幼辰甚至有些感谢那些欺负她的男生。

他们在午休时无人的教室里，把她堵在墙角，哄笑着对她上下其手，欣赏着她哭得皱起来的脸。虽然窗外的阳光烈如火海，但是姜幼辰觉得自己陷在冰冷漆黑的洞穴里，这些男生组成的人墙的暗影，要把她的氧气全夺走了。

这时候，季风推门进来，却站在门口愣住了。堆在墙角的男生有六个，他们也愣住了。她与他们对视了数秒，才注意到蹲在地上的姜幼辰。短暂的对峙之后，季风若无其事地走向自己的座位，背冲着他们坐了下来。

这使得作恶的男生们一时间不知道该做什么反应，直到其中一个人开口："季风，你出去吧！"

季风顺势回过身来，看着他，问："为什么？你们出去。"

男生们呆在原地，面面相觑，又一个人开口："是不是该吃饭了？"

"说的也是。""吃饭去吧。饿死了。"

说罢，这些还未成年的男生好像没事人一样，笑闹着散去了。

等他们都不见了，季风才长舒一口气，站起来，走向跌坐在地的姜幼辰，见到她的辫子都被扯散了，校服也脏了，上面被涂鸦了一些诸如"丑八怪"之类的话和乌龟、猪之类的画。

季风见她双手一直死死捂着裙子，才意识到她为什么坐在地上，一时间皱起眉头，蹲下来问她："你为什么不反抗？"

姜幼辰并拢双腿，哽咽着说："我没有你高，没你有力气。"

"什么？"季风拿出纸巾给她擦眼泪、鼻涕，"你说话声音大一点儿啊，喊也不会吗？你刚才也不喊我帮忙。你知道我是谁吧？"

姜幼辰点点头，季风说："我去跟老师说，让你跟我做同桌吧。以后我就是你的朋友，你跟着我，别一个人待着了。"

"啊……"姜幼辰轻呼出声。

季风笑起来："怎么了，你不愿意啊？"

姜幼辰哇地大哭出声，扑上去抱住季风。季风赶忙接住，轻拍她的后背，安慰她没事儿了。

月亮，那么远的月亮，够不着的月亮，就在眼前，还拥抱了她。

如今身强力壮的姜幼辰，捧起了季风的双手，贴在自己的脸颊上，双眼亮晶晶地说："小风，我现在可以保护你了。"

季风听完了姜幼辰的回忆之后，也有些恍如隔世，但还是警觉地问："什么意思？为什么觉得我需要被保护？谁会欺负我？"

姜幼辰一愣："啊，我的意思是，如果天塌了，我可以撑着。"

"你觉得，因为你是男人，我是女人，所以你可以保护我了？"季风笑起来，却是阴阳怪气的笑，"那为什么我不干脆变成男人？这样我就可以保护自己了。"

姜幼辰急了，慌乱地握着季风的双手，按在自己的胸口上，说："不，不，小风，你现在这样很好，你就是最完美的——"

季风抽出自己的手来，扬起下巴发问："完美的女人吗？还是完美的什么？"

姜幼辰仰视着她，真诚地说："小风就是小风。"

"走开。我要睡觉了。"季风踹开姜幼辰，站起来走向卧室，"不要再烦我了。"

合上门之前，季风看见姜幼辰还坐在地上，依依不舍地看着自己这边，像是只被抛弃的大狗，和那个曾经穿着裙子哭泣的小女孩是一点儿也不像了。

季风睡得很不踏实。

因为这张床垫太软了，她整个人深陷其中，过于舒适反而导致她不适。她是第一次见到这么高的床，竟然快高及她的大腿根。坐下去的时候，她感觉自己的身体被轻轻弹了起来。

她自己家里的床垫是从小睡到大的，只比手掌稍微高一点点，她的后背和肩膀能很清晰地感受到里面弹簧的形状和位置。它们长年累月地硌着她，让她感到熟悉、安全，知道自己以什么样的姿势睡在上面是最舒服的。这就是所谓的"认床"吧，只是认的不是什么好床……

季风轻笑一声，把四个蓬松硕大的枕头团在自己的身边，这样才显得床小了不少。

漆黑的空间里……好静。窗外没有汽车呼啸而过，门外也没有谁在踱步、冲厕所。如果有一天，离开了爸爸妈妈自己一个人住，是不是每一天都像现在这样安静？……离开？

她似乎从未想过离开。去哪里？不知道。

她莫名有些难过，终于乘着这一抹忧郁昏昏沉沉地睡了。

在闹钟响起来之前，季风就凭借自己精准的生物钟抢先醒了过来。

她一伸手，正好按掉了即将开始响的闹铃。

室内还是很昏暗，这酒店里的窗帘厚重得把早晨的阳光遮得一丝不漏。她轻手轻脚地拉开卧室门，鸡蛋黄般的阳光就漫溢到了脚边，只见自己的衣物放在印有酒店标志的防尘袋里，整齐地叠放在门口，还有一个餐盘，里面放着盒装牛奶、酸奶、袋装面包、麦片，以及香蕉、草莓、火龙果等水果。

衣服被洗得很干净，还熨过，堪比翻新，摸起来十分干燥，还带着一些余热，甚至连鞋子都被洗得不见污渍了。

她穿戴整齐之后，照镜子的感觉很奇妙，自己还是自己，却仿佛焕然一新。她回首看一眼亮晶晶的室内，可能是这环境衬托的，她觉得自己"高级"了几分。高级？她脸上一热，有些羞耻。

拿上盒装的牛奶和袋装的面包当早餐，她穿过客厅走向大门，却在门口见到睡在地上的姜幼辰。他团成一团裹着被子，横在门口，使得季风无法偷偷开门，悄悄离去。

"啧……"她踢了踢他，"姜幼辰，让一下。"

姜幼辰揉了揉眼睛，嘴里嘟囔："你醒了？我开车送你。"

姜幼辰穿着背心短裤，顶着鸡窝头就追着季风下楼了。季风看见他这不拘小节的样子，有些意外，于是多看了两眼。

姜幼辰问："怎么了？"

季风说："我以为你是那种很在意外表的人。"

"也要看时候，你这不是不给我时间打扮嘛。"姜幼辰边开车边说，"再说了，我什么样子不好看？精致有精致的帅气，糙一点儿就有种原始的野性魅力。"

季风说："你真的很喜欢自己。"

姜幼辰问："难道你不喜欢自己吗？"季风没接话，似乎陷入了思索，手上开始拆面包袋子。姜幼辰见状，赶忙表白："没事儿！我喜欢你就好了。"

季风咬一口面包后，说："我没有不喜欢自己。"

姜幼辰见季风在喝牛奶了，赶紧邀功："因为不知道你几点醒，所以我叫酒店准备的是盒装的牛奶和袋装的面包，新鲜的我怕你起床之后就不新鲜了，我是不是特别贴心？一般男人没有我这么细心的吧？"

季风诚实地说："还可以。"

姜幼辰满意地笑起来："所以你不需要对我有敌意，不要再把我当一般男人看待了！小风，我不管是男人还是女人，都是你认识的那个姜幼辰。如果说你没有遇到过一个好男人，那我就来成为那个好男人。"

季风扭脸对他假笑道："不说这个了，好吗？再说我吃不下了。"

"哪个？不说哪个？"姜幼辰见季风脸上开始聚集阴云，识趣地转移了话题，"你几点下班？"

搬家公司门外，停着一台台中小型的货车、面包车，有的已经接到派单准备发车了。

陈顾家和其他几个等活儿的师傅正站着抽烟，他们看见季风从漆黑的吉普车上下来，姜幼辰也下了车，依依不舍地跟她挥手再见。

有人问道："哎，你这小徒弟，是什么人物啊？"

陈顾家说："普通人家的小孩，罚款都交不起的那种。"

"是吗？那车我认得，得七八十万吧。"

"又不是她的车，她家里要有钱，还来上这破班？"

陈顾家掐了烟头，冲季风招招手，然后走向自己的货车。季风见了，赶紧跑步追了上去。他站在驾驶座门口一歪脑袋，季风知道是叫自己开车，于是麻利地坐了进去。

这车里弥漫着一股陈旧的气味，机油味、廉价皮革味、烟味和夏天的汗臭味，方向盘也滑腻腻的——这些都令季风感觉从云端坠落，脚着地了，踏实了。

陈顾家伸长脖子，对季风吸了吸鼻子，说："你好香啊。"

季风摸了摸脖子，边发动汽车边说："嗯，洗了个澡，喷了些香水。"

陈顾家问："刚才那个是你朋友？一看就是有钱的少爷。"

季风反问："是因为他的车吗？"

陈顾家说："不用看车，有没有钱，看一眼就知道了，闻一闻也知道，有钱人有一股香味。"他调侃季风，"你现在就有点儿，但就一点儿，可能是蹭着了，算你三分钟的有钱吧。"

季风被逗笑了，但是陈顾家的下一句话又叫她的笑容匆匆收拢。

他说："你如果嫁给他，这辈子就都是有钱人了。"

红灯，季风停下车，扭脸认真地问他："师父，那你为什么不嫁一个有钱人呢？还当个男人，自己挣钱干什么？"

"你这人，闲聊而已，攻击性这么强。"陈顾家没有生气，反倒是笑得脸上堆起了褶子，"你以为有钱人是想嫁就能嫁的？考虑下现实，首先我不是美女，其次我家也穷，哪个有钱人能看上我？图什么？就我这条件，当女的嫁人，是给人做牛做马；当男的挣钱，是为了钱做牛做马。如果当女人能享福，我为什么不当女人？"

绿灯了，季风继续开车，说："所以你想得挺清楚的……"

陈顾家说："当然清楚。我们穷人家的孩子，脑子再不清楚，日子要怎么过？"

季风问:"你有孩子吗?"

陈顾家说:"孩子?我光养我家那一对老人就够呛。现在女人又少,能挑的男人那么多,怎么能不看条件?我要是女的,也看不上我。"

到达目的地了,是一家要转手的店铺,老板要把里面的东西清空。

季风开始准备绳索和板车,陈顾家看着她一双结实又细长的胳膊,忍不住劝说:"你啊,距离成熟也就两年时间了,是要当男人,还是继续当女人,心里得有主意了。"他摸摸自己的头,"你看我,个子比你矮一截,就是因为以前心里摇摆,一时觉得当女的能给家里省点儿钱,一时又觉得还是当男的能给家里挣不少钱,结果没能往一个性别里使劲儿发育,成了这模样,两头不着调。"

季风看着陈顾家,他就是一个普通的矮小男人,身上一点儿女性痕迹都找不着。她实心眼地说:"师父,有没有可能,你就算生下来就是个男的,这个身高也是你的极限呢?"

陈顾家听了,抬脚踹了季风一下:"你这臭小子!"

季风挨了踹,却笑起来,因为他没有像姜幼辰一般,对她小心翼翼、诚惶诚恐。

陈顾家挽起袖子说:"要不你还是当男的吧,就你这脾气,当女的不讨人喜欢。"

季风抬起桌子的一边,说:"我不想当男人。"

陈顾家抬起另一边:"那你就踏踏实实当女的!头发留起来,你这眉清目秀的,肯定是美女,能嫁豪门。"

季风跟着往车上搬:"那我也不想……"

陈顾家说:"该想了!"

到了午饭时间,季风跟着陈顾家买了盒饭,在路边的绿化带找了块干净阴凉的地方坐下，打开手机，看到禾智慧的短信："下午我去接你下班，和英雄一起吃饭？她想你了。"

与此同时，姜幼辰也发来了短信，问她："晚上要我接你吗？"

她回复前者"好"，回复后者"不要"。

陈顾家打趣她："真受欢迎。"

季风赶忙把手机锁屏，收到口袋里。

"啥也没看见。"陈顾家说，"我这手机一年到头，除了客户，没人找我。"

季风低头吃饭，陈顾家已经吃好了，点了根烟，看着远处朦胧的群山，感叹人生不易："有时候，我真的不晓得我出生是为了什么……老天既然给了我们选择性别的自由，肯定是有什么原因的吧，希望我们度过不后悔的一生。"他刚抽了半根，在烟雾之中眯起眼，"我也不知道我选得对不对……"

季风扒完了最后一口饭，把陈顾家的饭盒也捡起来，一起捏扁了放进塑料袋里，走向垃圾桶，再回来时，见陈顾家的烟抽完了。

陈顾家站起来，伸了个懒腰："唉！什么对不对的，像我这样的人，是男是女，过的日子又有多大区别，能造成多大影响呢？"他拍了拍季风的肩，"季风，你还年轻，要好好做出选择啊。"

日落黄昏，空车陆续回到了公司门口。

忙了一天，季风一身是汗，她拿纸巾抹了抹脖子，擦了擦脸。

陈顾家脱下上衣，光着膀子乘凉，拿了一沓宣传单朝着脸扇了扇，对季风说："你看，臭了吧，穷人的酸味。"

季风闻了闻自己，反对道："也没有吧！"

"我说我。"陈顾家说,"你要是一直干这破活儿,要不了几年,迟早也有中年臭。"

季风笑起来,并不害怕的样子。

陈顾家喝了一大口水,打了个饱嗝后,说:"年纪小,啥也不懂。这日子,过几天,无所谓,年轻嘛,前途无量,一直过下去,过个十几二十年,你就晓得了。"

"哎!季风,你那个美女朋友来找你了!"有人喊出声。

季风便往远处看,是禾智慧来了。她刚下出租车,就因为高挑纤长的身影惹得众人注目,像是落在平原的白鹤。

季风跟陈顾家打了招呼,便朝她走去。

没料想,姜幼辰从另一边开车过来了,而且他又换了一台车,这一次是中规中矩的四门轿车。他下了车,冲她远远地喊:"季风!"

禾智慧听了,立刻扭脸看向他,一脸疑惑,似乎在问:谁?

不管是谁,见季风朝他看了过去,她也不甘落后,蹦起来挥了挥手,唤道:"季风!"

于是,姜幼辰也扭脸看向她,低语:"禾智慧啊……"他倒是一眼就认出了她。

两人眯起眼来,满怀恶意地打量着彼此。

这一切发生在电光石火间,季风一时间愣在了原地。

围观的人问陈顾家:"你这小徒弟,到底是什么人啊?"

陈顾家说:"可能就是个运气好的人吧。"

季风走向的是姜幼辰,这使得他颇为得意地冲禾智慧挑了挑眉毛。禾智慧冷着脸走过来,冲季风问:"这谁啊?"

但是季风急于问姜幼辰:"不是叫你别来?"

禾智慧不满季风无视了自己，双手搂着她的胳膊，又问了一遍："谁啊？"

季风回答："他是姜幼辰。"

见禾智慧陷入"谁啊？"的疑惑里，姜幼辰双手叉腰，摆好了一副"等你想起来"的架势。结果她却放弃了，扭过脸，干脆地对季风说："不认识。"

姜幼辰怒道："喂！公主！你的眼里真就没有别人啊！"

禾智慧觉得这一声"公主"非常熟悉又刺耳，微微皱眉，终于双眼瞪起来。"不是吧？你是姜幼辰？"她惊讶地捂着嘴，"你……你变成男人了？"

姜幼辰勾起一边嘴角，轻轻地呵了一声，正要享受禾智慧的惊讶，却见她嫌恶地眯起眼睛，轻声说："好恶心。"

他震惊道："你也还是和以前一模一样，特别讨厌。"

见禾智慧要拉着季风走，姜幼辰赶忙从车后座掏出一个购物袋，里面是一个鞋盒。他说："小风，我遇到一双鞋挺适合你的，我看你的很旧了。"

没想到他会注意到这种细节。季风脚上的鞋确实穿了有三四年了，也没更换过，天天都穿，白色鞋底早已经成了无法辨识的黄灰混色，鞋跟处的标志已经脱胶不见了踪影，只留下一个有色差的正方形斑痕。

季风一时又恼怒又尴尬，双手垂着不动，语气克制地说："我不需要。"

"啊？为什么？我看你这双真的很旧了啊，换新的不好吗？"姜幼辰不明所以，再度低头扫视了一下季风的鞋子，见她往后退了一步，这才察觉到她不喜欢被人打量。他赶紧抬起头来："我这买的就是普通的运动鞋，才几百块，就当我送你的生日礼物，你别觉得有负担啊。"他掏出鞋盒，试图给她展示这确实只是一双普通的鞋。

"我不要，你听不懂吗?!"季风的怒意快憋不住了。

"要啊，为什么不要？"却是禾智慧一把将购物袋给夺了过来，"有人送，你就收着。"她一脸假笑地对姜幼辰说："我替小风谢谢你。"

车内的气氛很诡异。因为姜幼辰独自坐在前面无言地开车，禾智慧在后座跟季风聊得亲热："小风，瞧把你难的，你腿抬起来，我帮你系鞋带嘛。"

姜幼辰忍不住发声："我怎么觉着我就是个司机啊……"

"你不是司机是什么？"禾智慧拍拍他的座椅，"老老实实开车。"

季风是准备跟禾智慧走去坐地铁的，是姜幼辰坚持说他有车不用白不用，不如让他来送她们。季风不太情愿，结果禾智慧倒是不客气，拉开车门就坐进去了。

禾智慧在车里打开鞋盒，看到一双白色的限量款板鞋。乍看确实"普通"，但她拿起来仔细看了一会儿，认出这鞋得两千多。她也不作声，就叫季风换鞋："有新的当然穿新的啦，你那双旧的扔回收站都不会有人捡，赶紧换了。"

季风对禾智慧言听计从，想弯下腰系鞋带，脑袋却顶着了前座，有些不太方便。于是禾智慧把她的腿抱到自己腿上架着，为她系鞋带。

禾智慧故意慢慢系，弄得被架着腿的季风有些着急。系好了，她又将手伸进季风的裤管里挠痒痒，烦得季风又气又笑："好了，你别闹了！"

见季风与禾智慧打打闹闹，姜幼辰觉得不公平，道："小风！为什么你对禾智慧的态度就那么好啊？我跟她比，差哪儿了？"

"差哪儿？你根本就不配跟我比，好吗？转学的！"禾智慧抢答，"我跟小风是从小一起长大的。"

姜幼辰低语："感情的事情可不分先来后到……"

"感情？"禾智慧哈了一声，对季风说，"小风，你说说，我跟他比，你和谁的感情深，给他一个痛快的。"

姜幼辰冲季风喊道："我可没问啊！你别回答！"

原本姜幼辰只是送她们抵达目的地，但是他想跟季风多待一会儿，又追问两人去哪里吃饭。一听是导航上都没有标注的苍蝇馆子，他说："多脏啊。"

"怎么？老板想请客？"禾智慧来劲儿了，季风握住她的手示意她别胡闹。禾智慧看了一眼季风，说："人家主动的。"旋即对姜幼辰道："小风说她想吃烤肉。"

姜幼辰看一眼后视镜，说："啊？她没说吧？你让小风自己说想吃什么！"

"那就烤肉吧。"季风说。

"好啊，我跟英雄说一下。"禾智慧掏出手机打字。见姜幼辰满脸笑容，她奇怪地问："笑什么，有点儿恶心，别笑了。"

姜幼辰也不生气，感叹："小风没有变，你也没有变，我感觉我回到过去了。"

禾智慧说："你可是大变特变，知道吗？掉了个个儿地变。大——变！"

姜幼辰回嘴："你大变！"

禾智慧弹了回去："你大变！"

一时间，"大变"之声充斥车内，季风也忍不住笑起来。

笑眼蒙眬中，她看见姜幼辰还是少女的模样，仿佛她们三个还穿着松垮的蓝色校服,在黄昏中沿着河岸骑自行车。

当时姜幼辰没有车,所以总是由季风载着她,而禾智慧则踩着她的粉色自行车紧随其后。对此,禾智慧总是非常不满,隔空阴阳姜幼辰:"你是没有脚吗?为什么不自己骑车?"

闻言,姜幼辰更为春风得意,双臂紧紧圈着季风的腰,冲禾智慧吐舌头做鬼脸。

禾智慧于是仰天长啸:"讨厌的转学生!"

听了禾智慧划破长空的号叫,季风的脚下蹬得更快了,她仰起头哈哈大笑,听着禾智慧在身后狂追猛赶。

三个女生热闹得好像一场不输夕阳的温暖电影,惹得附近楼上的住户打开窗户或是站在阳台观望。

那时候的季风还和禾智慧住在同一个小区,家里也没有欠下巨额债务,父母对她的未来是放任的。虽然有个弟弟,但无论她是要继续当女生,还是要成为男生,家里都支持,一笔转性罚款而已,不至于承受不起。

直到他们一家搬离了那个小区,住进了郊区的小破楼里。

某一天夜里,季风吃过晚饭,刚要离桌,爸爸妈妈突然说"想商量个事儿"。当时弟弟在住校,她还奇怪怎么做了一桌肉菜,不是肉星肉丝,而是大块的炸鸡,甚至还有一碟白灼虾,要剥壳蘸料吃,好香啊,吃得她双手指缝里都有淡淡的腥味。

爸爸苦着脸说:"季风,家里的情况你也知道了,你能不能就一直当我们的女儿?"

禾智慧选择的烤肉店也不过是一家连锁品牌而已,姜幼辰走进去,一看那一屋子闹哄哄的食客,就又嫌弃又好笑地哼了一声:"就这儿?"

"咋了?"禾智慧已经找到了空桌,自己坐下了。

姜幼辰说:"我以为你想狠狠宰我一顿呢。"他一边坐下,一边抽出纸巾盒里的纸,擦了擦桌面上的一小点儿油污。

"哟!大款。人均三百,不满意?"禾智慧心痛道,"怪我,顾及我们的同学情分,没下狠手。"

"呵,就你?"姜幼辰摸着下巴,咧嘴坏笑,"你吃过好餐厅吗?给你一把刀,都不知道怎么宰我吧。"

禾智慧抽出筷子指着他,说:"姜幼辰,我可记得你以前是什么鬼样子,别在我面前装啊。"说罢,她扭脸拿胳膊撞了下季风,说:"小风,你看他现在多恶心。"

"你够了吧,你说了我好几次恶心了!"姜幼辰也抽出筷子,拨开指在他鼻尖前的筷子说,"这么讨厌我就出去,或者我带小风走,你以为我想跟你吃饭啊?"

"那你倒是试试,看小风跟不跟你走。"禾智慧翻了个白眼。她侧过身子去,见季风一直在低头用手机,问:"小风,你干吗呢?"

"跟我妈妈请假,说晚些再回去帮忙。"

"请假?"禾智慧笑笑,"说得好像正经上班,有工资拿似的。"

禾英雄来了,15岁的她留着很短的男式短发,穿着蓝色衣领的白色上衣和蓝色短裤,还没有开始贴肉的细长手脚突然蹦进店内时,像是青春气息化成了具体的人形撞门而入,犹如罐装汽水被拉开拉环的那一刻,咔的一声。

她径直奔向季风,扑了个满怀:"小风!"

"喂,你姐在这儿。"禾智慧揪住她的耳朵,禾英雄嗷嗷叫了两声

"姐姐"之后，禾智慧才放手。

禾英雄拉扯季风的手臂："小风！快，你站起来，跟我比比。"待季风站起来后，她挺直腰杆、伸长脖子，还是矮上一截。她不甘心地说："可恶！还差点儿。但是没关系，我马上就要超过你了。"

不等季风说些什么，她又撸起袖子，拍了拍自己的肱二头肌："看看，肌肉，结实吗？"

季风摸了摸，说："你想多了。"

"啊！"禾英雄哀号，"你就是嫉妒。"

季风于是挽起袖子，一憋气儿，隆起的肌肉块比她的明显大一圈。

禾英雄这才泄了气，老老实实地落座。

姜幼辰笑了："小朋友，看来是你的倾向不够明确，意志不够坚定啊。"

禾英雄看了他一眼，没好气地说："你谁啊？"这眉眼表情，和禾智慧可谓一个模具里出来的。

姜幼辰一侧身，把他粗壮的手臂压在桌面上，得意地挑起眉毛："姜幼辰。以前是你姐，现在嘛，叫哥。"

禾英雄双眼一亮，屁股一挪，坐去了他的身边，热情地喊道："哥哥！"

"哇！你14岁之后才决心要转性，为什么能变成这么大的块头啊？我可是从小就知道我以后要当男生的。"禾英雄自从知道了姜幼辰原来以前也是女生，就一直坐在他身边问东问西，而姜幼辰也很乐意让她惊叹自己的一身肌肉。他把自己的胳膊贴在她的边上，这一对比就像是大象腿和蚊子腿。

"简单啊，多吃肉蛋奶，多参加户外运动，跑跑跳跳，晒太阳，最重要的是——"姜幼辰说,"每个月按时注射两次'聚龙',有条件就三次,看你自己身体的反应情况。"

"聚龙?"禾英雄一愣,继而为难地皱起眉头,"那个啊……"

"哈!"禾智慧爆发了笑声,"用不起!"

姜幼辰说:"那一个月一支也行啊,聊胜于无。"

"这是几支的问题吗?"禾智慧夹起一块生肉放在烤盘上,只听到刺啦一声,她继续说,"我们家能不能交上罚款还不一定呢。"

禾英雄急道:"姐!爸妈说罚款是早就存好了的。"

"你听他们的呢,你要上学,还有我们一家吃穿住,哪个不花钱?存得住才怪。"禾智慧夹起烤好的肉放到禾英雄的碗里,阴阳怪气地笑起来,"你姜哥哥不是说了,多吃肉也行,吃吧!"

禾英雄一撇嘴,对季风说:"小风,禾智慧欺负我!"

季风托着下巴笑了,也逗起她来:"英雄,如果变成男生还是没我高,不会后悔吗?要不保持现状算了。"

"就是。"禾智慧贴着季风,头倚在她的肩上,对禾英雄笑眯眯道,"英雄,反正24岁才是最后关头,你还有时间去打工呢,做个男子汉,做个英雄。"

禾英雄急了:"哎,你、你们——"

姜幼辰好奇起来:"对了,要是交不上罚款,怎么办?我没想过这个问题。总不至于就不准转性了吧?这是自己的身体,又不是外人可以做主的。"

禾智慧仰起头,张着嘴"呃……"了半晌,似乎在寻找这个问题的答案。

季风倒是有关注这些,便回答了:"就是罚款加倍,工作之后会每个月从你的卡里扣,一般得扣个二三十年。也可以有了钱去提前还上,跟房贷差不多,还不上的、拒还的就坐牢。"

气氛一时间沉重起来,只有烤盘上的烤肉在刺啦作响。

禾英雄突然感到无助,双手抱在胸前,五官皱到了一起。

"哎!你在怕什么?"姜幼辰抬手搂着禾英雄的肩膀,一脸轻松地说,"就那么点儿钱,到时候你家拿不出来,跟我借就是了。我不收你利息,而且随便你什么时候还,二三十年后还也行。"

禾英雄的脸上立刻明亮起来:"真的吗?哥哥!"

"真的啊,不就是二十万?你上个大学出来,随便找个班上,难道还挣不到?想什么呢。"姜幼辰说罢,责怪起禾智慧来,"你啊,吓唬小孩好玩吗?"

禾智慧与季风对视一眼,心有灵犀地耸了耸肩。禾智慧扭脸对姜幼辰说:"你这话像是在说二百块似的!姜幼辰,说说你家是怎么发财的吧。"

姜幼辰一边把菜单摊在禾英雄面前,示意她要加什么自己看,一边回答:"就是运气好。我们老家的房子都破得四处漏风了,但偏偏那儿要修高速,我们家就正正好好落在那个中间——"

禾智慧冷哼一声:"这么老套啊?中个奖还新颖点儿。"

"没说完呢。"姜幼辰一筷子夹起好几片肉,一口就吞了。他冲服务员招招手:"再加三份上脑。"他喝一口气泡水,舒爽地叹一口气后,继续说,"再后来,我家在生意场上遇到了贵人,孤注一掷,把所有钱,甚至把房子卖了换了钱,都掏出来砸了进去,豪赌了一场。我还记得那段时间,家里的气氛很严肃,爸妈提心吊胆的,但还好赌对了。这不就是运气好?"

听他说完,季风一时间有些惆怅,禾智慧的手在桌下拍了拍她的腿。

"确实是运气好。"禾智慧道,"遇人不淑,就是另一个故事了。"

见到季风露出苦笑,姜幼辰想起来她说过她爸爸被人骗了钱,导致一家人背上债务的事情,赶忙换了话题:"喝酒吗?吃烤肉就要配冰啤。我就不喝了,我要开车。"

"我喝!"禾智慧举起手,"服务员,最贵的啤酒给我来——"她预估了一下自己的酒量,比出三根手指,"来三瓶!"

禾智慧喝醉了,整个人像条蛇一样盘在季风的身上。

姜幼辰开车把她们送到了禾智慧的出租屋楼下后,再三确认:"真的不需要我再回来接你,把你送回家?"

搀扶着禾智慧的季风摆摆手说:"真的不用。我也不知道几点能安顿好她。"

姜幼辰还得把禾英雄送回禾家去。虽然禾家不像季家那般在偏远郊区,但也算是外环了,现在的禾英雄也还只是个15岁的小女孩,这大晚上不送她回家也是不可能的。他依依不舍地说:"那我走咯。"

姜幼辰的车开走之后,禾智慧就好像突然生出了脊梁骨似的,人站直了,一手勾住季风的脖子,冲她嘿嘿一笑,一股酒气便钻进了季风的鼻腔。

季风是嫌弃这样的她的,脸上却不自觉地笑了起来:"准备发酒疯了?"

然后,季风抓着禾智慧的手,以半扛着半拉的姿态,与她一起进了黑洞洞的单元门,对她说:"好好走路,上了楼再发疯。"

感应灯应声亮了，暗淡、昏黄的光点亮了一小团黑色的空间，顿时，两人好像身处萤火虫的肚子里。

禾智慧盯着季风的侧脸说："小风，你笑起来真好看。你不要每天苦着一张脸，多笑笑。"说完，她伸手轻轻刮了刮季风的脸。

季风被她整个人压着，一边肩膀一路蹭着墙壁往上走，说："你醉了。"

"我才没有醉。"禾智慧说，"只是微醺。"

"那你自己走。"

"自己走就自己走。"禾智慧三两步便轻盈地跳上了台阶，转过身来冲季风说，"我是装醉的，不然那个姜幼辰都不知道要纠缠我们多久。"

季风装作恍然大悟的样子："这样啊，真是足智多谋禾智慧。"

进了门，禾智慧立刻倒在了床上，抬起双脚说："鞋。"

季风于是坐在床沿帮她脱鞋："你不是没醉？怎么还指使我劳动？"

"没醉，但是头晕，这是两回事儿嘛。"见季风要走，禾智慧抓着她的手腕把她拽了回来，"你今晚陪我睡嘛，我想和你聊天。就像小时候那样，我们用被子做帐篷，聊一整晚。"

"这么热的天还盖被子呢。"季风摸到床头的空调遥控器，把空调打开了。

禾智慧翻身坐起来，骑在季风的腿上，双手捧着她的脸，盯着她的双眼，问："小风，姜幼辰是喜欢你吧？"

季风回答得很诚实："可能吧。"

"我就知道！啊——"禾智慧不悦地尖叫，把季风推倒在床，双手压在她的身上，语气仿佛审讯一般，"他想娶你？"

季风说："这我就不知道了。你去问他。"

"啊——"禾智慧又发泄地尖叫了一嗓子，继而好像撒泼的猫一般甩了甩脑袋，最后疲惫地躺在季风身上，胳膊压着胳膊，腿压着腿。

她们从小就这样亲密，禾智慧渐渐长大，而季风也在长大，她的身体好像总是能够刚刚好地承载住禾智慧。

对季风来说，禾智慧一点儿也不沉，反而很轻。季风还没被猫压过胸口，但她猜应该差不多，像是盖着一团被聚拢的云朵，有形状但是没重量。

禾智慧在季风耳边呢喃："我知道我是女人，我喜欢自己的样子，但我不能想象我成为别人的老婆、别人的妈妈……你能想象吗？"

季风认真地盯着天花板开始想象，那画面很温柔、很美好，有鲜花和白色的房间、米色的格纹床单。她说："好像可以想象。你那样子也挺好的。"

禾智慧不满意她的回答，抬起头来，嘴唇贴着她的脖子，问："小风，你舍得我去给别人做老婆？"

季风依旧看着天花板，说："别在我的脖子边上呼气，很痒。"

禾智慧很轻地亲吻了一下她的脖子，细声细气地说："你娶我吧。"

因为窗户没开，所以屋里很安静，只有破旧的空调在嗡嗡作响，散发着一股难以形容的橡胶管子的气味。月光穿过楼宇之间，毛茸茸的，在墙面上投射下一束标枪般的光。季风扭过脸去，看着墙上她俩的人影，觉得好像被那支光的枪给钉死在了床上。

季风感叹："你醉了。"

禾智慧昏沉沉地闭上眼，说："嗯，我醉了。"

第 4 章 待到星河重叠

等禾智慧睡了,季风打开了一丝窗缝,清凉的夜风钻了进来。于是她关上空调,把夏被盖在禾智慧的身上,再检查了一遍室内安全后,就静静地合上门走了。

来到街上之后,季风加快脚步走去地铁站,身边的人潮越接近地铁站越拥挤。季风总是有摆脱不了的孤独感,但是融入人群之后,她会觉得舒服很多。她的孤独感并不是消散了,而是被人山人海的景象给掩埋了、藏了起来。

钻进地铁之后,季风喜欢观察人群,他们都在低着头玩手机,所以没有人会在意她的视线。一旦看到有女生为了避开身边的男性,以颇为不舒服的姿势站着,她就会走过去,横在中间,稍微拦一下。有时候能见到前边的女生整个人松弛下来,甚至长出一口气。她心里会微微有种"举手之劳,日行一善"的满足感。

坐到终点站,出去后还要走一段路才能抵达自己家。远远地,季风看见自家店门前已经有不少食客了。易杰抬脸看见她,招了招手示意她快些过去。于是季风一边挽袖子,一边跑了过去。

进到店里,季风很自然地拿起了锅铲,看一眼外卖单子,问:"馨家园的这个做了吗?"

"还没有。你做吧,备注是'免葱免蒜',别搞错了。"易杰一边刷着酱,一边扭过脸来,一眼就扫到了季风的新鞋子,它们在这个昏暗的店内白得发亮。她问:"买鞋子了?"言下之意是:哪儿来的钱?

季风一边炒粉,一边回答:"朋友送的生日礼物。"

易杰追问:"就那个开好车的男朋友?"

"什么男朋友?"

"男的朋友。"

季风不情愿地承认:"是他。"

"哦?"易杰笑了,一副想打听详情的样子。

季风不想接话,好在客人一直在跟易杰说话,所以易杰也忙得忘了向她继续打听。

炒完了最后一份要打包的炒粉,季风一抹汗,环顾四周,问:"爸爸呢?"

易杰说:"他去接季灿了。"

季风心里生出一阵不快,但即刻便消失了,她自己甚至都未察觉到这转瞬即逝的不愉快。

她问:"他今天不是住校吗?"

"他在学校里打架了。老师通知我们先接回来待两天。"易杰回话后,不等季风啊的一声惊呼,继续补充道,"他是挨打的那个。"

季风这才不出所料地哦了一声。

"跟你爸一个德行,净受人欺负。"易杰在烟熏火燎中叹一口气,"你说怎么偏偏你是女孩,他是男孩,你俩要是换一下,可太完美了。从小你就没叫人操心过,给你把铲子你就会炒菜了,别人家的孩子骑单车是为了上学,你都骑去送外卖了。"

季风哼一声："那又怎么样，家里的店不还是要给他？"

易杰说："那没办法嘛。"

季风追问："怎么个没办法？"

易杰一愣，扭脸看了季风一眼，似乎觉得她有些陌生，奇怪地问："你怎么了？"

季风也奇怪："怎么了？没怎么啊。"

见她一脸无辜地看着自己，易杰扭过脸去做出总结："你有些不懂事了。"

季风还想继续追问："怎么个不懂事？"但是看见妈妈在火光中的脸——又汗又油，眉眼被油烟呛得紧紧团抱在一起，那是一张正在受苦的脸——她便不想再烦扰妈妈了。刚巧店里的手机外放传来"有新订单"的声音，她于是去查看，告知妈妈："烤鱿鱼大的四串，羊肉串二十串，玉米四根，还有三份炒粉，带四瓶可乐。"

易杰点头："可乐没了，你去里面拆一箱新的。"

季风走向货架，蹲下来时发现自己的新鞋子已经脏了，上面溅了星星点点的油，她扯下几张纸擦了擦，结果油更渗了进去。

她看得一时走神，直到易杰在身后喊她的名字，她才回过神来。她动手刺啦两下就打开了纸箱，用手臂轻轻一抱一拢，两排可乐就被带了出来。她站起来，将它们码在收银台边上。

虽然周边人声嘈杂，但季风还是能打老远就听出来自己家电动车的声音。她边翻炒边抬起头，果然看见季永强载着季灿回来了。

季灿那瘦长的身条被一身松垮的校服裹着，里边空荡荡的，他丧气地耷拉着脑袋，看起来像是被塑料缠身的海虾。他下了车，一手拎着书包带子,匆匆跟易杰和季风打完招呼,就想往楼上钻:"妈妈、姐姐。"

易杰吼着发问:"哎,你去哪儿?你吃饭没有?"

但是人影已经消失在楼梯尽头。

季永强走过来说:"没吃呢。"他接过季风的锅铲:"我来炒两个菜,你上去给你弟找点儿红药水上上,然后叫他下来吃饭。"

季风上了楼,脚下的陈年地板嘎吱作响。室内没有开灯,全靠窗外的路灯照亮,但是她不需要任何光亮,就是闭着眼也能在屋里四处走动而不磕碰。她太熟悉了,就连季灿的行为模式,她也非常熟悉了。

此时此刻,他一定是在姐弟俩的卧室里,把书包扔在地上,衣服也不换,就躺在了自己的床上,蜷进被子里。

楼上是两室一厅一厨一卫的结构,姐弟俩的卧室是主卧,因为要摆下两张床、一张书桌和两个柜子。这柜子既是衣柜又是书柜、杂物柜,总之他俩一人一柜。姐弟俩各占书桌一头,而这桌面的两头也各抵着他们的单人床铺。父母睡的次卧里则只有一张床和一个衣柜。

季风从客厅的抽屉里翻出药水,走进卧室,只见季灿果然一动不动地闷头躺在他的床上。她过去掀开被子,拍了拍他:"起来。"

季灿翻身坐起,亮出了脸上的瘀青。

季风用棉签蘸了药,问:"就这里吗?"

季灿脱下短袖校服,一扭身子,肩上和腰部也有。他说:"摔的。"

"不用跟我说。"季风耐着性子给他上药,见他虽然干瘦,但身板非常结实,薄薄的一层皮肤下,肌肉轮廓清晰可见。

"我不知道为什么我这么倒霉,从幼儿园开始,我就是被欺负的那个。我明明什么也没做,看成绩,我不是最差的,看体格,也不是最弱的,怎么偏偏就是我?"季灿忍着眼泪,对季风沮丧地说,"但是姐姐就很受欢迎。明明我们什么都差不多，但你就是很招人喜欢，我真不懂。"

季风收起药水，捡起有脏污的校服说："这个我扔洗衣机了，你换一件新的，下楼吃饭。"

"姐姐，自从我开始住校，我觉得你跟我越来越疏远了。"季灿说，"以前我们明明很亲密的，那时候有人欺负我，你一定替我出头。现在是怎么回事儿？我不明白我做了什么，让你对我这么冷漠。"

"你是不是想太多了？"说完，季风拉开衣柜，抽出一件T恤扔在季灿身上，便转身走去阳台。把衣服扔进洗衣机后，再回到客厅，她看见季灿已经站在楼梯口等她。

许久以前，季灿还是一个小男孩时，季风没有意识到他是"弟弟"。因为他娇弱、纤细，说话嗓音很尖，撒娇时像小女孩一样，身体歪歪扭扭地缠着她，甜得像是化了的糖。

之后倒也不是猛然察觉季灿是弟弟，而是很缓慢渐次的。季风开始注意到自己身上的衣服，即使洗了还是有一股淡淡的"别的气味"，而这只是一件小事，并不足以困扰她。

但是有一天，季灿打完球回来，大汗淋漓地与她贴坐在一起，她才知道那是季灿的气味，一种正值发育期的男性的气味。说不上臭，很微妙。总之，季风很不喜欢。此后，她就有意避开季灿，不与他混洗衣服。

被季灿藏在床下的书，也在提醒季风，他是个男生。有好几次，季风注意到季灿躲在被子里打着灯在看什么，她以为是在玩游戏。后来一次打扫中，她发现了他那些露骨的书。她翻了翻，又放回原处，心里知道：这很正常。她没有觉得不应该，也没有产生什么厌恶感，脑子里就只想到：到底是个男人。仅此而已。

有几次，季风撞见季灿跟同学在一起时，他都是匆匆与她道别，不愿让身边的男同学多看她几眼。虽然他们很有礼貌，微微带着兴奋地问好："你是季灿的姐姐？姐姐好！"

这样的情况，已经让季风隐隐察觉出来了"什么"，但到底是"什么"，说不上来。

直到有一次，季风被父母要求去网吧找季灿，季风叫他回家，他说"再打一局"，于是她不耐烦地站在他身后等待。此时，坐在季灿身边的男同学扭过脸来，上下打量了一番季风，对季灿说："你有没有觉得你姐姐还挺漂亮的？有男朋友了吧？"

季灿听了这话，站起来对季风说："走吧，不玩了。"

这刹那，季风终于意识到了"什么"是什么。仅仅在姐弟之间，他是弟弟，她是姐姐，这是显而易见的；如果将她从家的范围里拿出来，放在季灿所处的外界环境中，她的姐姐身份便不见了，她只是一个女人。

她会被他的同学点评是否漂亮，打趣地问有没有男朋友。而他出于男性的身份，便自然是站在他们的男性集团之中的。此时此刻，他不是他的弟弟，他是一个男人，他得接受他的同学、他的朋友，把他的姐姐视为一个女人。

季风就是这样逐步地意识到，季灿是自己的弟弟，是一个男人，他跟她是不一样的，面对的一切都不一样。

季灿跟着季风一起下楼时，以轻松说笑的语气道："姐姐，你有没有发现，我马上就要比你高了？"

季风面无表情地说:"那不是当然的嘛。"

季灿自讨没趣,再度沉下脸来。

爸爸张罗了两菜一汤,是青椒肉丝和鸡蛋炒香肠,那汤是从隔壁店里端来的瓦罐排骨汤。

季风见状,知道是为季灿特地做的,于是识趣地回到妈妈身边继续帮忙。

易杰对她说:"你歇会儿吧,去喝两口汤。"

季风回答:"我吃过了。"

"你爸爸有话跟你说。"易杰扭身冲季永强提醒道,"你给她说说!"

于是季永强盛了一碗汤,殷勤地放在季风的面前说:"你明天上午请个假,你张阿姨领个朋友过来跟你见见。"

张阿姨是这条街上出了名爱做媒的老太太。

季风立刻警觉地问:"什么见见?什么朋友?你是给我安排了相亲吗?"

季永强说:"你要说是也可以是,但也不算是,多认识一个朋友,总是好的。"

季风一晚上没睡好。她知道自己面对相亲对象也只是走个过场,她的应对策略就是没有策略,冷着脸不说话就行了。但还是睡不着觉,因为失控感——她好端端走着自己的路,却被强行推去另一条路,虽然最终也不影响她抵达自己想去的目的地,但毕竟是被强推了一把,有种身不由己的屈辱感。

一大早醒来,她就给陈顾家打电话请假,对面很不高兴,要求她拿出一个正当的理由。季风不想说是因为相亲,她倚着窗口,见到楼下的季永强正在跟季灿拉扯,想要阻拦季灿出门玩耍不成,叉着腰站那儿骂了两句，正巧一辆面包车开了过去。于是她灵机一动道："我爸出车祸了。"

对面陷入沉默，似乎在判断事态的严重程度。

楼下的季永强转过身，看见楼上的季风，于是摆出慈父的笑容招了招手。

季风也招了招手，对电话道："快死了。"

那边才不甘心地说："好吧。"

陈顾家说季风给自己找了天大的麻烦，因为他今天也有很重要的大事儿，本来他只要找个人代自己的班就行，现在不得不找俩人了。

等到上午九点半，季风就知道陈顾家所谓的"重要的大事儿"是什么了，那就是相亲，而且对象就是她。

除了跑出去玩的季灿，季家人齐齐整整地站在收拾了一番的店铺里，迎来了由张阿姨带路的陈顾家。远远见到他时，季风还没反应过来，以为陈顾家不相信她胡诌的理由，特地过来抓她去上班。

直到他进到了店里，季风见到他双手提着标准的上门相亲套装——一条烟、一瓶酒和一篮子水果——才恍然大悟。这或许是她人生第一次笑到前仰后合、双眼含泪。

大家都被季风的爆笑给弄得不明所以，一时间愣在原地面面相觑。陈顾家更是一脸疑惑，对季风惊奇道："你怎么在这儿？"

这叫季风更是笑得上气不接下气了。陈顾家有些恼怒地瞪她一眼，但也没忘了此行的目的，在屋里环顾一圈，便把易杰当成了目标人物。他换上一副笑脸，双手奉上礼品，说："你好。"

易杰还没反应过来，热情地接了过去，说："你好！"

季风边笑边大声道："她是我妈！"

陈顾家瞪大了双眼,但立刻整理好了思路,对季风说:"没事儿,我愿意当你爸。"

只听站在一边的季永强发出"欸?"的一声,季风笑得跺脚,指着季永强说:"他是我爸!"

陈顾家刚整理好表情的脸上又露出了诧异,不过他还是尽可能地整理好了线索:是前任一起来做考察是吧?他一本正经地对季永强说:"我是好人,你放心吧。"说罢,他还指着季风补充,"不信你问问你女儿。"

季风笑不动了,拖出来一把椅子,瘫坐着看这闹剧如何收场。

季永强一头雾水地问:"怎么,你跟我女儿早就认识了?"同时拍了拍季风说:"快起来,多没礼貌。"

季风指着陈顾家对季永强说:"他是我师父。"

"对,我是她师父。你是她爸……"陈顾家伸出手要与季永强握手,突然想起来,"哎,你不是被车撞了?"

"啊?"季永强张大了嘴。季风又开始笑。

等在一边的张阿姨不耐烦了,她拉着陈顾家面朝季风这一边说:"都别闹了。咱们能不能正经认识一下?"

"对对,我们坐下聊,别站着了。"季永强赶紧拉开椅子,示意大家都坐下。

陈顾家这才意识过来,指着季风惨叫一声:"啊!"见季风点点头,他一拍脑门:"这闹的!"说完,转身往外走了两步,又转过身来,指着季风大声道:"你,跟我回去上班。"

季风顺势迎上去说:"好嘞。"跑到半路,指着地上堆放的烟酒水果问,"这个?"

陈顾家回道:"拿上!"说罢,扔下一脸无辜的张阿姨,气鼓鼓地双手插兜走了。

来到马路边上,季风看见了熟悉的货车。她拉开门把东西放进去,又从篮子里拿出一个苹果来,笑嘻嘻地问:"我能吃吗?"

"你小子。"陈顾家夺回来,指着驾驶座说,"你开!"

季风继续调侃:"这不本来就是送我的?"

陈顾家咬一口苹果,同时瞪她一眼:"给我亲家的!"

季风坐进驾驶座,边系安全带边笑:"师父,你恼羞成怒了?"

"看我笑话是吧?"陈顾家说,"你难道就不好笑?"

"我更好笑。"季风肯定地说,"才22岁就要被父母嫁给老头儿。"

陈顾家反驳道:"谁是老头儿?我才33岁。"

"你才33?"季风顿了顿,"那对我来说也还是老。"

"一轮都没有!我父母可是相差了整整12岁。"

"那个张阿姨拿了多少好处?"

"她说事儿成了,请她吃个饭就行。"

季风一脚油门,无语道:"没好处还这么积极替人卖女儿,真闲。"

"有的人是这样的,看到别人没成家,她自个儿最着急。"陈顾家点了支烟,吐了个烟圈后,似乎才从这一出闹剧里走出来,开始取笑季风,"你知道她怎么夸你?说你能干、温柔、年轻、漂亮。"

季风反问:"哪条不对?"

陈顾家说:"就能干算是沾点儿边吧。"他问,"她怎么夸我的?"

"没听她提。"季风回忆了一下季永强怎么描述陈顾家的,补充道,"就知道你是个男的,人挺老实。"

"老实？骂我呢？"陈顾家不甘心地追问，"一句好的也没提？那你家也答应见我，你父母心真大。"

"倒是说了你有钱。"季风问，"你有吗？"

"算有吧。我也不怎么花钱，挣的钱都留着，为了娶老婆。"陈顾家摆摆手，"唉，不提了，这闹的，回家都不知道怎么跟我老母说，相亲相到自己的徒弟，一个连性别都没定的小屁孩。"

"张阿姨没跟你说我叫什么？"

"不记得了，应该没说，不然我也该嘀咕一下，就说有个合适的女的。"

季风也恢复了平静，又摆出那一副标准的面无表情了。她盯着前方边开车边问："你不觉得奇怪吗？两个人连对方的名字也不知道，更别说喜欢什么、讨厌什么了，就两个陌生人，竟然要为了以后一起生活甚至生孩子，来特地见一面。"

"怪吗？多少人都这么过来的，而且见过了就认识了嘛，感情以后可以培养。"

"你是肯定要结婚生小孩的吗？"

"不然我这么努力赚钱是为什么？"

"不能为了自己？"

"结婚生小孩不也是为了我自己？"陈顾家抬起手，"前边路口左转。"

季风轻哼一声，循着陈顾家的指示打了方向盘。

陈顾家说："你不要以为自己多特别，再活一阵子，你就会发现人跟人都一样。"

货车沿着一条窄巷小心地前进着,陈顾家左顾右盼,一直吩咐:"慢点儿,再慢点儿,别剐花我的车。"

季风回想车身上累累的旧疤,问道:"你这车还怕剐?"她感受着后车厢的重量,好奇地问,"装满了?"

"临时找不到两个人代班,我就跟客人商量了下晚点儿送去,本想着等相完亲再送……这位客人好像是准备开个小酒馆。"陈顾家说,"到了,停。"

陈顾家跳下车,走进一家刚挂上招牌的路边小店。他说自己去跟客人打个招呼,叫季风先把货厢打开,东西一件件往地上卸。

这里是酒吧一条街,通常是晚上六点后才开始营业,所以此刻很是冷清,唯有几家小吃店开着门。整条街都很陈旧,但每一家店也都费了心思装潢,五花八门、花枝招展,所以呈现出"人间烟火"的熙攘感觉。站在其中,即使周遭静悄悄的,季风也似乎能听见人潮涌动声。

陈顾家进去的那家店,外墙是新刷的白漆,搭配暗茶色的实木门窗,一串风铃在屋檐下丁零作响,店招上的店名是"落日小馆"。

季风将桌椅、灯具以及各种托盘、杯具等杂物,从货厢里用小拖车卸下来。虽然这些东西都是一个色系的,但是风格迥异,桌面与椅子也并不配套,从上面的痕迹可以看出来,全是四处收来的二手物品。她想这位店主的开店预算应该比较紧张。

"好啦,往里搬吧!"陈顾家从里面推开了店门,并随手捡起一块砖头抵在门下。一只通体漆黑的大胖猫突然从洞开的门里蹿了出来,径直钻进了货车的车底。

"啊!"陈顾家急了,"猫!客人的猫!快、快捞回来。"

季风于是整个人趴在地上,往车底的一团黑毛绒伸出手去,嘴里唤道："咪咪，咪咪。"如此折腾了一会儿，已是正午，她感觉到太阳毒辣地炙烤着她的后背，汗珠沿着鼻尖往下坠，在地面上坠出一个两个深色的小点。

有人从身后靠近，影子覆盖了季风的整个身体，一时间，她感到一阵清凉。

"它叫瓦利。"说话的声音很低沉但又柔软，像是沉甸甸却又圆润温热的鹅卵石，刚从浅溪里捞起来。

"瓦利？"季风于是冲着猫叫，"瓦利！过来！"

黑猫竟然真的喵了一声，但也仅仅是回应而已，又若无其事地舔起了爪子。

季风叹气："不行啊。它不理我，在吃脚呢。"

刚才说话的人轻轻笑了一声，走到季风的身边蹲下来。

一缕淡淡的洗发水香味。季风只认出是"洗发水"的香味，但具体是薰衣草还是海盐、白桃之类的，她就辨不出来了。

一只手探到了季风的脸前，朝着猫摊开掌心，拢了拢手指头，轻声呼唤："瓦利，过来。"这是一只骨节分明的大手，凸起的青筋在白皙的皮肤之下，犹如清晰的地脉。

黑猫朝手的主人走了过去，被对方顺势抱了起来。于是季风也回过头去，看见了抱着猫的人……男人？女人？她一时恍惚，以为是背着光的原因，只看到又男又女的轮廓。

随着对方站起来，她也站了起来，发现眼前的人个头接近一米九了。她仰起头看眼前人：线条凛冽的五官，喉结与宽肩，这样的相貌和骨架肯定是男人，但是留着一头蓬松又浓密的长发，穿着勾勒出丰胸和细腰的长裙，笑意盈盈的双眼里，是女性特有的那种波光粼粼的温柔。

对方似乎察觉了季风的疑惑，歪头蹭了蹭怀里的猫，自我介绍道："你好，我是'落日'的老板娘，任迁宇，你可以叫我迁宇或者小宇。"

季风回过神来，意识到自己的冒犯，一时间红了脸："你好，我叫季风。"

在忙碌地搬东西的时候，季风时不时偷看任迁宇。任迁宇并没有闲着，在俯身检查每一张桌面和每一个杯子，神色非常专注。只在陈顾家询问"老板，这个放哪里"的时候，她才会抬起头来，认真地思索三秒后，肯定地指着某处，说："那里。"

季风注意到这室内一尘不染，想来对方一定很注重整洁。果然，任迁宇在看到一张桌布上有污迹时，在那里用纸巾擦拭了老半天。季风走过去看了一眼后，说："你戴隐形眼镜吗？"

"啊？"任迁宇似乎被她突然的接近吓了一跳，但惊呼声也很轻，轻得很优雅，像是落地的一片羽毛。

季风说："往上滴两滴隐形眼镜护理液就能擦掉了。"

任迁宇笑起来："谢谢。"

她即使坐着，也能看出体格"庞然"，按理来说，应该是很有压迫感的，实际却像是一座琉璃雕的神像，庄严感与易碎感并存。

觉得自己帮到了忙，季风不好意思又颇为满意地抿嘴一笑，转身继续干活儿。见到陈顾家为了接个电话走出店外，她又无意识地转过脑袋去，却见到任迁宇似乎在等她一般，端坐着与她四目相对。

"被抓到了"的心虚感让季风立刻扭过头去，但她又马上意识到自己这样子很"做贼心虚"。于是她站直了身子，重新转过脸去直视对方。

任迁宇坐在窗前，被窗外的阳光镀上了一圈淡金色的光晕，这使得她看起来像是画框里的人像。名叫瓦利的黑猫正在她的脚边，用脑袋磨蹭她凸出的脚踝骨，发出请求抚摸的呼噜声。

她问："你在看什么？"

季风有些紧张："我在看什么？"

任迁宇说："你在看我。"

季风诚实地说："你、你很美。"

见到她笑了，季风还想再说些什么，但是张了张嘴还没能整理好语言，陈顾家已经推门进来了。刚才那种如梦似幻、令人恍惚的气氛便像是被闹铃给打破了一般，一股汗津津的现实气味灌入了季风的鼻腔。

陈顾家喝道："动作快点儿！下一家在催我们了。"

季风在手机里搜索"任迁宇"，什么有效信息也没有得到。她不甘心地点进"同名同姓网"，看见全国重名有 688 人，其中登记为女性的有 123 人。

她盯着这个名字发了会儿呆，又加上"落日小馆"的关键词再搜一次。这回在点评网上见到了，孤零零的一张店面图片，还没有评分，有个小标签注明了是"新店"。她见到有一条评论，点进去看，是个路人留的："老板男的女的？"也没有回复。

"小风——季风——"易杰用铁勺敲了敲锅边，哐哐两声，叫季风回过头来。她在呛人的烤串白烟里冲季风吼道："收钱，喊你老半天了！"

躲在收银台后边、坐在小板凳上、藏在阴影里的季风赶忙收好手机，站了起来，果然有一桌客人在不耐烦地看向这边。

"这几天越来越能偷懒了！"易杰一边颠锅，一边头也不回地说，"快过来，这串儿要翻面儿，我这粉也要装盘了。"

季风迅速地找了零后，小跑到易杰身边，一手给串儿翻面，一手摸出一个空盘放在铁锅边上，只听刺啦一声，滚热的炒粉立刻被倾倒进去。

易杰转身去喝了几口水，回过身来把季风从烤串摊这边往炒锅那儿挤了挤，说："还有三份，你来炒，有一份免葱免蒜，还有一份多辣两个蛋。"

季风抓起锅铲，问："现吃还是打包？"

"免葱免蒜那份是打包的，先做。"

季永强奔过来端走了热乎的那盘去上菜，不到三秒又奔回来，说："多辣两个蛋的在催了。"

季风在火光中飞快地扒拉着，说："这个打包的好了就做。"

季永强于是叉腰在边上站着，嘴里抱怨连连："那张姨真是好笑，上回闹那么一出，不给我们讲清楚人多大，这回又来了。我追问半天，她才支支吾吾地说四十刚出头，你说这四十她还能说刚出头，真有她的。"

季风冷着脸说："那你也没问啊，是个男的就行。"

"我哪知道她那么不靠谱，这回不就问了吗？"季永强笑道，"我们家小风条件这么好，肯定得找个门当户对的呗。"

季风问："怎么个当法？也欠了五百万？"

季永强一怔，皱起眉头说："什么话，那当然是要跟你一般年纪的小帅哥，稍微大几岁是最好的，能照顾你，有体面工作，走出去配得上你。最重要的是心疼你，家里条件也行，不叫你受苦，能叫你过好日子的。"

"家里条件也行，要怎么行？能给还上五百万的那种行？"季风不等季永强再接话，把锅里的炒粉抖落在盘子上，冲他抬了抬下巴示意他赶紧走，"加辣两个蛋。"

于是季永强端起粉转身走了。

季风摔锅铲的动静有些大,易杰问:"是不是嫌你爸?你爸……"

"他也是为了家里好,才上当受骗。"季风堵上她的话。

"要是他没被骗,赚了钱,还不是我们一家人享福?人都说不好未来会怎样,你说是不是?"易杰还要继续补充,"既然现在是这结果,一家人嘛,就是要共渡难关。"

季风不说话,机械地颠着锅在炒下一份订单。

易杰还在唠叨:"你也别故意跟我们对着干,最近回来得一天比一天晚,这脸也是越来越臭,跟仇人一样,我们做父母的能害你吗?还不是希望你好?你这么大个人了,我在你这个年龄都怀上你了,你就完全不去想成家的事儿?"

这一串串老生常谈,在季风的耳朵里就是"嗡嗡嗡嗡……嗡嗡嗡嗡……",像是一种噪声形成的雾,环绕在她的周身,腻腻乎乎。

她知道这就是苦闷,是擦不亮的灯,是抠不掉的油垢,是她摆脱不了的现实。她干咳两声,抹一把脸,心里就一点儿星光——

她明天还想看见任迁宇,这是她在泥淖里也能入睡的盼头。

她想看见那个亮闪闪的、干净的、如梦似幻的人。

第 5 章　将落日温柔地撕裂

这些天下了班，季风没有急着往家赶，而是鬼使神差地一次又一次漫游到了落日小馆所在的那条街。

任迁宇的身影非常好捕捉，在花店、在便利店、在排列着自行车的人行道、在散发着鱼腥味的菜市场，她都像一束移动的光柱，是令人难以忽视的存在。

她从人群里一路走过去，人们的视线便好像被光所牵引一般，齐刷刷地投向她。当然并不全是友好的，甚至伴随着一些刺耳之语，全都飘进了尾随其后的季风的耳朵里。

她听见他们在说："男的女的？""好像是女的。""是'奇荷'吗？我还是第一次见到。""真够奇怪的，太吓人了。""谁家孩子要是长成这样，得多伤父母的心啊……"

"奇荷"是对晚熟人的蔑称。晚熟人指的是直到 24 岁也没有决定自己的性别，或者是在 18 岁已经作为某性别完全成熟，却又在 24 岁选择成为另一种性别的人。最终在 25 岁时，他们的外形会呈现出极端男性化与极端女性化并存的样子。

虽然官方在科学角度上，认为晚熟人与一般人没有任何区别，完全可以正常生活和繁衍后代，但民间一些保守人士认为这是一种进化的失败。

这些在任迁宇身后交头接耳的人，都是完全的男人和完全的女人，在季风看来却像是一堆混沌的、矮小破碎的尘末，像是火焰燃尽之后剩下的土堆。

下雨了，还好落日小馆是有屋檐的，季风站在窗外，以躲雨为由，光明正大地往里探望。这是她第一次站在这个位置，之前几次都是站在三米开外，拿着手机来回踱步，在假装打电话的同时偷偷看几眼，虽然看不太清楚，但也能从模糊的轮廓一眼认出来任迁宇在干什么：她在转身取东西、她在和客人说话、她抱了一会儿猫。

现在能看清楚了，甚至能听到一些声音，因为里面的客人在大吼大叫。

那是一个光头留着络腮胡的男人，他脸红脖子粗地趴在吧台上，对任迁宇口沫横飞地撒野："哪有开酒馆自己不喝酒的老板哪？你还想不想挣钱了？是看不起我还是怎么的？"

面对他的咋呼，任迁宇表现得很淡然。她笑着哄劝："李总，正因为我是开酒馆的，还得招呼客人，所以更不能喝醉了，你的好意我心领了。"

"什么客人？这屋里不就我们几个？"光头环视一圈，只有他的两个朋友坐在他身后的小圆桌前，那俩人正在笑眯眯地看戏。他继续对任迁宇打着酒嗝儿，嚷道："你以为有多少人会愿意来……来你这样的人开的，开的酒馆？"

一阵冷风灌进来，光头被猛地吹得一个激灵，扭过脸去。是季风突然拉开的门，她站在门口抖了抖身上的雨，在众人的注视下，径直走到他身边，闷不吭声地落座。

不知道来者是什么来头,所以室内一时寂静。但是三个老爷们儿打量了一下季风,发现她只是一个穿着旧 T 恤、脏球鞋的"孩子",于是又轻浮地笑起来。

光头自问自答:"男的女的啊?奇了怪了,不男不女的都在这里了。"说罢,他转身看一眼同伴,那俩人配合地大笑起来。

季风没有搭理他们,看着任迁宇有些紧张地自我介绍:"我是……"

"我知道。"任迁宇满脸笑意地打断她。

她于是松了一口气。一直不敢大方地走进来打招呼,首先是担心任迁宇不记得她,其次是不知道怎么解释她来这里是为什么,她又不喝酒。

"下雨天凉,热咖啡可以吗?"任迁宇动作利落又轻盈地拿起咖啡壶,将一个有猫耳朵的咖啡杯推到季风的眼前。

原来可以进来喝咖啡呀!季风脸上有一瞬间的恍然大悟,这表情叫任迁宇捕捉到了,笑意更深了一些,她又问:"要牛奶和糖吗?"

季风接过黑咖啡说:"不了,我喜欢苦的。"

"那你是很特别的小孩。"

"我 22 岁了。"

两人之间这融洽祥和又旁若无人的氛围激怒了光头,他贴近季风的脸,凶狠地说:"你,坐一边去。"

见季风一动不动,他的脸贴得更近了,整个人仿佛要倾倒在她的身上:"小朋友,听不见我说话啊?你碍我眼了,一边去。"

季风只是喝了一口咖啡,嘶了一声,说:"好烫。"

任迁宇耸了耸肩,语气宠溺地叹道:"别急呀。"

光头突然一巴掌甩过去,把季风的咖啡打翻了,洒了她一身。这使得她弹起来，怒目迎向他。对方虽然没有她高，但是块头是她的两倍，不过她并没有退缩的意思，另一只手已经紧握住了能摸到的武器——一把勺子。

见自己挑衅成功，光头抡起了拳头，只是没能落下去，因为任迁宇一把攥住了他的手腕。

他被捏得青筋暴起，任迁宇却似乎毫不费力，轻言细语道："李总，大家都是客人，如果你不尊重我的客人，那我以后也不会欢迎你。"

光头闷声挣扎了两下，发现任迁宇虽然看起来人畜无害却力大无穷，他根本挣脱不了。被一个长发披肩又穿着裙子的女人如此拿捏，这叫他脸上又红又白的，他看一眼两个同伴，他们立刻站起来拉架："不好意思啊，老板娘！李哥喝多了，别跟他计较。"

待任迁宇撒手之后，脚下不稳的光头被同伴架着往门外走，他的气焰才终于恢复，临走前甩下一句："死奇荷。"

任迁宇的表情平静得像沉静的湖面，似乎没有受到任何影响。她走出吧台对季风说："给你换件衣服吧，头发也要快些吹干，小心着凉了。"

"没关系的。"季风抬手摸了摸头发，原来早就被雨打湿了，她也没注意。

"跟我上来一下吧。"任迁宇走向通往二楼的狭窄楼梯，突然意识到什么似的，转过身来问，"你不放心？"

"啊？"季风一时间没反应过来，只见任迁宇躬着身子站在昏暗矮小的通道之中，手臂上的肌肉线条被光影勾勒得十分鲜明。季风这才意识到她在说什么，赶忙追上去，摆摆手说："不是的，我是拿你当姐姐，去你的房间会不好意思。"

一声轻轻的苦笑从暗处飘来:"你不用哄我。"

"真不是,真不是,我说真的。"季风一着急,伸手握住了任迁宇的手,又立刻松开,更慌乱地道歉,"对不起。"

任迁宇又笑了,这一次的笑声是轻快的。

两人挤挤挨挨地上了楼。任迁宇把灯打开之后,映入季风眼帘的是一间整洁干净的客厅。不同于楼下的原木风格,楼上是以黑白灰色为主,东西不多、井然有序,有不少鲜花点缀其间,于是冷冰冰的色调被升温了不少。

任迁宇去卧室里拿衣服,季风有些局促地左顾右盼。室内点了非常好闻的熏香,她吸了吸鼻子,循着气味找到了来源,在书架上。那上面放了几个奖杯,其中一个写着"第一届青苹果最受欢迎歌手"——这是非常老牌的一档选秀节目,如今已经办到第八届了。

"黑色T恤可以吗?"任迁宇的声音从卧室里传来。

"随便什么都可以。"季风转过身去,朝着她的方向,并拢了双手双脚回答。

任迁宇拿着一件T恤和一个吹风机走了出来,递给季风之后,自然地转过了身,却被季风拽着,对她说:"你不用转过去的。"

见任迁宇迟疑,季风再度郑重地说:"拜托,你不用转过去。"

任迁宇这才明白了季风的意图,于是垂下双手,以相当放松的姿势站在她的面前。两人四目相对,季风感受到她的目光柔和、温润,像是刚刚入夏时的风。

季风不急不缓地换下脏了的T恤,在套上任迁宇给的干净T恤时,脑袋被稍微卡住了。她隔着衣料听到温柔的轻笑声,任迁宇说:"可能领口有些缩水。"然后一双手覆上来帮忙,在季风的脑袋探出来时,这双手顺便帮她捋了捋乱了的头发。

季风闻到她手腕上的香味和这件衣服上的差不多。

"谢谢。"季风说,"我洗了之后再拿回来还你。"

任迁宇说:"不是什么值钱的衣服,你留着也可以。"

"不,我——"季风着急,"我想拿回来还你。"

任迁宇又笑了,是那种看见小猫小狗时情不自禁的笑。这笑容很显然与她面对客人时是完全不一样的,季风非常喜欢看见她露出这样的笑,喜欢得在心里打了个滚儿。

楼下的风铃响了,有客人推门而入,他们在大声询问:"有人吗?"

"今天竟然会有这么多客人。"任迁宇露出惊讶的表情,对季风说,"也许你是招财猫呢。"话音刚落,蹲坐在沙发上的黑猫便发出吸引关注的叫声,任迁宇忙拍拍它的头:"瓦利也是。"

任迁宇把吹风机留给季风,便自己下楼去待客了。

季风于是坐在沙发上开始给自己吹头发,瓦利不但没有跑远,还走到她的腿上横卧下来,这令她受宠若惊。窗外的雨势渐大,敲在玻璃上发出闷响,但眼下的这一切像是童话故事,香气四溢、风平浪静。

是手机的振动声打破了这氛围,季风看了一眼便挂了,是家里催她回去帮忙。她看着黑屏,灵光一闪,打开浏览器搜索:"第一届青苹果最受欢迎歌手是谁?"

禾智慧已经有很长一段时间没见到季风了。

这个"很长"指 21 天。这对禾智慧来说够长了,自她认识季风开始,她从未试过叫季风在自己的视野里彻底消失超过三天,尤其是上学那会儿,她们俩可以说是每天都形影不离。

这些天,她约季风吃饭、见面,都被敷衍了。于是她试着直接去搬家公司找季风,那里的员工说她下了班就不见了。她又去季风家的烧烤摊,季风妈妈抱怨连连,说季风现在一天比一天回来得晚。

"也许是交了坏朋友。"易杰皱紧了眉头,对禾智慧说,"你跟她最亲,看好她,别让她走上歪路。"

禾智慧笑起来:"看好她?我恨不能她长在我的眼睛里。阿姨,我感觉小风跟我越来越陌生了。"

"谁不是呢?"易杰一边继续烤串儿,一边说,"你要不留下来吃个饭,等一下季风?如果她跟昨天一样的时间回来,大概再过一个小时就能见到人了。"

禾智慧抱着胳膊,用衬衫的下摆遮盖着自己短裤下露出的大腿根。周围吃饭的多是男客,他们的视线犹如扑腾的飞虫,咚咚有声般往她身上撞。她还是决定走了:"算了。我明天还要早起去上班,阿姨,你跟小风说一声,至少回一下我的短信。"

回去的路上,禾智慧被季灿叫住了:"智慧!"

禾智慧回过身,看见穿着校服的季灿和他的两个同学,他们无所事事地坐在路边的护栏上,手里抓着已经被捏扁了的空饮料瓶。

禾智慧说:"叫姐姐。"

季灿笑道:"你又不真的是我姐姐。"他说话间,一直在注意身边的朋友,他们果然痴痴地看着禾智慧,这让他感到很有面子。为了显得自己跟这样的美女相识已久,他继续说笑:"如果你真的很想跟我成为一家人,可以等我几年。"

"臭小子,这么小就油了!"禾智慧挽起衬衫袖子,走过去狠狠掐住并扭转季灿的耳朵,"叫不叫姐姐?"

"姐姐！姐姐，智慧姐！"季灿被掐得嗷嗷叫，但显然还是很开心，她的举动更证实了他们的关系亲密。

禾智慧推他一把："赶紧回家，大晚上在外面瞎晃，不像个好学生。"

季灿揉了揉耳朵，问："你是来找季风的吗？"

禾智慧不想再搭理他："你姐的大名是你随便叫的？"说罢，就继续往前走。

"我送你。"季灿追上去，"你再厉害也是女生，天黑了，我不放心。"

两人朝着地铁站走去，季灿没话找话："智慧姐，你这裤子太短了吧。"

禾智慧说："灿灿，你越长大越不可爱了。"

"男人不需要可爱。"季灿抬手在禾智慧头顶挥了挥说，"我比你高了！去年我还比你矮呢，我是不是长得很快？我以后会更高，比我姐高多了！"

禾智慧嗤之以鼻："高再多，你也帅不过你姐。"

"女人哪有说帅的。"季灿说，"你不是在等我姐变我哥吧？不可能的。"

禾智慧白他一眼："关你什么事儿。"

来到了地铁站口，季灿左看右看，也不知道在检查什么。他终于鼓起勇气说："智慧姐，要不你真的等等我吧，你不觉得我跟我姐长得挺像的吗？"

"说什么呢？"禾智慧觉得好笑，冷哼一声。

"我从小就拿你当我家里人，我不敢想你以后会嫁给别的男人。"季灿说，"难道你敢想吗？那太可怕了吧！我不愿意。如果你跟我结婚，我们就是真正的一家人了,你也可以每天跟我姐在一起,不是吗?那不是最好的结果吗?"

禾智慧被说得一时间百感交集,既恼火又不适,反正就是难受得很。她翻个白眼,不耐烦地说:"你还这么小就想结婚的事情了?别太搞笑。"

季灿双手插兜,眼睛不敢直视她,脚尖一下一下地戳蹭着地面,仿佛嘴里的每一个字都得借力才能说出来:"我不小了,我已经知道什么叫喜欢一个人了。"

"小鬼,你知道个鬼。"禾智慧扔下这句话,转身头也不回地走了。

等到深夜,禾智慧才等来季风的一条短信:"每天一堆事情,太累了,不想说话不想打字,我很好。"总结来说,就是别烦她。

"切。"禾智慧不以为意,对着刚涂好新甲油的脚拍了一张照片发过去:"看!猜猜多少钱?"等了三十秒,再发一条:"可水洗的,20块。"

还是没有回复,她从床上盘腿坐起来,继续发短信:"你理一下我会死?"

对面发了一个吐舌头的笑脸表情,禾智慧高兴了,捋了捋头发,自拍一张照片发过去:"你猜我这大晚上还带着妆是要干什么?"

等了半晌,没有回应,禾智慧无聊地看一眼窗外,听得见隐隐约约的车水马龙声。她住的地段还不算冷清,但是屋里寂静得让她突然打了个冷战。

她挪了挪屁股,靠近贴着床的书桌,把手机放在支架上,打开了直播间,盯着屏幕机械地读出每一个进来的ID:"欢迎'我不是你爷';欢迎'长夜将至';欢迎'金山十四少'……"

数分钟过去了,她的脸上没有表情,她眯着眼读出屏幕上的质疑:

"主播怎么不笑啊？"她冷哼，"又没人送礼物，我笑什么？"

话音刚落，屏幕上出现了一台跑车飞驰过去的小动画。

禾智慧立刻笑起来，歪着头甜腻腻地说："谢谢大哥，我是新主播，什么都不懂。刚才那个礼物要多少钱啊？我没看清楚，大哥再送一个，或者送个更厉害的嘛。"

隔天下午四点，禾智慧就跑去季风上班的搬家公司门外蹲守了。她戴着帽子、墨镜，又用丝巾把自己上半身都裹起来，躲在小卖部外的冰柜后面。她一直等到五点，看到季风从货车上下来，立刻跟了上去。今天她就要解开"季风一天都干什么了"的谜题！

事实是季风完全不像她所说的那么忙！禾智慧发现她走两步就看一眼手机，路上遇到野猫也会停下拍照片，接着应该是发送了出去。禾智慧立刻看一眼自己的手机，什么也没收到。她不甘心地发了条短信过去："小风，干什么呢？"

很显然，季风看见了，但是她没有回复！禾智慧忍不住啃起了指甲。

在地铁上，季风也全程都在打字，时不时会笑一笑。

在对谁笑？禾智慧恨不能冲上去夺过来看一眼。她已经蓄势待发了，是身边的乘客突然对弯腰弓背的她来了一句"阿姨，你坐"，让她冷静了下来。

出了站之后，禾智慧眼见着季风走进酒吧一条街，她的步伐更快且更轻盈了，速度堪比小跑。禾智慧从没见过像这样仅仅是背影都透露着快乐的季风，她更为疑惑，也更为怒火中烧起来。

她快步追上去，见季风没有任何停顿地拉开了一间酒馆的门，在一开一合之间，人就不见了。这对禾智慧来说，就好像见到一条深海鱼把季风给吞掉一般令她惊悚:季风怎么会去酒馆?

她似乎怕惊扰到什么,小心地靠近,隔着窗往里探望。那是季风,又不像是她,因为她在笑,是那种发自真心、难以抑制、感到满足的笑容,禾智慧看愣了。

她在对谁笑?禾智慧狠狠地拉开门,以要把地面跺碎般的力道冲了进去。

几乎每天都来落日小馆的季风,在这里已经混成了"半个老板"。客人进门时,她会说"欢迎光临",客人落座时,她会问"喝点儿什么"。她对这店里的一切几乎了如指掌,所以当任迁宇忙不开时,她会走进吧台里边,把客人点的酒水小吃给端出来。

于是,当禾智慧冲进来时,她条件反射地说:"欢迎光临——智慧?"她从座位上弹起来,"你怎么来了?"

禾智慧能很快地找到这家店里的焦点,也就是季风在意的对象,因为对方就像是从大草原被空投到城市之中的长颈鹿,那种野性蓬勃又优雅健壮的身姿,实在是太难以忽视了。

所以禾智慧一时间失语,缓步走过去,在季风身边默不吭声地落座。

"你来这里干什么?"季风试图把禾智慧拉起来拽出去,但是禾智慧抬手挣脱,双眼直勾勾地盯着任迁宇,毫不掩饰自己上下打量的目光。

任迁宇脸上是正常的营业笑容:"第一次来吗?喝点儿什么?"

季风代为回答:"她不喝酒。"

"谁说我不喝?"禾智慧不服,"上次一起吃饭的时候,我不是喝了啤酒吗?"

季风无奈地白她一眼,同时走向冰柜拿出一瓶橙汁,起开盖子倒进玻璃杯里,放到她面前,问:"你跟踪我?"

禾智慧夺过杯子,喝了一口才辩解道:"碰巧!看见你在这里面,我就进来打个招呼。"

"你干什么能路过这儿?"

"那你又是为什么在这儿?"

见季风一时哑然,禾智慧也终于调整好自己刚被震荡过的心态,向任迁宇发起进攻:"你是什么人?"

她这样显露敌意的行为叫季风脸上一热,但是不等季风阻拦,任迁宇已经笑脸相迎地递上了一张名片:"我叫任迁宇,是落日小馆的老板娘。"

禾智慧追问:"你从哪里来?你以前是干什么的?你父母呢?你怎么认识季风的?"

季风叹气:"什么乱七八糟的……"

任迁宇说:"我刚搬过来,普通人,父母没来,小风是帮我搬家时认识的。"

禾智慧道:"小风?你叫这么亲密?你们什么关系?"

"你可以了!"季风一把将禾智慧拉向门外,对任迁宇道歉,"对不起!我今天先回去了。"

把禾智慧拉出门外后,季风问:"你在闹什么?"

禾智慧甩开她的手,气鼓鼓地往前冲,本以为季风会追上来,可冲出半里地后还不见动静。她回头看见季风站在原地,于是甩动双手跺着脚发出"啊!啊!"的尖叫。以季风对她的了解,是能自动翻译出来的,她在说:"你为什么不追上来?你为什么不哄我?"

季风于是不情不愿地走上前去,以温柔的口吻再问一遍:"智慧,你在闹什么?"

"还问我闹什么?"禾智慧反问,"你难道不清楚?"

季风向来是很能包容禾智慧的,因为在她眼里,禾智慧像一种总是龇牙咧嘴找关注的白色小狗,蹦得再高似乎也只能打到你膝盖的那种。

只是她最近全副身心都在任迁宇身上,才忘了禾智慧有多可爱。此刻禾智慧又在眼前了,她才因为回过神来,又成了禾智慧所认识的季风。她笑笑,双手拉着禾智慧的衣袖轻轻摇晃:"对不起,最近太忙了,怠慢了你。"

见到季风示好,禾智慧的态度立刻也软化了,她嘴角歪到一边,以此克制自己不要太快露出笑容:"你知道就好,但你要老实交代那人是谁。"

季风说:"你也看见了,酒馆老板娘,是我新认识的朋友。"

"你每天来找她?"禾智慧接连发问,"为什么?"

"她……她很特别。"

"有什么特别?不就是奇——"禾智慧顿了顿,"不就是那样?"

"她……很不一样。"季风走向一间小咖啡店,拉开了露天的椅子,对禾智慧说,"我请你。卡布奇诺去冰?"

坐在遮阳伞下喝着冰咖啡,禾智慧感觉自己的火气散去了不少,开始打量四周。时至傍晚,但云朵依旧镶嵌着依依不舍的日光,整条街的灯都打开了,天地的色彩彼此融合。人群熙攘,有许多年轻的情侣在走走停停地挑选着想去的店铺,而一些中年上班族则径直走进了自己常去的店里。

等眼珠子转回来时,禾智慧发现季风看着自己露出松了口气的笑容，立刻板起脸来："你说吧，她哪里不一样？我看她皮肤蛮糙的，年纪不小了吧？还新认识的朋友，长这么大没见过你交什么朋友，这猛地一下就是忘年交啊。"

"她才 28 岁。"

"那就是快 30 咯！"

季风给禾智慧看自己手机里正在播放的一段视频：那是一个穿着华丽的打歌服在舞台上唱跳的偶像，他的声音响亮清澈，即使在这么低质低清的视频里，也能感受到他在音感上的天赋，能看见他每一次笑容的灿烂程度，比满屏幕飞舞的亮片都要更耀眼。

禾智慧只看了不到两分钟，就认出来："这不就是——"

是任迁宇！但屏幕里的他是百分百的男性，留着金色短发的他穿着一身黑色皮衣，铆钉皮夹克是敞开的，结实的胸肌和腹肌没有遮挡地暴露在外，当镜头抵近他的面孔时，可以隐约看见下巴上剃过胡须的青色痕迹。

"她那时候用的是艺名。"季风切换到网页，搜索栏里的名字是"星鸣"，显示的几乎都是"退出娱乐圈""彻底消失""不知去向"等新闻。

看到禾智慧一脸不感兴趣的表情，季风简单地总结了一下："她 16 岁出道，18 岁走红，20 岁突然宣布退圈，说是出国读书去了。"

"嗯，所以呢？"禾智慧吸掉杯子里的最后一口咖啡，无聊地咬着吸管。

"她……"季风想了想才总结道，"很有主见。"她把手机收回口袋，继续说，"我没见过她这样的人，已经以男性身份取得了那样的成功，而且身体条件其实已经不能允许再改变了，已经成熟了……换作任何人，都不可能放弃那样优越的生活和那样完美的形象，但是她放弃了，只因为她想当女人……我觉得她好自由，她有真正的自我和真正的自由。"

见到季风眼里仿佛在燃烧的仰慕，禾智慧不禁泼一盆冷水："这都是你自己猜的，你问过她吗？也许她后悔了，又或者她有什么迫不得已的理由。"

季风笑了，却是魂游天外的那种笑，似乎在回想任迁宇站在吧台后边与自己对视时的样子。她说："不会的，她肯定不会。"

禾智慧不屑道："说得像你有多了解她。"

季风站起来，说："我也不需要你完全理解我，智慧，只因为你是我最好的朋友，所以我觉得可以把我所有的事情，包括我心里想的什么都跟你说。"她朝酒吧街的出口走去，对禾智慧招招手，"走吧，我先送你回家。"

禾智慧没有动弹，双手支在桌面，托着下巴看向季风，冷不丁地问："你是喜欢她吗？"

她提出的问题，季风还未仔细想过，所以过了半晌才有反应："喜欢啊，不喜欢怎么会和她做朋友？"

"你在装傻，你知道我在问什么！"禾智慧站起来，大声重复，"你是喜欢她吗？你是——你是——"她不敢问，所以最后真的问出来时，声线都在轻微哆嗦，"你是爱她吗？"

禾智慧本来就外貌出众，现在这么一吼，更多人看向她这边了，同时顺着她的视线去好奇地扫视着季风。他们看不出来季风是男是女，于是就当她是男生了。有两个微醺的年轻人在与季风擦肩而过时，还调侃她："有这么美的女朋友，你还劈腿啊？"

季风恼怒了，不想惹人注目的她压低声音说："我不懂你的意思。"

禾智慧却像个喝了酒的人，要撒酒疯一般："你要为了她成为男人吗？"

这句话彻底激怒了季风，然而，更令她愤怒的是，她不明白自己的这股怒火从何而来、因何而起。她只觉得肚子里火烧火燎，像有什么东西要突破她的皮肤。她不再搭理禾智慧，转身自己走了。

禾智慧见状，赶忙追了上去，边追边慌乱地自问自答："你怎么会爱她呢？不可能啊！不是刚认识吗？你就只是对她好奇，对不对？因为你还没下决心选哪边，所以你想知道她是怎么想的，是不是？小风，你不爱她！她比你大那么多，还是奇荷，叔叔阿姨也不会答应的。"

见季风头也不回，她左右张望，来不及细想，便将自己光溜溜的小腿硬生生朝路边的一条铁皮户外椅的腿磕上去，顿时便发出了真情实感的凄厉惨叫。

等季风被吓到回头时，她已经坐在地上抱着腿哭了。

"禾智慧！"季风奔向她，还差三步远就迫不及待地跪下来查看她的伤势，急吼，"你怎么这么不小心？！"只见禾智慧从膝盖到小腿那片已经肿起来了，她赶紧掏出手机，搜了下周边最近的诊所。

"没事儿，没事儿，我就是磕了一下，睡一觉到明天就好了。"禾智慧痛得直吸鼻涕，却难掩笑意，满面是泪却嬉皮笑脸，"你还是在乎我的。"

惊魂未定的季风看着她这副模样，又生气又好笑，又烦躁又心疼，转过身去，袒露后背，抖了抖手，示意禾智慧自己上来。

禾智慧趴在季风的身上哼哼唧唧："小风，别抛下我。"

"我不可能抛下你的。"季风朝前小心迈步，她走得很稳，以免颠簸到背上的公主。她认真地说："我可以向你发誓，或者跟你签个合同，保证我这辈子都不会抛下你。"

"但你就是要抛下我了，你要把我丢给别的男人。"禾智慧把脸埋在季风的脖子里，任由自己的眼泪犹如河水一般灌进她的锁骨，呢喃道，"小风，你难道不知道吗？在这个世界上，能给我幸福的只有你，难道你认为我的幸福在别的陌生人那里吗？"

季风哑口无言，她是不会说谎的，所以她无法肯定地回复禾智慧。她只能怀抱着一种真诚的乐观去哄禾智慧："为什么是陌生人呢？你还这么小，这世上还有很多好人没被你遇见，你现在也说不好未来会遇见什么样的人啊。"

禾智慧并不能接受她这样的哄劝，恨恨地说："我只有你，我只有你啊。你不能假装不知道。你肯定是知道的啊。"

禾智慧的声音闷闷地钻进了季风的皮肤里，流淌进了她的血管，她顿时觉得耳鸣目眩。

第 6 章　是树奏响了风之诗

出租车上，禾智慧一直在用手机回消息，但并非停留在同一个人的界面，回复了几条之后就会切换到另一个人。很少见到她这么忙于"社交"的季风忍不住问："你认识了新朋友？"

"怎么可能——"禾智慧摇摇头，挽着季风的胳膊，枕着她的肩膀说，"我就小风一个朋友。"

因为她大方地展露着手机屏幕，所以季风能看见她聊天的对象，都是男人，而且对话极为暧昧。季风看得眉头紧锁，问："你的新工作到底是做什么？"

原本季风想要送禾智慧去医院，但禾智慧说漏了嘴自己还要回家上班，季风就觉得奇怪了，追问之下，她说自己找了个兼职，是当网店的客服。

"我觉得你找的这个店不太正常。"季风说。

禾智慧说："反正能赚到钱就行，哪儿都需要花钱，小风，我太需要钱了。"见季风一脸忧心忡忡，她笑嘻嘻地补充，"我也就是在网上跟人聊聊天，哄着就行，不会见面的。你放心。"

出租车停在路边后，远远地，禾英雄看见她们下了车，便立刻奔跑了过来，举着手里的手提袋喊："姐姐！姐姐！小风！"

禾智慧是知道禾英雄在她家楼下等她的，刚才禾英雄在手机里说想给她送些吃的。但是她没想到姜幼辰也在，所以脸上的笑容立刻收拢了。

"你看，是那个很难买到的抹茶千层，我今天排了一个小时四十分钟才买到的，上次你不是特好奇嘛！"禾英雄敞开袋子，向禾智慧展示其中的东西，"还有他们家的椰酥条、老虎卷和泡芙，也一起买了。"

"他怎么在这里？"禾智慧问，"你怎么又跟他在一块儿？"

"这些是辰哥哥买的单。"禾英雄说，"因为我想学开车，所以今天辰哥哥带我去玩卡丁车了。"

禾智慧瞪一眼正走过来的姜幼辰，阴阳怪气地说："你不要老麻烦人家。"

姜幼辰说："这有什么，小孩都喜欢有个哥哥罩着。"

禾智慧说："你都没有自己的生活吗？年纪一大把了，跟小孩混一起。"

他反击道："那你是怎么当姐姐的呢？英雄都不跟你混。"

禾智慧哑然了一阵，但还是很快就组织好了回击："不是每个人都像你一样闲，我们很忙的，得靠劳动才能生活。"

"我不跟你斗嘴，我是为了小风来的。"姜幼辰转而对季风说，"你怎么躲着我？"

不等季风接话，禾智慧抢先道："她可没故意躲着你，她最近忙得很，因为她有喜欢的人了。"

此话一出，季风和姜幼辰都同时瞪大了双眼。禾智慧哈哈冷笑一声，冲禾英雄招招手，示意她扶着自己，便一瘸一拐地扔下愣在原地的两人，扬长而去了。

"是谁？什么时候？男的女的？"姜幼辰追在季风身侧，试图把她拦下来问个究竟。但是季风走得飞快,他几次伸手又怕拉拽时伤到她,一时间不知道如何是好,于是急火攻心,声音越来越响:"你是真有喜欢的人了吗?"

"有没有也不关你的事。"季风说罢,继续埋首往前冲,她要去地铁站。

"我不服气!"姜幼辰追问,"这世上有什么人值得你喜欢?他比我还好吗?"

季风又好笑又不屑地瞥他一眼,这令姜幼辰更恼火了,他气鼓鼓地说:"我一米九!狮子座,八块腹肌,跆拳道黑带,不换气能游一百米,有钱有爱心,喜欢小动物,有品味爱艺术,会弹钢琴还会拉小提琴,长得也挑不出毛病,你上哪里能遇到比我更好的人?这座城里不可能有,天上也不见得有,就算真有,可能也没我有钱,比我有钱的,没我好看,有钱又好看的,没我有品味、有爱心——"

他这话惹得路人频频回头,年轻的女生们以钻研的目光将他上下扫描,他正巧与她们的目光撞上,于是颇为自信地脱口而出:"你们说是不是?"

几个女生友善地哄笑起来,捂嘴嬉闹、品鉴,一步三回头地往前走,那一串串眼神拉丝一般粘在姜幼辰的倒三角后背上。

姜幼辰继续说:"更重要的是,绝对不会比我更爱你。"

季风停下了脚步,不可思议地看着他,问:"爱是能这么轻易说出口的吗?"

姜幼辰见她终于正视自己,脸上立刻露出笑容。他说:"我爱得天经地义、光明正大,所以我才能就这么说出来,这说明我爱你这件事情,不需要过脑子,不需要思考,是很自然的事情。"

季风问:"你懂什么是爱吗?"

姜幼辰反问:"那你懂吗?"

"我就是不懂,所以才问你。"季风说,"我不觉得你爱我。"

"那是你觉得,你又不是我,我觉得我爱你。"姜幼辰急道,"我想以后每天都能看见你,想和你一起吃饭、一起睡觉、一起醒来、一起骑单车、一起吹风。一想到我要结婚,除了你,我不要任何人,这还不是爱吗?"

季风也急了,冷着脸说:"结婚,结婚,结婚!你们怎么每个人都在说结婚,这很重要吗?不结婚会死吗?"

姜幼辰的脸上还有笑容,但是他皱紧了眉头:"爱一个人,就想和她结婚,和她有一个家,这不是很正常吗?难道你要一辈子一个人吗?你的爸爸妈妈结了婚,才有了你,然后你的弟弟、你的朋友,像是禾智慧、禾英雄,每个人最后都会有爱人、有孩子,那你呢?你去哪里呢?小风,你不会永远都这么年轻,你要变老的,你也不可能永远都不做出选择……"

季风张了张嘴,最后不想再和他废话,继续赶自己的路了。

姜幼辰也继续亦步亦趋地跟着她:"反正你是一定要选的,为什么不选我呢?我有任何让你不满意的地方吗?"

"你为什么不去做些别的事情,去做一些自己的事情?"

"什么意思?做自己的事情和结婚也不冲突啊。"姜幼辰说,"等你嫁给我之后,我们可以一起做想做的事情,我们可以装修房子,可以环游世界,如果你想开自己的店,也可以的,你想要什么,我都能给你。"

"你的一切归根结底都是你爸妈给你的,有哪样是你自己的呢?"

季风这句话把姜幼辰给问住了,他愣在原地思考了一会儿,虽然没能得出答案,但还是冲上去拉住了她,唤道:"小风!小风——"

季风挣不开,怒道:"你干什么?"

姜幼辰一脸无辜:"我有车啊,我送你回去吧。"

开车的姜幼辰陷入了很难得的一段沉默,他似乎还在寻找答案,最后忍不住问:"小风,那你想做什么啊?"

季风回答:"我还不知道,但我知道我不想做什么。"

跑车行驶在高速公路上,姜幼辰盯着前方笔直的一条水泥路,无论前进多少公里,映入眼帘的画面也没有任何改变。他说:"我知道我想做什么。从小我妈妈就要求我懂事、好好读书,长大了找个好工作。等我长大了,我爸爸就把我送去学管理,把我带在身边跟着他学怎么管生意。他们希望我有自己的孩子,然后把孩子培养成接班人,就像我一样。"

"这不都是你爸爸妈妈叫你做的吗?怎么能说是你想做的?"

"对啊,所以你对我来说意义重大。我从小就被父母安排,但是我也没觉得哪里不对,好好读书、赚很多钱、结婚生小孩、住大房子,不用他们安排,我也会走上这条路。不然呢,我还能飞到天上去?但是……"说着说着,姜幼辰瞥一眼季风,耳朵一时间红了,这使得他看起来像极了十几岁的少女,他继续说,"自从我认识了你,我就有自己的主意了。爸爸妈妈给我介绍的女生,不管多优秀,那也不是你,我看都不想看一眼。小风,我想跟你在一起,我这辈子都没做过什么自己的决定,你是我唯一的决心,也是我唯一的叛逆。"

到了烧烤店门口,姜幼辰要跟着季风下车,被她嫌弃地瞪了一眼,他也无所谓,就擅自悄悄跟在她的身后。

远远地，季风就看见季永强冲她笑眯眯地招手，示意她快过去。他穿着一身压箱底的西装，跟周围卷起T恤、露着肚子在吃烤串的客人形成两个季节的画风。

季永强大声道："怎么才回来啊，没看我的短信吗？"

季风皱眉道："没看。"实际上她看了，就和往常一样只是问她人在哪里，催她快些回家。她想，反正就是叫她赶紧来店里帮忙而已。

她照常走向易杰的身边，准备拿起锅铲干活儿。

易杰抬头对她努努嘴，示意她不用过来，接着往一侧摆摆头，说："你有客人。"

一个戴着眼镜、穿着灰衬衣的男人从座位上站了起来，季永强拍着他的肩对季风说："这是我老同学的儿子，金圣江。你们俩小时候还待过同一个幼儿园，只不过他比你大，你在小班的时候，他在大班。他刚从国外回来，是记者，会三国语言！"

金圣江个子很高但身板不壮，整个人看起来有些纤细。他见到季风时，眼里有一丝迟疑，但立刻又表现出很惊喜的样子，伸出手去，说："你好！季风，叔叔只说你很漂亮，没跟我说，你……你这么特别。"

又是相亲。季风没有伸手，脸上也没有表情，就沉默地站着，也不看金圣江，而是直视着季永强，这令他有些尴尬。

金圣江哈哈一笑，无所谓地收回了手，爽朗地说："但是叔叔跟我说了你的性格很特别，确实很有个性啊。"

季永强对季风指着楼上，说："别就这么站着了，这里油烟大，又吵，你们两个同龄人上楼去好好聊聊天，认识一下吧。"

"搞什么？在给小风介绍对象吗？"姜幼辰与季风也就隔了十几米的距离，他抢上前去对季永强说，"叔叔，你别忙了，我正跟小风谈恋爱呢,她迟早要做我老婆的。"

姜幼辰突然的宣言,把季风的父母给闹得先是惊讶后是惊喜。但是不等他们再做下一步的反应,季风突然的一个巴掌,就把这场刚刚拉开帷幕的大戏给闭幕了。

姜幼辰呆住了,如此响亮的巴掌令空气一时凝结,他也是好一阵才反应过来,这是甩在他脸上的。他既感到愤怒又感到羞耻,一双拳头捏得青筋暴起,但是他没再说什么,深深地看了一眼摆出迎战气势的季风之后,红了眼圈,不想再陷入这狼狈的局面,终于一转身走了。

见他上了车,季风转过脸来对金圣江说:"你好,我说不出来'很高兴认识你',我压根就不想认识谁。可能我爸妈对你是感兴趣的,但我没有,如果你想找老婆,就别在我身上花时间了。"

金圣江于是对季永强讪笑着耸了耸肩,拿起自己的摄影包,也默不作声地离去了。

被季风的一身杀气所慑,季永强和易杰虽然有一肚子话想说,但也都没敢再说什么。只见季风若无其事地走到灶台边,问:"有需要做的外卖单子吗?"

"有。"易杰递给她一沓订单条子。

季风接过来看一眼,便板着脸开始倒油热锅,愤愤地自言自语:"不要葱不要蒜不要辣子也不要酱油,那要什么?涮锅水要不要?"

见她这惹不起的样子,易杰冲季永强挤眉弄眼,示意他滚一边去干活儿,别过来。于是季永强便脱了西装外套,游走在客人之间,开始端茶送水。

在红彤彤的火光之中,季风麻木地炒着青椒鸡蛋米粉。这一刹那,她觉得生活恢复如常了,想躲进这一刻的时光缝隙里,永远停留在这里,就这样一单一单地做着外卖订单,一直做下去。如此倒是没有烦恼了,也不需要再思考什么、抗争什么、安排什么,更不必被安排了。

被禾智慧和姜幼辰这么一闹,季风克制住了自己想见任迁宇的心。但也不过是三天而已,因为任迁宇发来消息问:"有些天没见着你了,还好吗?"她便立刻回复:"今天就来找你。"

为什么不去见她?季风找不到任何不去的理由。

凭什么不去见她?自己的手脚又没有被束缚,心里想她就该去见她,如此简单明白的一件事情,搞不懂自己在克制什么,又心虚什么。季风揉了揉头发,既有些理不清头绪的忧愁,又感到心里清爽了一些,所以她的脸上既有为难,又有笑意。

"发生好事儿了?瞧你这笑的。"陈顾家正在卸货,他双手搬着箱子从不远处冲她喊,"上班时间,别只顾着玩手机,过来帮忙。"

季风把手机揣回口袋,走进货车里搬箱子,随口问道:"师父,你认得晚熟人吗?"

"啊?"陈顾家反应了半秒,"哦,你说奇荷。我倒有个远房亲戚是男奇荷,长得细皮嫩肉的,留胡子的模样就跟女扮男装贴了假的似的,看着特别奇怪。但是也结婚生小孩了,因为有些女的,就比如他老婆吧,就喜欢他那样子的,说他是美少年。"

见季风听得认真,陈顾家直起腰来,用脖子上的毛巾抹了抹脸,继续说:"你说多奇怪,放着百分百的男人不要,挑中这么一个残次品。脱了衣服更怪,我跟他一起泡过澡,细胳膊细腿的却是个男人。"他突然声音小了,抬起手来,以大拇指捏着小拇指说,"那东西啊,特小。"

季风不想再听了,哦了一声后,便自己忙活了起来。

但是陈顾家来了兴趣,追问:"怎么了?"

她回答:"我认识的是一个姐姐。"

"女奇荷?"陈顾家有些惊讶,"还挺少见的……一般都是已经成了女人,又改了心意想当男人的。我这辈子还没撞见过已经成了男人,却改主意要当女人的,也就电视上见过。这种人一般都是孤独终老,哪个正常男的会想娶一个看起来根本就是男人的老婆啊。"

季风张了张嘴,想为任迁宇争辩两句,又觉得没有必要。于是她转过身去,以背影示意这番谈话结束。

陈顾家见她心事重重的样子,半响之后恍然大悟,脸上堆起试图去宽慰她的笑容:"哎,你啊!你是怕自己成为奇荷?你说你,那你早些做决定嘛,非要拖到那时候?"见季风不说话,他最后再补充一句,"你也别太紧张了。你这先天条件好,不管成为男人还是女人,都挺像模像样的,别太害怕了。"

下了班之后,季风想着给任迁宇买个小盆栽带过去。因为她之前说柜角那边的墙皮脱落了,不好看,想弄个什么遮一下。正要走进花店时,季风却见到任迁宇已经在里面挑选了,没想到两人想法一致。

她的长发用发夹随性地夹起来,白色的衬衫在腰间打了一个结,蓝色的牛仔裤是高腰的款式,这使得她那双长腿看起来仿佛无限地绵延了下去。花店里的客人几乎都在看她,有的明目张胆,有的偷偷摸摸。但是她全不在意,笑眯眯地跟店员说话,店员妹妹也对她温柔回应。

季风刚想打招呼,远远见到闪光灯在闪,定睛一看,是有人在用相机偷拍任迁宇。那人看着眼熟,季风眼看着任迁宇离去,发现那人还在坚持不懈地拍摄她的背影。

季风小心地靠上前去,发现竟是金圣江!惊讶之余,她立刻想起来他的职业是记者。

金圣江察觉到身后有人,回过身,看见是季风,不需要回想就立刻认出了她:"哟,季风。真巧啊。"

季风想知道他的目的,于是一改初次见面的冷漠,端起笑脸:"是巧,我在这附近做兼职,你呢?做什么来了?"

金圣江扬了扬手里的相机,笑着说:"我刚回来,对什么都好奇。到处看看,拍拍照片什么的。"

季风左右看看,脑子里飞快盘算着。她见这一路上都是餐饮店,灵机一动道:"上次见面也没好好聊聊,我们坐会儿,喝一杯吧。"

进了店,季风给两个人点了六杯饮品,服务员端上来时,金圣江一时间愣住了。季风说:"都是我觉得不错的新品,正好想叫人陪我喝。"一边说着,一边把五杯不同颜色的奶茶、特调咖啡推到他眼皮子下边,就给自己留了一杯。

面对金圣江又困惑又探询的眼神,季风说:"那五杯我喝过,好喝,所以想要请你尝尝。"

两人聊了快一个小时,都是金圣江在说,季风时不时给一句"然后呢",引导他继续说。金圣江把自己从小到大的事儿都给掏出来了,他出生就是男孩,8岁的时候父母离婚,12岁出过车祸大难不死,14岁因为爸爸调去国外工作,也跟着过去留学了,随着父母神奇的复婚又回了国内,以前在国外当记者,回了国也准备干老本行……

季风问:"所以你在找工作?"

"算是吧。但已经快定下来了。"金圣江边站起来边说,"不好意思,喝太多了,我离开一下。"

金圣江跟服务生打听了洗手间的位置，便走出了店外。季风赶忙打开他的包，取出相机查看，果然有一连串任迁宇的照片，近景远景都有，她将其全部删除。即便因为做这件事儿有些心慌手抖，但她还是谨慎地确认了一下相机没有回收站功能，然后才放心地放回包里。

金圣江回来了，在他落座的同时，季风却站了起来对他说："我到点去上班了，你不着急的话，再坐一会儿吧。"留金圣江一人在原地不解地"哎？"了一声。

随着门铃响声，季风进了店。任迁宇正背对着她在倒腾自己刚买的绿植，不用回头就知道是季风来了，所以直接问："你看这么摆好看吗？"

季风说："好看，我今天在店里见到你在挑花了。"

"是吗？怎么没叫我？"任迁宇笑盈盈地转过身来。

季风走过来，见她的头发从发夹里脱落了出来，说："你头发乱了。"

任迁宇于是很自然地转过身去，季风仰起头伸直了胳膊为她整理，发丝之间是清幽的茉莉花香。

季风问："你想过结婚的事情吗？"

任迁宇似乎为这问题轻微地震颤了一下，但还是很干脆地回答："没有。"

季风听了，脸上不自觉地浮现笑意。任迁宇回过身来，她便立刻藏起笑容，但这上翘的嘴角还是压不下去。任迁宇用手指戳了戳季风的腰："你开心呢？"

季风于是也不藏着了，绽放了笑颜："开心啊。我在你这里待着就开心。"

任迁宇看她这明媚的样子，忍不住双手捧起她的脸，像是在欣赏一只猫,轻轻地叹一口气,这一口气写尽了"这世上怎么会有如此美好的存在"的感慨。

季风还想说些什么,但又觉得不到时候,所以她抿了抿嘴。此时刚巧有客人进了门,任迁宇便转身去忙碌了。

那是一位新客,在见到任迁宇的时候,果不其然愣了一下,但是任迁宇习以为常了,并没有什么多余的反应。

季风在心里对她说:我是可以保护你的。

在见识了季风发脾气之后,季永强和易杰一时间都没有再给她安排相亲了,如此相安无事地过了一礼拜。就在季风都感到风平浪静得有些令她不安时,她再度见到了金圣江,就在任迁宇的店里。

她推开门,就看见他坐在吧台,正在和任迁宇谈笑风生,她的心都漏跳了一拍。

金圣江回头,一脸惊喜的表情:"季风!又这么巧?"

任迁宇问:"你们认识?"

金圣江点头,问她:"季风说她在这条街上有兼职,就是你这里?"

任迁宇脸上的营业笑容里透出了一些真心:"算是吧。原来你是小风的朋友呀,你这杯我请了。"

他爽朗地笑起来:"在她那儿,我可能算不上什么朋友,我是被她父母安排的相亲对象。"

"哦?"很微妙地,任迁宇的笑容又恢复成了她惯常的那副老板娘的待客面具。任迁宇扭脸看向季风,见她脸色铁青,于是对金圣江更戒备了。任迁宇问季风:"怎么了?"

"没怎么。"季风回过神来,为了安抚任迁宇,于是笑道,"没想到会在这里撞见,所以吓了一跳。"她对金圣江说:"上回见面匆匆忙忙的,今天这么巧,我们再聊聊。"她不由分说地端起他的杯子,就往墙角的桌子走去。

金圣江对一脸疑惑的任迁宇耸了耸肩,说:"她好热情。那等会儿我俩再继续聊,再给我来一杯曼哈顿吧。"

任迁宇暂时离开后,季风以很轻的声音问金圣江:"你是跟踪了我吗?"

金圣江一愣后,笑着摆手:"说什么呢,怎么可能。我是真不知道你在这里兼职。要说为什么我在这里,还得从我上次跟你见面说起——"

"哦?"季风尽力控制着自己保持平静,不想令任迁宇感到担心。

"那天,我回去之后,发现我相机里少了一组照片——"金圣江喝一口酒,观察着季风的神色,意味深长地说,"也不知道是怎么丢的。"

季风的双手抱在胸前,身体往后倾倒,靠了椅背上:"然后呢?"

金圣江的目光越过季风的肩膀,看向任迁宇,接着他满意地说:"然后,我就回到这条街上,想着再重新拍一组……结果,世界很小,或者说这座城市很小,我如愿以偿地又遇到她了。"

季风克制着自己的怒意,她真想说:"不准看她!"但她只是问:"为什么一定要拍她?"

金圣江话里有话、语气轻松地说:"因为她很惹眼不是吗?"

季风气得眯起双眼,双手的手指都抠紧了。

金圣江笑起来:"难道你不觉得老板娘很漂亮吗?所以很容易逮着。"

"在聊什么呢?这么开心。"任迁宇端着放有一杯酒和一杯咖啡的托盘过来,将黑咖啡放在季风面前,"你的美式。"

金圣江奇怪地问:"美式?你不是喜欢喝那种花里胡哨的吗?"

任迁宇说:"小风喜欢喝苦的,不要糖也不要奶,和她的画风很违和吧?"

季风截断两人的对话,指着金圣江对任迁宇说:"他刚才在夸你漂亮。"

"哎呀!"任迁宇笑起来,故作亲热地说,"你怎么说起来没完了!"

金圣江也配合地哈哈笑,指着她对季风说:"你来之前,我就夸她老半天了。"

又打了两句哈哈之后,任迁宇转身去招呼别的客人了。

金圣江更确信是季风删掉了他相机里的照片,所以也不藏着掖着了,直接发问:"你是她的粉丝吗?这么保护她。"

季风不知道金圣江掌握了多少信息,所以也不接话。

他见状,直入主题:"这个老板娘,就是爆火之后消失的偶像星鸣。"

季风问:"然后呢?"

"这可是个大新闻。"金圣江说,"大到可以让我入职的第一天就升职。"

见任迁宇关切地往这边频频回望,季风站起来:"我们出去说吧。"

来到店外,季风问:"你一定要发这个新闻吗?"

"除非你拿一个更大的新闻来跟我换。"金圣江笑道,"不然呢?我跟你要钱,你也拿不出来啊。"

季风问:"那我给你制造个大新闻呢?"

金圣江见她目光如炬,好奇地问:"比如说?"

季风阴狠地盯着他说:"比如烧点儿什么,比如说你的房子。"

金圣江一怔,继而抬手揉了揉脖子,以笑声掩饰自己那一瞬间的惊惧,说:"你啊,还真挺疯的。你这是威胁我吗?"

季风不说话，就只是阴森森地凝视他。

金圣江四处看看，街上熙熙攘攘的，天边也是滚滚的红云，和季风给他的阴冷感觉完全是天上地下，他想摆脱她了。

他说："今天就这样吧，我要做什么也不需要你的同意，这个新闻呢，暂时也不会发。因为啊，任迁宇身上还有的是秘密，比如说她退出娱乐圈的原因啊，还有她在当偶像之前是干什么的啊，这人，我查遍了资料，就像是从天而降的，做文章我还是想做得仔细一些……如果你知道什么，愿意的话，也可以联系我，报酬什么的我肯定会给你，绝不会少。"他递上一张名片，见她也不收下，于是讪笑一声收回了手，继续道，"那你想找我的时候，就跟你爸爸要联系方式吧。"

季风回到店里，任迁宇见她苦着脸，便立刻放下了手里的事情，快步走上前去，关心地问："怎么了？"

季风一头栽入任迁宇的怀里，双手搂紧了她的腰，很细，但硬邦邦的，很结实，像是一棵树。她的胸很柔软，似乎不仅仅能承托季风那快哭出来的脸，甚至能托起季风一整个人，就像是一大片云朵形成的安全网。

任迁宇双手抱回去，轻拍季风的后背，像是在哄孩子。比起季风已经紊乱的呼吸，她的呼吸如同夜里的海一般宁静。

季风感到无力，四肢都软绵绵的，她痛恨自己的无能为力。但是任迁宇的一双胳膊强而有力地兜着她，像是一副外骨骼，这使得她可以稳稳地站着。她闷声问："姐姐，你有害怕的东西吗？"

任迁宇温柔地说："那当然有呀。"

她的语气里满是不甘心："你不要害怕。"

任迁宇笑着回应："好。"

第 7 章 手心的海浪

季风许久未感到孤独了，在认识了任迁宇之后，她感觉自己像是海上漂流的舟终于找到了一个坐标。但是金圣江这把刀是指着任迁宇去的，她总不能找任迁宇商量，于是在脑里寻找了一番，才发现，她就只有禾智慧一个朋友。

从小到大，她遇到任何问题都会找禾智慧商量，而禾智慧也从不会叫她失望，不管是好主意、烂主意，禾智慧总会很干脆地拿出一个来。禾智慧就是那样的人，野性蓬勃，是能靠本能一路往前冲，见了河就跳过去、见了果就摘了吃的人。

每当季风陷入迷茫时，禾智慧就会说："有什么大不了的！"即便她什么解决方法也给不出来，但是因为她很肯定地说："有什么大不了的！"所以季风也一次又一次地从迷雾里走出来了。

季风有些想她了。

但是跟禾智慧商量任迁宇的事情，也不可能，她是拿任迁宇当"情敌"看待的。所以季风感到孤独。很久以前，当她还是小季风，禾智慧也还是小智慧的时候，她们从未想过结婚成家这样的事情，她们两个小孩每天混在一起很是天经地义。长大了之后，她们却要将什么爱不爱、婚不婚的前提摆在眼前，仿佛人跟人在一起总得有个理由。

季风坐在床上,摩挲着手机,不知道自己该不该找禾智慧。

"小风!季风——"易杰的喊声从楼下传来。

应该是喊她下楼去帮忙,她大声应道:"来了!"便匆匆要下楼去。下了半截,她看见姜幼辰站在楼下。季风家的楼道非常狭窄,那大块头像是一扇凭空出现的门,似乎在故意堵住她的去路。

季风皱起眉头,快步朝他冲过去,这举动令姜幼辰条件反射地抬起双手捂住脸。但她也只是在他眼前停下,盯着他问:"你来干吗?"

"能干吗?不就是找你?我想你了呗。"姜幼辰双手还未放下,他委屈地说,"我想跟你说话,告诉你我这些天都干吗了……"

季风有些惊讶:"你还来找我?"

姜幼辰笑了:"你以为我放弃了?因为一个巴掌我就放弃,这还能叫爱你吗?你是打不跑我的。"他垂下双手,诚恳地说,"我一直在反省,为什么我会惹你讨厌,我回顾了你跟我说的每一个字……"

口袋里的手机振动,季风掏出来一看,是禾智慧发来的:"救命!"于是,她从姜幼辰身边挤了过去。

她跑过正在给烤串刷酱的易杰身边,匆忙地说:"禾智慧有急事找我,我快去快回!"

姜幼辰紧追其后:"小风!你去哪儿?我开车送你。"

禾智慧的信息是一段一段发过来的,拼凑起来的意思是,有个网上聊得很投缘的网友出差来到她的城市,约她一起吃晚饭,她赴约了,但是晚饭过后,这个网友不让她走,非要拉着她去自己开了房的酒店里聊天。

季风把定位给了姜幼辰,催他车再开快些,同时告诉禾智慧:"再跟他聊聊天,千万别跟着他走出店外。店里还算有人看着,出了店,他更容易带你走了。"

姜幼辰边开车边嘀咕:"这禾智慧就知道给人添麻烦,你说她要是不认识你呢——"

季风说:"不认识我,那她就会有别的朋友,她活泼,容易交到朋友。"

姜幼辰不屑地说:"她那叫活泼啊?那叫咋呼,叫缺心眼。"他瞥一眼满脸担忧的季风,补充道,"小风,你不懂,就是交十个朋友也顶不上认识你一个。"

季风盯着车窗外,说:"我没任何特别的。"

他想了想要怎么形容:"你……就像你的名字一样,你像风,人能感受到你,但是抓不住你。"

来到了定位点,里面是步行街,车不能进去,季风等不了姜幼辰找停车场,自己先往里走了。

禾智慧发来的坐标是人均一千的高档餐厅,坐落在非常幽静、被密林包围的巷子尽头。在餐厅外,季风隔着落地窗见到她了,对面坐着一个梳着背头、西装革履的男人,两人都在笑,似乎交流得很愉快。但是以季风对她的了解,仅仅是从姿态就能看出来,她很紧张、焦躁,以及恐惧。

见到禾智慧这委屈的样子,季风立刻怒火中烧,不等门口的服务生询问她"找谁?",就一头冲进去,把椅子重重拽开。随着一声刺耳的摩擦声,她整个人犹如一枚锥子砸了下去,坐在了禾智慧的身边。

季风的动作太突然,对面的男人明显愣住了,他看向禾智慧,似乎在等她开口解释。但是季风先开了口:"你好,我是禾智慧的朋友。"说罢,就转脸看着禾智慧,语气非常着急:"不是约好了一起看电影,你怎么还坐在这儿?"

"对对,我就是跟我哥聊得太开心了,给忘了。"禾智慧赶忙接话,对男人抱歉地笑道,"吉利哥,你看我朋友来接我了,今天也不早了,你也赶紧回酒店去休息吧。"

吉利哥虽然戴着斯文的细边眼镜,但长着一双眼尾吊起来的凶狠眼睛,他脸上笑容还在,却已经目露凶光。他问:"雪儿,你玩我呢?"

禾智慧惊讶:"什么意思?怎么这样说呢?吉利哥,你叫我出来跟你吃饭,我这不是出来了吗?"

雪薄荷是禾智慧的网名,这男人竟如此亲热地叫她"雪儿",季风忍下了一个寒战。

季风此时只想大事化小,所以还好声好气地对他说话:"不好意思啊,我也不是故意打扰你们吃饭,但我跟她真的是约好了的,这电影就要开场了。我先带她走了,你们下次再约。"说罢,她拉着禾智慧要起身。

吉利哥突然用脚踹了一下桌腿,把她俩吓了一跳。

他还在笑,说话却是咬牙切齿的:"雪儿,你别装傻,我给你刷了五万块的礼物,我可能只是想你陪我吃顿饭吗?你以为你是谁,女明星啊?一顿饭就值这么多钱啊?"

"哎!大哥,你一个VIP都59级的人了,难道不知道直播间扣完七七八八的之后,我能到手的就两万啊?"禾智慧立刻不服气了,那股不要命的痞劲儿上来,不顾自己穿着大V领的连衣裙,就整个人俯上前去,贴近对面的脸说,"什么时代了,你花两万就想搞美女啊?你睁着眼做梦呢?"

季风瞪大了双眼,禾智慧这行为堪比在豺狼眼前挥舞肉骨头当武器,她真想回到姜幼辰点评禾智慧"缺心眼"的那一幕附和说:"确实。"

"你!"吉利哥果然顿时炸了,他眼里的凶光成了遮掩不了的杀气。

"好了好了!你是不是喝酒了,怎么疯疯癫癫的?"季风拽着禾智慧往门外走,不住地向吉利哥道歉,试图息事宁人,"对不起!真的不好意思!下次再约,今天真的着急,我就把她先带走了。"

吉利哥站起身来,对季风低吼出声,惹得餐厅里的人都看了过来:"要走你走,把她留下。"说罢,他瞪着禾智慧说:"我让你走了吗?"

季风只想快些把禾智慧带走。"真的对不起。再见!"她用眼神示意禾智慧别再与他纠缠了,快快闭嘴走人。

在众目睽睽下,两人快步出了餐厅。

急匆匆走出一段距离后,季风确认身后没有人追上来,才长松一口气。

禾智慧有种劫后余生的兴奋感,哈哈笑起来,冲季风说:"慢点儿走,我高跟鞋不方便。"

季风看一眼她这一身犹如要去走红毯的盛装打扮,终于忍不住冲她发火了:"他是谁啊?你到底在干吗?什么直播间,什么礼物?"

禾智慧被她凶得一怔,因为心虚所以抢先撒泼:"你凶我干什么?我以为就只是吃顿饭而已,是他骗了我!我是受害者,你不怪他,反而怪我?"

季风克制自己的情绪,冷着脸问:"他叫你出来你就出来,你是喜欢他吗?"

禾智慧抱着胳膊,低头嗫嚅:"怎么可能,瞧他那一脸杀人犯的相,我这不是看这吃饭的餐厅怪豪华的,想开开眼嘛……"

季风扔下她,赌气朝前走了两步,还是忍不住训她:"为什么要做这么危险的事情？你的脑子坏掉了？"

禾智慧追上去："好了，季风！你不要没完没了，我认错还不行吗？我错了！"

季风甩开她伸过来的手，严肃地说："如果我不来，或者我没赶上，你该怎么办？你想过吗？"

禾智慧说气话："那又能出多大的事儿呢？大不了——大不了就是给他睡了呗。"

"你——"季风好不容易按下的火气，犹如响雷在体内炸开，她指着禾智慧，一脸难以置信又怒其不争，手指都哆嗦了，"我不准你说这样的话！禾、智、慧，你要再这么胡闹，我就当没认识过你，你就再也别在我面前出现了。"

禾智慧没见过季风这么生气的样子——也不是没见过，是没见过她对自己这么生气。她以为在季风这里，她是不一样的，是可以享受特别待遇的，是无论怎么胡闹，都能得到她的原谅和包容的。就像过去每一次一样，季风最后都会无奈地笑一笑，叹着气说："真拿你没办法。"

然而季风现在凶巴巴地吼她："怎么了，你说话啊？"

所以禾智慧完完全全愣住了，张了张嘴想道歉，却又因为被吓到而发不出任何声音来。

见禾智慧这样子，季风也有些后悔了，觉得今晚说到底也没出什么事情，自己有些小题大做。她垂下手，双手插在口袋里，闭上眼，深吸一口气后，尽力用轻松的语气说："从小到大，你都运气很好，但如果你一直在悬崖边玩耍，万一呢？是不是？那样的话，我会很难过、很伤心，因为你对我来说，很重要，你知道吗？"

"知道……"禾智慧接了话之后，便耷拉着脑袋，开始掉眼泪，"对不起，对不起嘛，小风，我错了，对不起，你不要讨厌我，以后我不敢了，我也不会再跟这些直播间里的男人约会了，我不播了。"

"好了，好了。"季风张开双臂，示意她过来抱抱，"我真的是，我真的是对你……唉！"

"小风！"禾智慧哇的一声扑进她怀里，虽然哭得哼哼唧唧的，脸上却绽放了笑容。

两人和好了之后，相互搂着往前走，但还来不及享受两分钟这温馨的夜晚，就听到身后有气急败坏的声音迫近："臭女人！"只听得一声暴喝，季风回过身去，一个拳头近在眼前，顿时她双眼漆黑。

在禾智慧的尖叫声中，季风闭着眼猜自己应该是被打中了鼻子，剧痛无比，面孔中央火烧火燎，这火辣的疼痛感充斥了整个脑袋，但她还是条件反射地挡在禾智慧的身前，一手捂着面部，另一只手胡乱朝前方挥舞拳头。

她没有打过架。回想从小到大，她只在小学和初中跟男生打过架，但都不算正经打架。

小学时她和三个男生拔河，把他们全拽倒了，他们不服气地扑上来，她捡起一根树枝追着他们抽。

初中时，上体育课跑四百米，有的男生站在跑道边上，对着因为奔跑而胸口颠簸的女生指指点点、嘻嘻哈哈。当时季风就跟在禾智慧身后跑，迎面看到了他们对禾智慧投射的视线，立刻冲过去一巴掌呼在对方脸上。那男生愣住了，没还手，在起哄声中红着眼去找老师告状。季风写了一份检讨书，这事儿就结束了。

此外季风也没真正受过伤。在上幼儿园的时候，她从高处跌下来过，缝了好些针，还打了石膏，但是因为当时年纪太小，到如今也不记得痛不痛，仅有一点儿模糊的记忆。所以她对于疼痛的理解，仅限于切菜时不小心割破大拇指，还有炒菜时被大火燎的那么一下。

这一次，是真的打架或者说挨打，真的好痛。

吉利哥一次次伸手抓禾智慧，嘴里吼着："耍我，让你耍我！"

他的主要目标是禾智慧，但是攻击都被季风给阻挡了下来。眼下的情况太乱了，禾智慧也不逃跑，还尖叫着试图用指甲还击。季风的面部痛得她没了思考能力，只能凭本能做出反应。

为了躲闪劈头盖脸的拳头，本来就摇晃的视野更为模糊了，但是季风还是抓住了禾智慧创造的机会——她咬上了吉利哥的胳膊，导致他的动作被牵绊了——立刻照着他的鼻子就是一拳。

只听得啊的一声号叫，季风不管不顾地再补上好几拳。这是她第一次真的揍人，原来用骨节去撞击别人时，自己也会痛。她匆匆看一眼自己的拳头，上面的血分不出来是谁的了。

吉利哥踉跄了几步，却没有倒下，更恼羞成怒了。季风此时已经基本丧失了判断能力，只是靠求生意志硬撑着。她看不清楚他扬起的手上抓着什么，只知道砸上自己脑袋后，眼前一片猩红，她几近失明了。

不远处，是姜幼辰在吼："你干什么?！你在干什么?！住手！站住！"

在他喊第三声"站住"时，吉利哥已经跑远了。他紧张地唤着："小风！小风！"朝这边跑过来。

禾智慧一声声的"救命"也在耳边响起，但季风都听不太清楚，在她的意识里，他俩都距离自己很远，不过她知道已经脱险，所以放心地晕了过去。

在昏迷的过程中，季风并非完全无知无觉，她记得所有的光——救护车的光、医院天花板的光，以及手术室的光，那都是不一样的光。至于声音，她听得见身边人在喊："小风！小风！"但是都很遥远，像是隔着一条河。此外他们窸窸窣窣的说话声，她就听不清了。

因为麻醉的关系，季风断断续续醒了又睡，等到彻底清醒已经是两天后，她的头上缠着纱布，鼻梁也用夹片裹起来了。

此时是正午，阳光把她的被罩炙烤得金灿灿、暖融融的，她看见妈妈在给水壶里兑水，爸爸坐在靠墙的椅子里打瞌睡。是坐在床尾的姜幼辰最先发现她睁开了眼睛，他惊喜地说："你醒了！"

易杰和季永强也立刻拥了过来，他们脸上的表情非常心疼，从他们的话语里可以听出来，这份疼的情感较为复杂，主要疼两个方面：一个是疼季风受了伤，另一个是疼钱包少了钱。

易杰捧起季风的手，红着眼眶抱怨："你这孩子吓死我了！你想把你妈气死啊！你一个女孩子怎么敢跟人打架？你真的不怕死啊！你知不知道我看你一身是血的样子，吓得魂儿都没了，我真以为你死了！"

季永强拍着大腿叹息："你啊！季风你啊你！你说你，从来不让我们操心，这一下就给我们来个大的。你看你那脑门，十二针，缝了十二针啊！还有输血，还有住院费，我们这辛辛苦苦开店两个月都白干了！你说你这么大个人了，怎么就不能忍忍，怎么就不能想想——"

季风瞪着天花板，舔了舔干燥的嘴唇，缓慢地说："我给家里帮了这么多年的忙，我的工资呢？用我的工资付吧。"

易杰责备地打了季永强的胳膊一拳，堆起笑脸劝慰季风："你看你，脑子还伤着，跟我们着什么急？你现在脾气怎么这么大？"说着，把季风扶起来，边喂她喝水边说，"钱的事情不要你担心，你是我们的孩子，我们就是砸锅卖铁也要管你的。"

姜幼辰举起手插话："叔叔阿姨，其实这个钱不是大事儿……"

季风淡淡地瞪他一眼："你别管。这是我们家的事情。"

姜幼辰垂下手，背过去面对墙壁。

季风问："禾智慧呢？"

易杰左看右看，奇怪地说："她没事儿，刚才还在这儿呢。"

这是双人间，隔壁床的阿姨对季风说："那个一直哭的小姑娘？刚才还在门口呢，我看她提着东西。"她指着门外。

姜幼辰于是推门去看，发现地上有两个大袋子。他提起来，转身来到季风身边，在桌子上摊开，是切好的水果盒，一些炒菜和粥，他说："还热着呢。"

在吃饭的时候，姜幼辰跟季风说明了她晕倒之后的事情，在叫了救护车之后，他立刻就报警了。他说："已经通过监控找到人了，他都跑到机场了。"

接着，医生进来说明了一下情况，除了皮外伤、皮下出血、骨折和脑震荡之外，季风没有大碍，但也需要在医院再躺两天观察一下。

医生刚出去，一男一女两个警察走了进来，男的穿着制服，女的没有，她扎着利落的马尾，有着锋利的面部线条。男警察首先对季风打招呼："你就是季风吧？这位是我们局里的徐队，她负责你的案子。"

徐队长看起来也就三十出头，她上下打量季风的伤势，自我介绍道："我是徐初心。你们家我知道，在街口开烤串店的……你还是个女孩子，那姓沈的下手可真重。"

"对，对！真的太狠了！这是我家孩子命大，差一点儿就出人命了。"季永强激动地接话，"徐队长，你可一定要把那混蛋狠狠关进监狱，关个十几二十年的，不要再让他出来害人。"

徐初心说:"叔叔,故意伤人不至于关个十几二十年,但是真要较真起来,关个两三年肯定没问题,现在我们就是来听听你们想法的……"

"什么想法?三年也太少了!"易杰挥挥手,不满意地翻个白眼。

徐初心说:"所以就要看你们怎么想了,沈力和他的家人向你家提出和解,他愿意承担所有医药费,此外再赔偿二十万给季风。"

"二十万?!"季永强和易杰一起惊呼。

徐初心点点头。

之后,他俩互相对视了一眼,却没有回头看季风,只是以沉默的背影面对她。

季风选择了和解。

在日落之前,易杰和季永强就回店里忙活去了,因为姜幼辰自告奋勇要留在病房里照顾季风。

他站在她的床边不满地自言自语:"二十万算什么啊?我宁可倒给二十万,叫他坐牢,再加二十万,把他腿打断!"

季风说:"你也回去吧,我自己待着就好。"

姜幼辰边说话边打开了手里的行军床,这是他刚才跟医院借来的。"回去?我回去干吗?我很闲的,陪陪你。"他拍了拍床头和床尾,"好像有些短……"

"你……今晚就在这儿了?"

"对啊,怎么了?"他把床推到季风的床边,严丝合缝地紧紧贴在一起。

看他一脸理所当然,季风叹了口气,感到对他亏欠,于是吞吞吐吐地说:"姜幼辰……谢谢你,这次麻烦你了。"

一听这话，姜幼辰高兴了，侧躺下来，对季风说："那等你好了之后，你陪我回家吃个饭好吗？我想让爸爸妈妈看你一眼。"

脸对着脸有够近的，季风皱眉道："好奇怪……你不要冲我这边。"

傍晚的光裹在两人的身上，这轻柔的暖意叫姜幼辰有些犯困了，他打了个呵欠，边调整着睡姿边说："上次你问我，有什么是我的之后，我就盘了一家店。小风，我会慢慢摆脱我爸妈，成为一个没有他们也能成事儿的男人，你看着吧……"说着说着，他睁不开眼了，"你现在没事儿了，我终于能睡了。晚安，小风。"

季风说："晚安。"

他听了她的这句话，脸上浮现了心满意足的笑容，嘴里呢喃："如果每天都能听到你说'晚安'就好了……"

他睡着了。季风艰难地转过身去，以还插着吊水针头的手在床头柜里摸索自己的手机，打开来检查信息，有一条禾智慧的："对不起，小风，我没脸见你了。"

此外还有一些话费提醒与促销信息，任迁宇并没有找过她。

她单手敲击着屏幕，输入："你在干吗？"

发过去之后，一直没有回音。

在床上又躺了两天，季风不耐烦了，因为任迁宇一直没有消息，她想出院。姜幼辰正在削苹果，一脸难以置信地惊呼："你要出院？"

这两天，姜幼辰对季风照顾得无微不至、寸步不离，以至于医院里的护士以为他是她的男朋友甚至老公。所以当她们随口一提"你老婆该换药了"的时候，他会笑得花枝乱颤，答应得很是起劲儿。

易杰会在每天上午过来匆匆看一眼，确认季风的情况，在下午又赶回去看店。虽然季风没有问,但她还是说了一声,季灿并不知道季风受伤了:"因为他马上有大考,给他知道了也没什么用,跑回来添乱。"

姜幼辰叫易杰放心:"阿姨,你都不用这样跑过来,没必要。有我在,再多个三五天的,季风都能胖个五六斤。"

易杰每回跟姜幼辰对上眼,都笑颜如花的,就是那种根本藏不住的绽放,她对他喜欢得不行。她说:"那是,有小姜在,我当然放心。"她看一眼被架在季风床尾的餐桌,上面摆放了花样繁多的点心与饮品,"哎哟,这是住院还是度假呢!"她对季风比大拇指,"你看小姜多好一个男人!你真是命好!不晓得多少人抢他。"

这些天,季风是躺在床上受罪,但姜幼辰倒是满面红光。他被易杰夸得有些飘飘然,在她面前格外不住地表现自己是多么优秀的女婿。

所以听季风说要出院,他的第一反应是:"你可别胡来!我打电话告诉咱妈去,她不会同意你出院的!"

因为有姜幼辰这个障碍,所以季风稍微忍耐了一会儿。但也就半个小时之后,她发出"嗯……"的为难声,姜幼辰赶忙问:"怎么了?"

她吞吞吐吐地说:"没什么……"

他道:"你说嘛!"

季风又做出纠结了一会儿的样子才说:"有个酸奶,我想喝,但是外卖不送,所以算了!"

"我还以为多大的事儿!"姜幼辰已经站了起来,笑道,"我去给你买。"

季风给了他店铺位置,他在手机上研究了一下,说:"不远啊,就几步路,如果我快去快回,也就十五二十分钟吧。"

季风说:"真不好意思啊,麻烦你了,我要巧克力的。"

"这不一共就六个口味嘛,我给你都买回来。"难得季风提出需求,姜幼辰兴冲冲地就要出去。但是他突然警觉,又转过身来指着她,问:"你是不是想支开我,然后自己跑出去?"

虽然季风摇了摇头,但他还是没收了她的手机。

等他出了门之后,季风下了床,掀开帘子对隔壁床的患者说:"阿姨,借我五十块钱吧,等会儿我老公回来了还你。"

她把"老公"两个字说得字正腔圆。

穿着一身病号服的季风,头上脸上都是惹人注目的纱布,但毕竟是在医院周边,所以也不算违和。她走向路边拦下一台出租车。

她要去找任迁宇。

远远地,因为酒吧一条街里人山人海,司机的车没法往里开了,所以季风下了车,自己穿越人潮往里走。很奇怪,今天是工作日,平时就算休息日也不见得有这么多人,而且她越往里走越感到举步维艰,人更多了。

一些年轻人成群结队地从她身边跑过去,嘴里念叨:"就这儿!就这儿!"他们的手机都早早地抓在手里。季风抬起头,看到远处许许多多只手举着手机,像是破土而出的墓碑。

不祥的预感弥漫开来,季风有些不敢往前走了,但步伐在不受控制地加快。

果然如她所料,人群的聚集地就是落日小馆。

有一些正经记者带着摄影机在门口报道:"我们来到了一家不起眼的酒馆门前,周围已经聚集了很多人,观众朋友们可以看见,窗帘拉得很死,里面的情况是什么样也看不见。谁能想到,经营这个酒馆的老板,就是曾经红极一时的偶像任星鸣,更不可思议的是……"

还有一些自媒体,举着自拍杆在直播,对着镜头大吼大叫:"就那个星鸣!还能是哪个?全世界不就一个,就他!现在变成女的了!原来他消失是为了变成女的,可惜啊,成了奇荷。家人们给我刷个大的,等会儿我冒死给你们拍几张照片,给你们看看他现在长啥样……"

围观的人们也在交头接耳。

"真的是因为爱情吗?"

"那还挺感人的。"

"那她是结婚了吗?"

"听人说她一直一个人的样子,不见有对象啊。"

"可能是变成奇荷之后被抛弃了吧。"

还有一些统一穿着印有星星图案的T恤的人,一边挥舞着荧光棒,一边眼含热泪地对着酒馆的门窗喊话:"星鸣!星鸣!星光万丈!星鸣!星鸣!一鸣惊人!"

也有星鸣的忠实粉丝,在对着人群歇斯底里地哭吼:"走开!都走开!你们不要伤害星鸣,不要打扰她,她做任何选择都该被理解!她可以成为任何人……"

天空开始飘起小雨,阴云滚滚,时有干雷炸响,似乎不一会儿就要下暴雨了。

有些只是简单凑个热闹的人,便双手捂着头开始撤了,但现场还是人山人海。周边的商铺门外,开始有人抱着雨伞站在路边兜售,而饭店的员工们则一直举着菜单在招揽客人。

季风躲开人群,绕了一个大圈,从街道的另一边来到单元楼下,酒馆的后门也上了锁。她走进楼道,上了二楼,来到任迁宇的家门外,敲了敲门,没有声音。她继续敲,把音量控制到刚刚好的程度,冲着门里喊:"是我!季风!姐姐,是我,季风!"

等了一会儿,没有反应,季风感到额头上的伤口正在渗血,一阵短暂的眩晕感袭来。她倒吸一口凉气,扶着墙壁缓缓坐下来。两三分钟后,她感到好一些了,身后的门也轻轻地传来咔嗒一声,被打开了。

季风回过脸去,只见到一道门缝。她站起来,轻手轻脚地往里走,且很快地关上了门,仿佛怕身后会有妖魔鬼怪跟进来似的。

屋里开了空调,凉丝丝的,没有开灯,整个客厅像是一个幽深的洞穴。季风以为任迁宇会独自闷在卧室里,但她是穿着睡袍,坐在沙发上看电视,屏幕上盈盈波动的光,像是洞穴里的潭水。

电视里是《猫和老鼠》的动画片,任迁宇手里还端着茶,似乎很放松,时不时会轻轻笑出声。她说:"小风,过来坐,红茶还是热的,你要喝咖啡吗?"

季风于是在她身边落座,她这才回头看季风。见到季风的模样,她吓了一跳:"怎么了?"

任迁宇慌忙放下手里的茶杯,伸出双手想要查看季风的伤势,但是又怕弄疼了她,所以中途停下了,双手悬浮于空中。

季风却伸出双手将她的手按在自己两侧脸颊上,看着她笑道:"摔了一跤。"

任迁宇被她逗笑,却是苦笑:"摔得也太惨了。"

季风仔细端详她的脸,即使是在昏暗的光线里,也能发现她是哭过的,双眼浮肿而泛红,神色疲惫,季风不自觉地伸出双手捧着她的脸。

两人就这样以相互捧着脸的姿势在黑夜中对坐着,彼此用目光细细摩挲着对方的面容,像是在照镜子一般,交换着彼此的苦痛,在自己的体内反复研磨。

任迁宇原本因为哭泣过多而干涸的双眼里再度饱含水分,这使得她的眼神像是带着海盐味道的月光,把季风浸泡得潮乎乎的。季风晕乎乎地说:"姐姐,我……我想……"

任迁宇问:"你看到写我的那篇新闻了吗?"

季风立刻挺直了后背,犹如进入备战的状态。

她继续说:"我的确是因为爱上了一个人,才变成今天这样子。"

第 8 章　万花如洪流席卷

任迁宇是一个在感情上相当晚熟的人。

他小时候就因为长得好看，受到身边女孩子的喜欢。上初中之后，全校的学生穿着一模一样的制服，那使得他看起来更为出众了，他的课桌里每天都会出现情书和零食，以及包装精美的小礼物。

但是他的母亲对他管得很严，几乎是贴身监控，绝不允许"早恋"在他身上发生。

"我的妈妈是舞蹈老师，她年轻时曾经有机会去巴黎成为职业舞台剧演员，但是因为遇到我爸爸，意外怀孕了，为了生我养我，耽误了三年，错失了机会。所以从小她就对我寄予厚望，教我唱歌跳舞，想我替她圆梦。"任迁宇背靠着沙发，腿上放着抱枕，于是季风就躺在她的大腿上听她缓缓道来。

季风问："你的爸爸呢？"

任迁宇说："是个很厉害的教授。很多改变世界的研究，都有他出的一份力。"

季风在她腿上躺得很舒服，所以说话懒洋洋的："你以前住在哪里？"

任迁宇沉吟了一会儿，回答："上海。"

季风说:"我就猜你是在大城市出生的。"

后来,任迁宇上了高中,自然而然地成了校草,和学校的校花犹如吉祥物一般同进同出。两人似乎"理所当然"地非常亲密,被指名一起参加各种活动,一起在大会堂里宣读各种公告。

校花很喜欢他,两人经常一起做功课,放学后会在公园里闲聊,偶尔拉一拉手。他不知道这样暧昧的状态算不算是谈恋爱,但可以说,两人的来往得到了所有人的"准许"与祝福,包括他的父母。

不过毕业之后,两人就断了联系。对任迁宇来说,这几乎可以算是他学生时代唯一的一段恋爱关系。

接着,任迁宇就出道当偶像了。一切如他母亲所料,他是天生的巨星,就如同她给他取的艺名"星鸣"一般,他站在聚光灯下就一鸣惊人,拥有星光璀璨的前程。

然而,母亲没有预料到的是,任迁宇爱上了一个男人,为了能和他在一起,他决心要变成女人,母亲的期待与星鸣的未来一起轰然崩塌了。

任迁宇说:"爸爸妈妈嫌我丢人,把我赶出了家门。但他们还觉得不够,甚至搬家去了很远很远、我再也找不到的地方。"

季风听得出来任迁宇字与字之间的叹息,试着转移话题:"那你来我们这种小地方做什么呢?是为了不被人认出来吗?"

任迁宇俯下身,伸长了手臂去拉茶几的抽屉,这动作使得她的发尾和胸部都压在了季风的脸上。虽然只是轻轻掠过,但季风还是红了脸,有些局促地坐了起来。

她从抽屉里取出来的是一个打火机:"这个是他为我们定制的,我和他一人一个。"很特殊的金镶玉外壳,雕刻了一对 X 字母,虽然通体光滑，但可以看出来被反复摩挲过，有着油润的旧物感，非常漂亮，在暗处泛起如刀刃般的光。

季风接过来摸了摸，前后左右翻转看了看，发现底部的材质是紫檀木。她想起来这座城市的特产是紫檀制品，出口海内外，所以别称一直是"紫檀市"。她问："你……你是来找他的吗？"

任迁宇很快回答："不是。我只是不知道去哪里，似乎也没什么好的选择，就想来他出生的地方。但我并没有找他的打算，因为我不知道他人在哪里，也可能已经不在国内了。"

"哦，呵呵。"季风不知道说些什么，但她是松了一口气的，用笑声遮掩了过去。

任迁宇看着她沾着干涸血迹的病号服，问："你要不要换一身衣服？"

因为季风不方便给自己洗澡，所以任迁宇提议由她来帮季风洗。

这个提议令季风惊呼出声："什么?!"

任迁宇无辜地眨了眨眼睛："怎么了？你应该有好些天没洗了吧，正好，我帮你洗呀，不会打湿你伤口的。"

"这，可是……"季风很是羞涩和无措，想起来自己确实好多天没洗过澡了，她自我怀疑地吸了吸鼻子，"难道我有气味了？"

任迁宇微微笑道："也就还好。"

季风于是放弃了挣扎："好吧。"

站在浴室里，季风磨磨叽叽半晌才解开两粒扣子。任迁宇抱着新的浴巾和干净的T恤、裤子走进来，奇怪地问："怎么还没换下来？"

季风为难地说："我、我还是不好意思，长这么大，除了我妈，没人帮我洗过澡，要不算了？"

任迁宇看出来她不自在,于是放下手里的东西,解开自己的睡袍,说:"那我也一起洗吧,反正我也要打湿的。"

季风差点儿尖叫了一声,但在张口的瞬间,就意识到了不妥,所以硬生生给咽了回去。

因为任迁宇坦然地展露着自己的身体,所以季风扭捏了一会儿后,视线也能自然地落回到她的身体上了。在如此狭小的浴室里,任迁宇就像是一个被人类囚禁在牢笼里的女巨人,有着强壮却悲悯的气质。

任迁宇被看得有些害羞了,不禁抬起手微微遮了一下,轻声地问:"我很奇怪吗?"

季风真诚地说:"你很美。"说完,她才意识到自己看她看得出了神,慌忙道歉:"对不起!"边急忙三下五除二地脱了病号服。

水雾弥漫中,任迁宇一边帮季风搓洗后背,一边继续说她与那个男人的相遇。

"他叫 Max,是在一次庆功宴上认识的。跟所有大腹便便的老板不一样,他体形修长,像是被炭笔唰唰两笔画出来的人,身上没有任何多余的东西,比如赘肉,即便是脸上的皱纹,也每一道都恰到好处。他说话的声音不大,但每一次都会引得所有人专注地倾听。"

季风问:"他长得很帅?"

任迁宇笑出声:"不!不,他长得很普通,就是一个大叔。"她继续补充,"而且也不是那天桌上最有钱的老板。"

"天!那你喜欢他什么?"季风哀叹。

她说:"喜欢他是个老板,但不像个老板。"

虽然星鸣在舞台上万众瞩目,但是在老板们的眼里,也不过是漂亮的投资品,和买一只股票、一件古董、一台跑车没什么区别。当然,作为活生生的人,可能会稍微"好玩"一些,所以他们戏弄着星鸣,伸手对他又掐又捏,夸他"细皮嫩肉、男女通吃",试图灌醉他看他出糗:"不喝这一杯,是不想出道了?"

是 Max 为他解的围,领着他走出闹哄哄的人群。他们躲开了所有巡逻的保安,绕到这栋举办宴席的古建筑外墙,踩着嘎吱作响的消防梯,一路来到屋顶,看着漫天繁星,分享了一支烟。

后来,他们经常偷空在夜里见面,每一次都在一起看星星,有时是在山上,有时是在海上。当星鸣注意到,自己仅仅是看着他夹着香烟的手指,都能看得久久不能回神时,他知道了什么是爱情,那就是愿意不顾一切。

任迁宇一边用毛巾擦干季风,一边以陷入回忆的恍惚神情说:"他说我像个女孩。我问他,如果我成为女人,我们可不可以在一起?"

季风终于换上了干净的衣服,任迁宇还给她换了新的纱布。

两人面对面躺在床上,蓬松的床和床头的熏香叫季风非常舒服,她不禁用脸磨蹭着枕头,发出放松的轻哼声。任迁宇在床头灯的暖光的笼罩下,温柔地看着她,伸手轻抚她的后背。蹭着蹭着,季风像猫一样钻进了任迁宇的怀里。

名叫瓦利的黑猫原本睡在床尾,察觉到有人跟它争宠后,踩着猫步走来,以审判的眼神扫视着季风,最后却似乎认可了一般,喵了一声,在两人肚子的位置躺倒,开始舔舐自己的脚丫。

猫咪顺毛的声音在寂静的房间里唰啦唰啦地回响,像是树叶彼此摩擦的声音。

季风仰起头,盯着任迁宇的眼睛,问:"我可以叫你……迁宇吗?"

任迁宇搂紧她,笑盈盈地问:"叫姐姐不好吗?"

"叫姐姐的话,好像你就应该保护我。但是,我……"她的眼神里满是决心,"我想保护你。"

没想到会听见这样的表白,任迁宇有些动容,亲了亲她的头发。

仿佛得到了鼓励,季风问:"如果我成为男人,我可以和你在一起吗?"

季风有方向了。

她想要挣很多钱,想成为强壮的男人,和任迁宇在一起,不管是继续经营落日小馆,还是……还是……离开这里。最好是离开这里,和她去所有人都不认识她们的地方。

她感到浑身迸发着力量,但还不敢说这就是爱情,因为在此之前,她没有经历过爱情。她只知道自己内心充盈,眼前浮现了一条明确的道路,终于不再是大雾弥漫了。

当季风从医院消失之后,姜幼辰回来没见到人,被吓傻了,第一时间联系了易杰,然后就开着车四处找人,还特别后悔没收了季风的手机,不然还能打电话问一下人去哪儿了。

最后他忙碌了一夜没合眼,笔挺挺地坐在季风家的烧烤店前,准备等到 24 小时后还不见人就报警。

好在一大早,季风就出现了。

姜幼辰双眼乌青,脸色也铁青地冲上前来,问:"你去哪儿了?你——"他注意到,"你在哪儿换的衣服?"

季风昂起脸来,眼睛里有跃动的火光。这令姜幼辰一惊,因为她以前的眼神是很空的,像是什么都没在看、什么也没在想,此刻却像是将一把涣散的星光给聚拢了起来。而且,她在笑……她甚至没意识到自己的嘴角是上扬的。

这张脸，写满了清醒与坚定，仿佛终点的坐标就映在瞳孔里。

姜幼辰并不能为她的这番改变感到高兴，不祥的味道在他的喉间泛起。

果然，季风说的话让他如坠冰窟。她说："我决定要当个男人了。"

"什么意思？你知不知道你在说什么？为什么你会这么想？"姜幼辰双手抓着季风的肩膀，失控地暴喝，"我不同意！"

季风感到好笑："为什么要你同意？"

姜幼辰太阳穴突突跳动，双手青筋暴起："那我呢？我怎么办？我至今为止做的这一切是为了什么？我已经跟爸爸妈妈说了要带你回家，你想叫我变成一个笑话？"

季风问："姜幼辰，你是为了我才决定当个男人的吗？"

姜幼辰激动得涨红了脸："对啊！我告诉过你了，因为我想和你结婚，因为我爱你——"

季风打断他："姜幼辰，如果你没有遇见我，你就不会当个男人吗？"

姜幼辰哑然，眼珠子颤了颤，似乎陷入了一种思维困局里。

她继续问："你的父母，想要儿子还是女儿？"

姜幼辰的双手从季风的身上滑落，他垂着手盯着地面好一会儿，最后从口袋里摸出季风的手机还给她。再度抬起脸时，姜幼辰的眼眶已经红了，他语气悲愤地说："小风，你不懂你有多珍贵，如果你变成男人，你就不再特别了，你知道吗？你会、你会……"停顿了半晌，他在脑内搜寻着各种合适的字句，最后也只是总结道，"你会成为一个男人。"

在楼上的易杰和季永强听见了楼下的动静，推窗看见季风，都又气又喜地叫起来："哎呀，我的天啊！你去哪里了？我的祖宗啊！"边骂骂咧咧,边轰隆作响地下楼,似乎很害怕再度把季风给看丢了。

姜幼辰一时间无法处理自己混乱低落的情绪,于是先行离开了。在回到自己的车上之前,他还能听见身后的季风对她父母也宣布了自己的决定,只听得更凄厉的尖叫声:"你疯了!"

比起季风消失不见去了哪里,她突然宣称自己要成为男人这个问题,似乎更被季永强和易杰摆在首位。所以在易杰象征性地问了一句"你跑哪儿去了"之后,季永强严肃地质问季风:"你想好了吗?你是认真的?"

季风原本想回卧室补觉,结果却是被父母抓着,三个人坐下来面对面,俨然一副要开家庭正式会议的样子。

她肯定地点点头说:"我已经决定了。"

季永强陷入深思,易杰着急地问:"你到底是怎么了?以前从没听你提过,你是交什么坏朋友了,还是你脑子被打坏了?"

季永强被她的话提示了,猛然仰起头来,指着季风很慌张地问:"你、你是想要那笔二十万的赔偿金?"说罢,又觉得自己失态,立刻搓着手露出尴尬的表情,"对不起啊,小风,你那笔钱,我们已经说好要拿去还债了。"

季风摇摇头说:"既然我是刚刚做的决定,我就从现在开始挣钱。"

季永强松了口气:"你上哪里去搞那么多钱?"

"我算过了,可以先从银行贷款交上罚款。"季风说,"以后我们家的店,我会当一份正经工作看待,每天跟着妈妈一起开工一起收摊。我要拿正经薪水和百分之五的分红,加上我自己在搬家公司挣的,两三年就能还清了。"

季永强张大了嘴,与易杰面面相觑。两人通过混乱的眼神交流,商量不出什么来,最后易杰边组织语言边重复着她的问题:"那个啊,小风,你确定吗?"

季永强抬手制止了易杰,似乎已经接受了这件事情:"小风,那就照你说的办吧。如果你成了我的儿子,别说是百分之五的分红,店都可以是你的,因为你是我们家的长子。"

原以为要有一番抗争,才能让父母妥协,毕竟他们之前坚持要求自己不要转性,没想到真到了这一刻,他们接受得这么快。季风满意地笑了。

她觉得是任迁宇带来了这一切,任迁宇的出现让她的人生拨云见日,以后一定会越来越顺利的,她莫名地有这样的自信。

季风回到医院换了药、办了出院手续之后,又去搬家公司找陈顾家说明情况,自己再请两天假,就能回来正常上班,而且她希望有加班需求时,公司能首先安排给她。

"有双倍工资的,对吧?我需要钱。师父能帮我说一声吗?有哪个同事要请假的,我也能顶替。"季风说,"我决定要当个男人了。"

陈顾家很是惊喜地拍了拍季风的胳膊。"你小子!你这好小子!好啊!"他转动着脑袋,四处搜寻也没见到什么能喝的,遗憾地说,"真想喝一杯庆祝一下,等会儿下班我们撮一顿,我请你喝酒!这可是人生大事儿,你终于定下来了。"

他见到正在用茶缸喝水的喜哥从远处路过,便搂着季风冲他喊道:"喜哥!我徒弟要成为爷们儿了!"

喜哥举起手里的茶缸做干杯状,陈顾家也抬手比画了一下。

陈顾家回身继续对季风说话,但是换了一副说教的面孔:"不过你小子不能只是赚个罚款钱就完事儿了,还得存结婚钱呢。你怕是不知道现在娶一个姑娘得花多少钱吧?"

季风因为想起任迁宇,脸上露出了温柔的笑,肯定地说:"不会的,我们已经约好了。我们跟一般人不一样,不需要得到任何人的见证,也不需要谁的同意或谁的祝福,不用很麻烦的婚礼,更不需要什么钱,我们只要在一起就行了。"

陈顾家愣了一会儿,缓缓点头道:"那好,那挺好。"他一时间动容地说,"你是个不一般的孩子,是有福气的人。"

季风一直联系不上禾智慧,因为她不接电话,发短信过去倒是会回应一下,但都是诸如"没干什么,就瞎忙啊""挺好的呢"这样的敷衍。季风有些担心她没能从那次袭击事件里重振精神,因为季风自己有时候闭上眼还会回到那个令人惊惧的现场。

现在还是工作时间,季风知道禾智慧在一家潮流女装店里做导购,所以决定去商场里找她,确认一下她的状况。

结果那里的店员却说:"禾智慧?早就辞职了啊。"见季风一脸惊讶,这个戴着一对蛇形耳环的女生一边扫视着她,猜测她与禾智慧的关系,一边漫不经心地说,"嫌工资给得少,赚钱太慢了。"

在另一头整理牛仔裤展示台的店员大声接话道:"听说她当主播了,一天就能赚一千块,不知道真的假的。"

耳环女生扭过脸去说笑:"假的,一天一万块!"

那个店员也笑,轻佻地回道:"那能是正经主播吗?"

季风一本正经地插话:"她没有在当主播,可能干过一两天,现在没有了。"

说笑的两人于是止住笑声,那个店员扭身干活儿去了,耳环女生向季风示好:"你叫什么名字?交个朋友?"

季风只是无言地转身离开。

季风在禾智慧的家门外老老实实敲了两分钟的门,里面没有回应。她失去了耐心,边敲边喊:"智慧!快!帮我叫救护车,我的伤口裂开了!"

这才骗得禾智慧开门,但她脸上是半信半疑,在看到季风人好好的时候,她松了一口气,却又因为季风头上缠的纱布而语带哭腔:"对不起……"

季风挤进门,说:"没关系。"

屋里没有开灯,地上堆放着一些空的饮料瓶和外卖盒子,一股复杂的臭气直钻季风的脑门。她眉头紧锁地回头,看见仅仅穿着一件宽松T恤的禾智慧后背贴着墙壁,一脸委屈地别开了脸去,不敢与她对视,像是犯了错在墙角罚站的小狗。

季风把窗户打开,弯腰开始收拾垃圾。房间太小了,她的手每触及一处,禾智慧的一双脚就赶忙躲开一点儿,最后整个人躲去了床上。

禾智慧缩成一团,看着忙碌的季风说:"小风,对不起,我总是给你添麻烦。从小到大,你总是因为我倒霉,我觉得我就像个扫把星,我不想你讨厌我……"

"智慧,你没必要说这样的话。如果我真的讨厌你,早就远离你了,今天也不会特地来看你。"季风把一兜垃圾扎好口,站起来叉着腰看她,笑着说,"再说了,我要是说了讨厌你,难道你就会从我身边消失吗?"

"那怎么可能!"禾智慧弹起来,激动地叫道,"就算你说你恨我,我也不会离开你!我会努力弥补,多做一些让你开心的事情、让你喜欢我的事情。"

季风突然说："智慧，我决定要当个男人了。"

禾智慧先是一愣，继而嘴角扯了扯。但没来得及露出笑容，她就立刻意识到了什么，于是跌坐在床，垮着脸问："为什么？"

季风坦然地说："你知道是为什么的，我要和她在一起，她不能没有我。"

禾智慧低着头，长发的阴影遮盖了她的脸，但是她的声音已经因为抽泣而变得虚弱："那我呢？我怎么办？难道我就可以没有你吗？"

季风说："你不会失去我啊，我们还是和以前一样，是最好的朋友。"

禾智慧突然仰起脸，仿佛陷入偏头痛一般，双手紧紧揪着头发，冲她尖叫道："我不！我不要和任何人分享你！你是我一个人的小风！你难道不知道我有多爱你吗？"

季风摇摇头说："你不是爱我，你只是离不开我。"

一阵短暂的沉默，犹如一条缓缓涌来的河流，将两人隔离。

对视了一会儿后，禾智慧哑着嗓子说："我会向你证明我的爱，总有一天。"

季风张了张嘴，不知道再说什么。她左右看看，发现了一个没有被捡起来的易拉罐，于是将这个漏网之鱼塞进垃圾袋里。

禾智慧转过身去，面朝着墙壁说："你走吧。对不起，小风，我害你受伤了。"

季风想要抱抱她，只是才朝她迈出去一步，就被她喝止了。

禾智慧像一粒海里漂浮的虾米般弯着腰，将脸埋在自己的膝盖里，闷声哼道："你不要过来，如果你现在过来抱我，我会大哭，会撒泼，会垮掉，会变成讨人厌的禾智慧。既然你做了改变的决定，我也要改变，我要成为你会喜欢的禾智慧。"

季风张开的双臂垂了下去，她看了一阵子禾智慧的背影——又脆弱又坚毅。

她叹了口气，提起两大袋垃圾，转身走出门去。

季风正式开始规划自己的生活。她早上赶去搬家公司上班，下了班之后，去任迁宇的落日小馆，两人一起吃过晚饭，她再回家里的烧烤店帮忙。

落日小馆外的人群没有起初那么多了，但还是有不少人聚集。有的人坚守着，只为能见"星鸣"一眼。而有的人直接就拿这当生财之道了，他们占道开着直播，卖着烤肠、奶茶。至于正规媒体，则几乎都不见了，世上每天都有新闻发生，很显然"星鸣再现"已经成为一则旧闻。

在季风告白的那天晚上，任迁宇把家里的备用钥匙给了她。这不仅仅是一道随时可以进入的门，对季风来说，这是准许了自己进入她的生活。至于能否进入她的心，季风没去想过，她认为能保持现在的相处模式就行，一起吃饭，一起看电视，聊聊天，相互陪伴。

任迁宇家里的每个角落，季风都熟悉了。季风知道她喜欢明亮的颜色，但只能作为室内的点缀，比如亮眼的红色咖啡杯和明黄色的抱枕；虽然她养猫，但她喜欢买一些狗造型的装饰品；她家里一直有鲜花，七个花瓶分别摆放在玄关的鞋柜旁、走廊的边柜旁、厨房的柜面上、卧室的门口、沙发边的茶几上和客厅的餐桌上，只不过沙发边的茶几上是一个小的，客厅的餐桌上是两个最大的。

因为餐桌上的两束花快枯萎了，所以季风下了班之后，买了新鲜的带过去替换。她还是绕道从居民楼单元门里进去，上了二楼，驾轻就熟地掏出钥匙，轻轻一转，知道一定会迎来一片光亮。对她来说，这犹如云上的天堂之门向她打开。

任迁宇有时会坐在沙发上，有时是坐在餐桌旁，有时是匆匆从厨房里快步走出来，总之她一定会迎上来，笑盈盈地对季风说："你回来了。"

季风也会理所当然地回答："我回来了！"

她们已经达成了今后一起生活的共识，所以无论从哪里来，都是"回到"彼此的身边。

任迁宇会自然而然地伸手接过季风手里的东西，因为她不是带花来，就是带菜回来。有时候，她也会给季风发短信，叫季风带一盒鸡蛋，或是咖啡粉。

"是百合！我先处理它们。"任迁宇抱着花走向餐桌，对季风说，"菜都做好了，你去把汤盛一下。"

季风走向厨房："怎么你又把饭做好了，不是说了我回来一起做？"

任迁宇一边插花，一边回话："你每天打两份工，还有力气做饭吗？我反正天天闲着也是闲着。"

"那等会儿我洗碗，你别跟我争。"季风戴着隔热手套，双手端着汤走出来。

季风刚把饭菜都摆好，瓦利就走过来，蹭了蹭她的小腿。她低头问："怎么了，妈妈没给你吃饭吗？"

任迁宇说："它吃过了，跟你告假状呢。"

季风走向放猫零食的柜子，说："给你开个小点儿的罐罐。"把瓦利惊喜得连连"喵喵"。

"哎！你——"只听啵的一声，任迁宇见无法阻拦，无奈地笑道，

"你就宠它吧。"

季风摸了摸埋头猛吃的瓦利，回过脸去看任迁宇，她的长发在夕阳光晕下像一捧反光的瀑布，她的笑容像是在战地医院里安抚伤者的护士，温柔、圣洁又浑厚。

好幸福啊。季风在心里感叹。从此以后，若能如此日复一日地生活下去，就是她以前不敢奢想的安心感了，似乎风停了，雨也停了，一切如此宁静。

新鲜的花束在餐桌上绽放，一边吃着饭，季风一边漫不经心地发问："如果酒馆不开了，我们以后是不是可以换一个城市生活？"

"要开的，我不怕他们围观，只不过现在人太多，堵着门了，给客人的体验也不好。"任迁宇说，"不管是半年还是三个月都没关系，人总会散开的，我的积蓄也足够我等到那天。哦——"她突然想起来，"你需要我帮你交罚款吗？"

"不！"季风放下碗，猛地大声回应，脸上的表情甚至有些生气，"这是我自己的决定，不需要你帮忙，你不要觉得是你的事情。如果我连这点儿小问题也解决不了，还怎么陪你走下去？"

任迁宇放下筷子，伸手摸着她的手，说："你保持现在这个样子也可以的。"

季风认真地说："不行。我要变成男人，和你结婚，叫所有人都不敢欺负你、看轻你，你也会有一个家，和所有人一样。"

"哦？"任迁宇托着腮，意味深长地挑眉一笑，"那我也会有个孩子吗？"

"孩子？"季风一愣，继而反应过来涨红了脸，垂下双眼盯着碗里冒着热气的米饭，故作镇定地说，"你想要就可以有。"

任迁宇见她这样纯情，也有些害羞了，于是不再逗她，而是换了一个话题："换一个城市也可以，你有想去的地方吗？"

季风说："去你喜欢的地方就行，我倒是对开店有些新的想法。你可以继续开酒馆，但是我们能增加正餐的菜单吗？我可以设计一些适合下酒的套餐，到了夜里还能做些夜宵。"

任迁宇问："你很喜欢做菜？"

季风边思索边说："不知道，我只是会做，也谈不上讨厌，爸爸妈妈需要我做我就做了，我还没想过自己喜欢什么。"

任迁宇安慰道："没关系，你还小，以后人生那么长，可以慢慢去发现……"

季风仰起头来，眼睛亮晶晶的似乎有所发现，看着她问："待在你身边算不算……喜欢？"

任迁宇笑了。她的手还覆在季风的手背上，她将手掌翻过来握住了季风的手，轻轻摩挲着季风的掌心，爱怜地搓揉着季风的每一个指关节，像是无意识地抚摸着猫，但轻柔的爱意也从每一次细微的动作里流淌出来。

季风在去地铁站的路上，遇到了一场追逐战。有个凶神恶煞的持刀男人正在夺路而逃，身后追赶的人穿着警服，人群被吓得四散。远远地，季风看见曾经在病房里见过面的徐初心跑在最前面，她穿着私服，跑得衬衫鼓胀得像是一面船帆，边跑边喊："站住！"

持刀人越来越近，他边吼"让开让开"，边胡乱挥舞着手中的小刀，季风跟前的人都吓得哇哇乱叫地跑了。季风伸手摸到身边的共享单车，站到路的一侧等待他的靠近，在最恰当的时刻把单车往他下半身一砸，果然他"啊"地惨叫一声,被绊了一个脸朝下的大跟头,不等他吃痛地爬起来,徐初心他们已经追上来了。

徐初心首先踢飞了落在地上的小刀,季风反应很快,一脚踏上去,捡了起来。在徐初心给人上手铐时,她走过去,把刀送上。

"你是……季风?"徐初心一眼认出了季风,"怎么伤还没好,就在外面乱跑了?"她接过刀子,把垂头丧气的犯人一起转交给同事,对他们说:"你们先把他带到局里去录口供吧。"

"我已经没事儿了……"季风说完,抬手抚了一下自己的额头,一看,手掌心里蹭了一丝血迹:"只是看着吓人。"

"你要去哪儿?"徐初心掸掸身上的灰,自顾自说着话,朝前方走去,"医院?我送你吧。"

季风说:"我是要回家。"见对方头也不回地冲自己招手示意跟上,她只好小跑追了上去。

徐初心身形纤细精干,比季风要矮半头,但是因为她雷厉风行,所以气场让她看起来直逼一米八,尤其是她站在警车前的样子,更叫季风在心底轻呼一声:"酷!"

徐初心拉开副驾驶座的车门:"今天谢谢了,多亏有你,请——"

车里有些安静,徐初心试图找些话说:"那个……"
"是!"季风立刻正襟危坐。
她笑了:"你放轻松点儿!"
于是季风抖了抖肩膀,摆出一副有好好放松的样子。
车里再度陷入寂静。徐初心笑道:"你不爱说话是不是?"
"也不是。"季风想了想说,"也有很多问题想问你,但是怕自己不礼貌。"

徐初心说："你问吧，都可以问。是不是好奇刚才那个人犯什么事儿了？"

"不是。我只是好奇你的事情，你……"季风话说到一半，不知道该不该继续。

"出生就是女的。"徐初心说，"现在是33岁，对自己的性别很满意。从小就立志要当警察。是有很多女孩有了这个目标后，就决定做体力更好、抓坏人更方便的男性，这样也更容易进入警校，但我觉得，正因为女警少，所以我一定要以女性的身份实现我的目标，给女孩子们多个样本。"

季风听得感慨，发自肺腑地赞叹道："你好厉害。"她反省自己，"我总是很忙，总有事情在追赶我，等我反应过来，才发现，我一天都没为自己活过……"

徐初心说："你反应快、身手敏捷，其实挺适合当我同事的，你也可以考虑看看和运动神经有关系的工作。"

"我这是炒菜炒出来的，慢了会被客人骂。"季风笑起来。

她回忆往事，发现自己确实有错失一些机会：学校里选拔过体育生，当时篮球队和游泳队都挑中了她，还有音乐老师也曾经把她引荐给一个培养职业舞者的青少年舞团，但是最终，她父母都以没钱为理由，拒绝了那些培训。

要回忆当时的心情，有些为难现在的季风，她不记得了。可能是麻木了吧，就像遇见任迁宇之前，她一直不太确定自己是怎么活到今天的。

"辛苦你了。"徐初心说，"你像是吃了很多苦的样子。"

她的话把季风从回忆的井里打捞了上来，季风眼眶一红，别过脸，看向窗外。

徐初心的语速很快，每一个字吐出来都像钢打的一般坚硬，但此时她的语气软化了不少，她说："你还小，想要什么样的人生，从现在开始也可以。"

季风抹了抹眼睛，振作了精神，转回脸，问："你结婚了吗？"

她回答："没有。我家里也催婚，但我就没遇到合适的，没必要。"

季风又问："结婚也可以是没必要的吗？"

她回答："什么性别做什么样的工作，什么年龄过什么样的人生，说这样话的人，有什么依据？每个人都只能活一辈子，谁都没有更多的经验，这话无凭无据的，说服不了我。"

把季风送到家门口之后，徐初心给她留下了自己的联系方式："以后有任何事情，哪怕只是想聊天，也可以找我。"

第 9 章 越过山巅,越过海啸

自从季风宣布自己要当个男人之后,她发现父母对她的态度和过去有些不一样了,她说的话更能得到他们的倾听和肯定。

比如,她以前就说店里的定价比起周遭来说,其实偏低了,赚得少一些倒不算是大问题,但如果被同行们联合起来定性为"恶性竞争"就不太好了,还不如上调价格和他们齐平,既多赚几块钱,又与同行保持了共同进退的良性关系。但是被父母很干脆地拒绝了,也不算拒绝,就是他们听见了,但是没回应,这事儿就翻篇了。

现在她在检视外卖 APP 上的菜单时,因为平台抽成实在是过分,所以走进客厅,对父母老话重提,没想到他俩都表示:"你做主就行。"

季风有些惊讶,于是找了笔和本子,还有计算器,拉开椅子坐到桌边说:"那我们来商量一下吧,先从荤的开始……"

季永强正在看电视,坐在沙发上打断她:"哎,商量什么?你直接改就是了。"

易杰正在擦拭边柜,头也不抬地接话:"店里墙上的菜单都糊成一团了,早该换了,正好你改完了之后,去打张新的换上。"

季风说:"那我们就稍微加些量,给涨价找个理由?"

季永强笑起来:"都听你的!这店以后啊,反正也是你的,你是我们家的继承人嘛。"

易杰大笑:"瞧你这话,一个破店,用得上'继承人'这么大的词儿?"

季永强说:"哎,现在是个小破店,不见得以后不是连锁店啊!季风这么能干,指不定能做大做强!"

季风一边对照菜单,一边在本子上划拉着,对他们说:"我没说要这个店,以后我可能会自己去创业,店你们就留给季灿吧,早就说好的。"

季永强有些着急:"那是以前!你看季灿那样儿,他干得来吗?给你打下手都怕不合适。"

易杰也赞同,揉揉肩说:"依我看,这店还是你俩一人一半,或者你占大头。你弟弟呀,怕不会有什么大出息,跟着你一起照看店里,也算保证了有一口饭吃,我跟你爸干不动了之后也放心。"

"再说吧。"季风兴致缺缺地按起计算器,"今天晚上就可以给常客铺垫一下涨价的消息,预计一礼拜后正式使用新菜单。我会增加一些新品类,还可以设计一些优惠的套餐,让他们更容易接受这件事儿。"

结束了这一天的营业,季风已经准备熄火了,却听见手机提示又进了一笔外卖订单,她说:"打个电话跟客人说打烊了,叫他取消吧。"

"别啊!你累了你去休息,我给做好了送过去就行。"季永强正在喝水,猛灌一大口后放下杯子,走过来说,"这钱有多少挣多少,总是对的。"

见他这么坚持,季风便叫易杰收拾桌椅,她飞快地把订单给做了。等季永强提着外卖骑着电动车出去了,她与易杰闲聊:"什么情况?老季竟然这么积极,以前可不这样。"

易杰一边拖地，一边说："两个儿子跟一个儿子的开支可不是一回事儿啊。不过你也不用管你爸，你看他跑得那叫一个自觉自愿、高高兴兴，给他多找些事儿做也好，省得一有空就去瞎混。"

季风重申一遍："罚款我自己交。"

易杰站起来，扶着后腰，问："结婚不要钱啊？"见季风愣住了，她也一愣，之后笑起来，"你这孩子！不会是没想过吧？你得娶老婆的啊。你要当男人，总不是要当一辈子打光棍的男人吧？你条件又不差。"

季风脑子里想着任迁宇，无辜地问："结婚能要什么钱？"

"女孩子家里会要一些钱的，现在多少男人找不到老婆。"易杰突然蹦到季风面前，兴奋地说，"对了，我有个很喜欢的小姑娘，不知道你见过没有，在三医院上班，她妈妈你认识，去年过年还来过我们家。我觉得你可以跟她见一面，又漂亮又能干，你俩站在一起那画面，绝配！"

季风一口回绝："不需要，我有喜欢的人。"

"啊！"易杰很惊讶，但立刻也了然了，兴奋地问，"难怪你突然说要当个男人。赶紧地，长什么样、多大岁数、干什么的，都马上交代，哪天能带回家吃饭？"

季风敷衍道："再说吧。"

晚饭时间，季灿比说好的迟到了一刻钟，进门看见一家人已经在吃饭了，很奇怪地问："都没等我？"

"等你那不是菜都凉了？快过来吃！"易杰站起身来，去厨房里盛了一碗热乎的白饭来，"还都是热的。"

季灿拉开椅子的同时，注意到他喜欢吃的青椒炒肉竟然摆在季风的眼皮子底下。虽然不是大事儿,但没摆在他的座位这边是头一回,所以他愣了一下。

接过饭,季灿看看餐桌,西红柿炒蛋已经快吃没了。他看一眼已经落座的易杰,惊讶地问:"没给我留菜?"

季永强说:"留什么?就是每回都给你留一份,你小子才从来不跟我们一个时间吃饭,不惯你这毛病了。"

"那别等也别留,给我钱,我去外边跟朋友吃。"

"你说给你钱就给,真拿你爸爸当冤大头啊?年纪也不小了,胳膊腿儿都好好的,想要钱自己挣。你看你姐,从我们家开起这个店,没一天不帮忙的,可以说她在我们家吃的每一口饭,都是她自己挣的。"季永强突然话锋一转,"对了,以后你要管你姐姐叫哥哥了。告诉你一声。"

"啊?"季灿手一抖,筷子上的肉都掉了。他兴奋地问季风:"真的吗?"

易杰觉得好笑:"你这么激动干什么?"

季灿说:"谁不想有个哥哥呢,以后打架都有人罩了。"

季永强一巴掌拍在他的后脑勺上:"想点儿好的!"

"欢迎来到爷们儿的世界!"季灿对季风挤了挤肱二头肌。

"就你?"季永强讥笑,"你先有空多来店里帮帮忙吧,跟你'哥哥'学学怎么做菜、看店。你可别等大学毕业之后,连先下油还是先下菜都不知道,那我可就把店全给季风了,半拉都不给你。"

季灿说:"你那店我本来也不想要。我要去大城市读大学,然后就留在那边,进那种特豪华的办公楼,当个年入百万的精英。"

"你有那本事当然好!"易杰往季灿碗里夹菜,敲了敲他的碗边,示意他快些吃。

季永强喝了两杯白酒,脸上已经有些泛红了,急道:"幼稚,特别幼稚。我跟你妈妈真的把你宠坏了,就一点儿也不接地气儿,你知道多少人想有个能吃饭的碗吗?一个铺子能养四世同堂!你倒好,这么潇洒地撒手咯,以后你上街上讨饭时就知道后悔了,从你那大学门口一路讨饭回来,求着季风看能不能收你打杂。"

季灿砰的一声放下碗:"没见过你这样的人,别人都盼着儿子好,就你盼你儿子讨饭。"

季永强抬手指着他道:"你这是什么态度?还说不得了?你看季风,什么时候顶过嘴?我现在就剥夺你的继承权!"

"谁稀罕!"季灿起身冲去卧室。

"哎,饭还没吃完呢!"易杰见状,赶忙扒拉了一些菜覆在饭上,端起来追上去,同时回头对季永强嫌弃地说,"别喝了!就知道对着儿子耍威风,显得你多厉害似的。"

夜里睡觉,季风背冲着季灿,听到隔壁床的他在"姐,姐姐"地叫,她"嗯"地答应一声。他问:"你是认真的吗?"

季风缓缓转过身,微眯着眼睛,半梦半醒地问:"你是支持还是反对?"

季灿的双眼在暗处发光,声音里笑意旺盛:"你做什么决定我都支持。"

季风精神了一些,感叹:"我觉得很奇怪,你们全都很欢迎我变成男人,都开心得就像家里会有一个新成员加入一样,但我还是我啊,我每天做什么、想什么,没有任何变化。"

"不一样,那可太不一样了。"季灿盘腿坐了起来,似乎要发表长篇大论,"以后我们能一起去很多地方,就比如现在,我们背上包就能出发,不管天多黑。我们可以走着去,也可以随便跳上一列火车,不管多远,不管在外面待多少天。没钱了就找个十块钱的通铺睡一晚,去工地干两天,赚个两百块又继续玩,把地球整个走一遍。"

季风问:"这些事情以前不能做吗?"

"当然不能!女孩子出远门多危险,如果有人骚扰,我还得保护你。但是你变成男的了,谁来找碴儿,我们一起揍他。"季灿越说越向往,"对了,我们要是没地儿洗澡,就找个水池子,脱光了往里一跳,还能顺便游个泳,游到湖里去,好玩吧?太好玩了!"

季风问:"你支持我,就因为我能陪你玩?"

"你觉得我肤浅?我也有深刻的考虑。"季灿重新躺好,与季风四目相对,"以前季老头儿总是跟我说,我是这个家里的掌门人,是家里的顶梁柱,以后哪里也不能去,要守着这个店,要生一儿一女,要光宗耀祖,还要尽孝,要给他们养老……我就问,那姐姐呢?他们说你是要嫁出去的人。现在不一样了,他们终于对你也有要求了,终于放过我了。"

季风轻轻笑出声:"那是他们看重你,没想到还成你的烦恼了。"

季灿轻蔑地一笑:"他们的看重有什么用?他们是谁啊?世界首富啊?对我的人生一点儿帮助都没有。我班上有个家里特有钱的,每个月光生活费就有一万,厉害吧?有一回过生日,他包了个大厅,把全班人还有每个科的老师都叫上了。他家对他的看重,那才叫看重。"

季风哈哈笑了,边翻身边说:"那你争取成为富一代吧。"

季灿说:"只要我离开这里,在大城市有的是机会,爸爸妈妈就交给你咯。"

季风忙了一天,迷迷糊糊地呢喃:"再说吧。"

我也是要走的,走得远远的。这是季风没有说出口的话。

在眼帘合上的那一刻,漆黑的视野里慢慢有光芒在扩散,是任迁宇站在一片花海里问她:"我们去哪里呀?"

她回答:"去很远的地方。"

随着落日小馆前的人群逐渐不再聚集,任迁宇已经有了恢复营业的打算。虽然季风觉得太着急了,但一直让她被困在楼上的房间里也不合适,所以也不拦她,只是每天早上去搬家公司打卡之前,都会先趁着五六点钟人最少的时候,去店里打扫一下卫生。

起初两天,一些一大早也执着围在店外的人还会对季风感到好奇,追问许多问题,但是她几乎都不回应。有人传她是店里的店员,是一个哑巴,之后几天,他们就对她视若无睹了。

今天她也如同往常一样,去做最后的打扫,估计这些天可以试着在凌晨开门迎客看看情况,却在距离门口一百米处愣住了。倚靠在窗框边的人是金圣江,他的头发长了许多,双眼比过去更显阴郁了,在季风的眼里,他的笑容也是阴森森的,唇线像是毒蛇。他对她招了招手:"嗨,最近好吗?"

季风若无其事地走过去,看也不看他,自顾自地掏出钥匙开门。

金圣江附在她耳边问:"老板娘还好吗?"

季风按捺住怒火,身体往旁边让了让,示意他进门说话。

关上门后,她回身问他:"你还想干什么?"

金圣江走进吧台,取出一瓶酒,用拇指抹掉上面的落灰,一边拧开瓶盖,一边说:"缺钱了,想从老板娘身上再榨一些。"

看着他把酒倒入玻璃杯,那一注落下的剔透液体让季风联想到一把下坠的刀，她咬牙切齿地说："我……真想杀了你。"

他无所谓地说："也可以，指不定我做了鬼会感谢你，让我解脱了，做人真的没意思。"他仰头喝下半杯，再拿出一个杯子，给季风也倒上。

季风没有碰他推过来的酒，瞪着他，问："你已经把她逼到这种处境了，你还能、还想从她身上得到什么？"

金圣江喝完剩下的半杯，一边给自己再满上，一边说："你要知道，我不是针对她，我跟她没有仇，这只是我的工作。季风，就像你会打工一样，你需要钱，你就去挣钱，你用你的技能，我用我的手段，大家都只是在用不同的方法挣钱而已。"

季风不接受他的这套说辞："但是我不需要伤害任何人。"

金圣江轻笑："我们活着就已经在伤害别人了。你长这么大，多吃一口饭，就有人少吃一口饭，你现在占着一个岗位，就有一个人找不到工作，更别提我们还要吃肉，有多少动物仅仅因为我们在活着就死了。"

季风没有被他的思路带跑，说："你只是在给自己作恶找理由。就算我的存在有伤害到其他人，那我也是完全不知情的，不像你，主动去做伤害别人的事。"

"你很聪明，而且很好，你跟任迁宇一样，都是好人。"金圣江端着两杯酒，走到桌边，冲季风点点头，示意她过来一起坐下，继续说，"任迁宇身上还有可以榨取的新闻，而且比她退出演艺圈和转性这件事儿，要大得多得多，有可能是一个非常惊人的，能震撼全国人……或者全世界的秘密。"

可能只是在故弄玄虚？季风不敢相信他，但是又对任迁宇的一切都很在意，还是决定坐下来听一听了。

金圣江想找出任迁宇的秘密情人是谁,所以先从她身边的人开始入手。

首先是她曾经的经纪人,但是对方连电话都不接,而且当金圣江去到对方公司时,发现对方已经在带新艺人了。所有人都对已经无法产生收益的老艺人的往事没有兴趣,没有任何人配合他的采访,所以这条路是死胡同。

接着,他试着寻找任迁宇的父母,能搜到的有关他们的最后一条信息,就是他们在星鸣宣布退出演艺圈时,于网上发布的一条声明,里面写着一些"有愧于众多粉丝的期盼""也希望大家尊重孩子想要回归平凡生活的意愿""占用了公共资源真的非常抱歉"等官方套话。此外没有更多了,随着星鸣的消失,他们也彻底消失了。

身为记者并不会因为这样的碰壁就放弃选题,金圣江知道人只要活着,在世上就会产生痕迹。他通过关系得到了一份最详细的星鸣的个人介绍书,里面还附有他素人时期去面试的照片,详尽到三围和脚的尺码,当然星座、血型、爱好这些细碎的私人信息也有,但是这些并非他关心的重点,所以飞快地翻过去了。

星鸣从小到大读过的学校,才是金圣江需要的,如果有必要,他会从小学开始调查。每个人在读书时,都多少会交上几个朋友,那段友情很有可能延续至今,而每个人也需要情感宣泄的窗口,所以可能有哪个朋友知道星鸣和谁谈过恋爱。

像星鸣这样讨人喜欢的帅哥,肯定在学校里非常引人注目,应该能挖出许多出乎意料的八卦,那就是意外收获了。

星鸣是在16岁出道的,算起来,当时他还是读高一的学生。金圣江知道这是一个较为烦琐的工作,所以给自己泡了一杯咖啡,坐在家中的卧室里，用电脑慢悠悠地寻找着那所名为第九中学的校务处电话，同时用"星鸣"和"第九中学"这样的关键词进行交叉搜索。

弹出来的全是官方新闻，第九中学非常骄傲于自己的学校里诞生了明星，在能提到的地方都提到了，还在曾经的招生简章里充分地宣扬了这件事。

在学校的官方论坛里，至今还有很多关于他的帖子。最新的帖子没有参考价值，金圣江敲击着鼠标，按时间倒序寻找最早几年，尤其是星鸣还在校内读书时的帖子。

他果然是个风云人物，围绕他的帖子非常多，哪怕只是一次考试成绩都会被许多人围观。金圣江注意到很多人在关注他与校花的暧昧关系，有的在猜测他俩是否在交往，有的斩钉截铁地说看到过两人接吻，一定是在谈恋爱……

校花的名字是沈寻真，论坛里能找到学校官网发布的一些活动照片，还有大约是从她的社交账户里搬运过来的生活照，以及在校内走动时被其他学生偷拍的照片。其中有几张确实是和星鸣走在一起，两人看起来关系不错。

或许美女都是藏不住风头的，通过交叉搜索，金圣江很快就摸清了沈寻真的人生轨迹。她也曾经加入过演艺公司，以四人组合的形式出道过，但组合不到一年就因为公司经营不善解散了，不过她还在继续使用当时以艺人身份注册的账号。

她的账号粉丝数不多，更新也不频繁，但是其中有几张照片，已经足够令金圣江找到她了。一张是打了码的律所工作证，文案是"上岸了"；一张是高楼夜景的照片，文案是"终于放我走了，加班使我头秃"——通过这张照片，金圣江锁定了建筑区域，接着搜索出其中的所有律所，掏出电话开始一个一个找："你好，我跟贵所的沈律师预约了明天的见面，但是我需要改一下时间。"

有三个回复"打错了"，顺便推荐了一下自己的律师，有两个重名的，到第六次就找到人了。随着对面"喂？"的一声，金圣江坐直了身体。

跳过所有废话，金圣江开门见山道："你好，沈小姐，我是记者，想找你了解下你曾经的老同学星鸣——请别急着挂电话。关于他，最新的那篇新闻，你看了吗？他现在是女人了，改名任迁宇在开酒馆。那篇是我写的。"

对面听了第一句话后，确实是想挂断的，但在听到这里时，呼吸滞了一下，终于动情地问："你见到他了？他现在好吗？"

金圣江表现得有些失望地说："他现在很好，看起来没有被什么事情困扰，生活很平静。我本来想问一下你，跟他是朋友吗，但是看你的反应，应该不是。"

沈寻真突然扬起声调："当然是朋友！"她说，"当时在学校里，跟他最亲近的就是我，只有我。那时候他什么都跟我说，只是后来他成了明星，太多双眼睛盯着他了，我不想打扰他，给他造成不必要的花边新闻，才有意断了联系。"

他问："你以前是他的女朋友吗？"

沈寻真痛快地否认："不是。你不要想从我这里挖出任何他的负面新闻，我和他是同学，也是很好的朋友。虽然我有单方面爱慕他，但是他从未利用过我的喜欢，他是个很好的人。"

他问："你知道他是因为爱上了一个男人，所以退出演艺圈，转性成女人的吗？"

她质问道:"你有证据吗?我只是听说过这样的传闻,哪个明星名人没有被这样乱七八糟地编排过呢?"

金圣江笑起来:"别着急啊,你为什么觉得这是乱七八糟的编排呢?因为爱情,抛下一切、奋不顾身,你不觉得这是个很美的故事吗?"

她准备挂电话了:"别说了。你从我这里什么也得不到。"

"等一下!你知道他其他朋友的联系方式吗?"

"我明确地告诉你,不是我吹牛,他整个高中生涯只有我一个朋友,所以你是挖不到他任何料的。"

"他以前这么孤僻啊?"

对面挂了电话。

高中这条线索断了,金圣江根据星鸣的履历开始搜索他所在的初中。就是此时此刻,他隐隐约约觉得,也许他能挖出来比"明星为了恋爱转性隐退"更大的新闻。

打开连江中学的官网,金圣江在毕业花名册里输入任星鸣,下一秒,电脑黑屏了。因为这种学校官网都制作简陋,所以他以为自己不小心触发了什么故障,于是重新启动电脑,再来一次,竟然又黑屏了。

金圣江的心脏开始剧烈鼓动,他愈发感到自己的直觉没错,从一开始想做任迁宇相关的新闻时,他就是出于一种狩猎的本能,他的职业嗅觉从未令他失望。

第二天,金圣江就坐上飞机直奔连江中学,找到校务处的老师询问任星鸣的信息。对方是一个戴着眼镜的中年人,不屑地笑笑:"又是个追星的疯子。"

金圣江说明了自己的记者身份:"贵校的网站是否该维护了?我看了一会儿就黑屏。"并拉开椅子坐下,将一个纸袋从桌子下方递到对方的脚边,里面是一条烟和一瓶酒。他说:"我想看看他的在校档案。"

对方一挑眉,用脚把纸袋勾到了桌子更深处的阴影里,说:"现在都是电子档案了,从校内网可以查到。"

于是,金圣江得到了使用教师图书馆十分钟的许可。

从校内网打开官网,果然有更详尽的搜索分类,金圣江再度输入任星鸣却得到一个弹窗警告:"请勿非法收集公民信息!"

说到这里,金圣江停了下来,观察季风的表情,却发现没有什么变化,这令他很失望。他喝了一口酒,继续说:"季风,我干这行这么多年,没有我钻研不透的人。只要是个活人,不管是什么样的人物,就算是英国首相,只要活着总会留下痕迹,但是你家老板娘——"他挠挠头,似乎自己还要再确认一遍,沉默了数秒后,才肯定地说,"16 岁之前的信息,我完全找不到,就好像世上没有过这个人,就好像他一出生就是 16 岁。"

季风双手抱在胸前说:"哦,这样的话,你就放弃吧。"

金圣江没有理会她,自顾自继续说着:"我试图搜索他 16 岁之前的信息,如果使用家里的电脑就会黑屏,使用图书馆、网吧的电脑就会弹出'请勿非法收集公民信息'的警告。"他用手指搓着下巴,眉头紧锁地重复这句话,"请勿非法收集公民信息?我以前从没遇见过这样的事情。"

季风说:"我没明白你想说什么,但是你在做的事情,在我看来就是违法的,我真希望你被抓起来。"

金圣江晃了晃空空的酒瓶。"任迁宇身上有秘密,很大的秘密。你们关系有多好?好到你知道她的一切吗?"他紧盯着她的眼睛说,"我是不会放弃的。"

季风双手掐着桌沿，恨恨地瞪着他说："我真的可能杀了你。"

"小朋友就是会讲这样没有可行性的大话，比起杀了我，给我钱更简单吧？"金圣江举起双手做出投降状，"只要十万，我就永远从你和老板娘的眼前消失。对你来说可能有些多，对我来说却很少，这是我给你的优惠价，而且也不算特别难实现，我这个开价还可以吧？"

和之前一样，打扫完店里，季风就去搬家公司上班了。但是这回，她坐进驾驶座之后，没有等陈顾家就擅自发动了汽车，又回到了落日小馆店外。

她走上楼，掏出任迁宇给的备用钥匙，并没有刻意轻手轻脚地走进去，而是径直走向卧室，无所谓自己的脚步声是否会把她吵醒。果然当她来到门口，睡眠很浅的任迁宇就翻了个身，看向她迷迷糊糊地问："现在是晚上了吗？"

季风在床沿坐下，俯视着她，问："出去散散步好吗？"她在犹豫要不要把金圣江刚才那番要挟的话告诉她。

任迁宇已经很久没外出过了，皮肤变得更为苍白，在深色的床单上好像一摊散落的瓷片，身形也瘦了一圈，看起来无精打采的。

她坐起身，点点头，问："去哪儿啊？"

季风说："不知道，可以吗？"

室内的窗帘严丝合缝，所以阳光不能乘隙而入，穿着睡袍的任迁宇犹如唯一的光源一般散发着白光。她笑眯眯道："可以。"

季风感到被她的光芒轻抚，冲动地问："再也不回来可以吗？"

任迁宇双手捧着她的脸，宠溺地说："都听你的。"

于是，季风拉着她奔出门外。

季风开着搬家公司的车往市外驶去，中途有接到陈顾家的电话，她按掉了没有接。三公里、六公里，橡胶轮胎不停歇地滚磨着水泥路面。这种厢式货车坐起来不算舒服，车厢内也不算安静，但是任迁宇全程一声不吭，就好像她是季风从神庙里偷出来的一座神像。

又开出去十公里之后，她们已经开出了市区，视野里早已经没有了林立的高楼，更没了商场、店铺，眼前是灰扑扑的大道，两侧一边是密林，一边是黄土农田和零星矗立的民房矮楼。

任迁宇终于开口了："那边停一下好吗？"她指着路边的一家杂货店，不好意思地说，"饿了。"

季风一直沉浸在自己的心事里，为了发泄一般驱车这么远，这才想起来任迁宇还没吃早饭，赶忙羞惭地靠边停车："好！好！"

这家小店以塑料瓶盖穿起来的手工帘子做门帘，里面是一个老太太在看店。她见到任迁宇时先是一惊，继而露出笑容："好高大的姑娘。"她抬手示意任迁宇小心头顶低矮的天花板，"别撞到咯。"

季风在店里扫视一圈，柜台上的商品品类很少，有大半间屋子被当成居家自住的空间，放着摇椅和电视。她说："老板，拿个牛奶和面包吧。"

老太太似乎眼神不太好，伸手在柜台上摸索："等会儿啊，等等。"她摸了半天，季风说："左边第二排第一个就是。"

她摸到了，转身递给季风，说："谢谢小伙子。"

季风一愣，接着转过身看向任迁宇，她笑吟吟的，似乎没有当回事儿。

付了钱之后，老太太又抓起一条饼干塞给任迁宇，说："这个送你，大姑娘。别客气，现在是淡季，没什么客人，我这儿放着也是过期。"

任迁宇连连道谢，老太太继续问："你们是来看百花瀑布的吗？"

季风问："百花瀑布？我知道，但是就在这附近吗？"

老太太指着门外的大道，说："是的，你再往前开三里地，会看见一条写着'前往景区'的岔路。来都来了，看一眼再走吧，很美的。"

任迁宇问季风："那我们就去看看吧。好吗？"

季风点点头，向老太太道别。

老太太热情地把两人送到门外，倚着门框，双眼里满是欣慰地说："你们是一对爱人吗？祝你们幸福。"

小货车开上通往景区的路之后，在面对崎岖小路时不得不停在一边。两人下了车开始步行，季风脚下一滑差点儿摔倒，是任迁宇稳稳地拉住了她——她的手掌很大，完全裹住了季风的胳膊。

因为担心季风摔跤，所以任迁宇的手掌顺势往下一滑，就握住了她的手掌，于是变成了手牵手的状态，这令季风的耳朵一时间发烫。但她看任迁宇已经看着前方了，于是捂着脸扭去一边，试图让自己不要显得太在乎。

两人手拉着手，朝着有水声的方向走，任迁宇突然说："我好开心，我们好像是在约会。"

季风低着头说："我也很开心。"

"可是你早上的时候看起来好伤心，还有一些生气。"任迁宇指着自己问，"是我惹到你了吗？"

季风立刻反应激烈地道："没有啊！你不要这么想！怎么可能？"她见任迁宇在笑，意识到她在逗自己，便松了口气，故意皱起眉头做出生气的脸。

任迁宇伸出两根手指头按在季风的额头上，用力抚平了她的眉头，嘴里振振有词："气气飞飞——"

季风被逗笑了。

瀑布声越来越大，两人却在密林中迷了路，循着越来越震耳欲聋的声响在原地转圈。正在季风开始不耐烦，想着"不过是瀑布而已，要不放弃算了"时，任迁宇却拉着她兴奋地说："看见了！看见了！"

季风转过脸去，任迁宇一边撩开浓密的枝叶，一边拉着她往外走。一道壮阔如银河倒流的瀑布，伴随着强烈的水腥气味，犹如海啸般冲入季风的视野。

季风是在书上、在网上看过瀑布图片的，她以为"不过就那样"，然而，此时此刻身临其境的感觉却是完全新鲜的、冲击心灵的、永世难忘的。她不自觉地被吸引着往前走了好几步，在快撞到护栏时，被任迁宇从身后拉了一下，这才定在原地，痴痴地望着，像是要将眼前的壮丽景观全部吸进肚子里去。

任迁宇问她："很美吗？"

她感叹："很美。"

任迁宇说："还有很多很美、更美的地方。"

"我没去过，我从来没有离开过家里，没去过很远的地方。我想也许我应该到处去看看，多看一些……"

"可以呀，我会陪你去的。"

季风转过脸问她："去上海好吗？"

任迁宇说："如果你想，也可以。"

她说："我想去看看你长大的地方。等我赚够了钱，我要买一台很大的车，可能是房车。我什么都没有，你可以把你所有的家当收进来，我开车，你睡觉，我们走遍每一个城市，去看所有的瀑布，还有大海、高山、草原，就这样绕一个圈到上海去。"

任迁宇的长发被风吹起来，许多细小的水珠挂在她的发丝上，她捋了捋，接着也为季风整理了一下被吹乱的额发，温柔地问："你都想好了？"

季风回答："我没有地方去，也没有非去不可的地方。"

任迁宇说："真巧。我和你一样。"

季风双手抓着她，问："那，我们可以永远在一起吗？"

任迁宇的长发又被吹起来了，她的回答顺着风在季风的周身回转："好呀。"

这一瞬间，季风感到世上一切见过的、不曾见过的，好的、美的、轻盈的又充实的事物，填满了她的胸腔。在幸福的感觉直抵巅峰之后，她感到一种前所未有的放松。她长出一口气，依旧紧紧牵着任迁宇的手，转脸看向瀑布。

两人无声地又看了好一会儿后，任迁宇问："回去吗？"

季风轻快地回答："好。"

开车把任迁宇送回去之后，季风回到搬家公司，被陈顾家骂了一通。但也不过是耽误了上午的工作而已，她态度诚恳地接受批评，表示以后会更任劳任怨，这叫陈顾家再骂也没意思了，扣了她两百块钱，就算翻篇了。

季风决定还是由自己来解决金圣江这个隐雷，没必要再给任迁宇增添烦恼。之后她继续踏踏实实挣钱，早日实现抛下一切、远走高飞。

第10章 在天幕落下之前

听了金圣江那番滔滔不绝的话,季风也算收获不少。她现在就在用他的方式通过互联网搜索他搜过的信息,他说过,人活着就有痕迹,所以她认为是个人就有软肋,她要找到能钳制他的武器。

金圣江的名字和联系方式就挂在最初揭露星鸣行踪的新闻下面,他作为一个职业记者的同时,也是个专业的自媒体人,要找到他的社交账号实在是太容易了——不如说他很怕别人找不到。

里面几乎都是时事点评,没有太多个人生活的内容,但是季风还是掌握了一些有用信息:他在《远景新闻》上班,这家媒体隶属于远景集团,办公地点位于远景大厦的第17层,他的职位仅仅比实习生高一档。

他偶尔有几篇爆款文章,但大部分文章的评论数都不多,点赞数也在两三位之间。季风在翻遍了他关注的495个账号之后,灵机一动全部加上关注,这样再看金圣江的点赞,就能见到哪些共同关注人经常与他互动,其中一个粉色莫吉托头像吸引了她的注意。

这个莫吉托出现得比较频繁,一直都是只点赞不评论。点进去看只是个小号,发的都是有一搭没一搭的自言自语,但是金圣江几乎每一条都会留言,就仿佛那些"今天真的好累""人不能为别人活着""楼下新开的天妇罗还挺好吃"等碎碎念全是发给他一个人看的。

金圣江问:"你怎么不和我一起吃?"

对方回:"因为凌晨三点不开门。"

这很显然是在调情。因为金圣江还试过相亲,所以季风想他应该是单身,却要如此隐蔽地与对方互动,这应该是一段不方便公开的感情吧。

季风点开莫吉托头像的详细资料,是空白的,她的关注人列表里除了一个金圣江之外,全是宠物、美食和穿搭类的账号。

藏得好深啊。但是她的大号应该就在金圣江的495个关注里。季风抱着这样的直觉,开始进行筛选,首先筛掉所有官方的和男士的账号,剩下的女士账号还有97个。

季风一个一个点进去看,也不知道自己在找什么,但是在看到一个名叫"长醉不醒"的账号时,她从床上弹了起来。在昏暗的卧室里,她举着手机不自觉地四处走动,很显然她有些激动,她知道自己找到了。

敏锐的直觉继续指引着她,直接打开相册,一路往下滑翻着,很快在去年三月的位置,找到了那杯莫吉托的照片,只不过是同一个场景的不同角度。

账号女主人的脸非常大方地展露在镜头里,那是在夜晚的天台派对,她看起来四十多岁,因为保养得当,皮肤光滑白皙,但是眼圈与眼神都显得颇为疲惫,她穿着黑色的礼服裙,脖子和手腕上的珠宝闪闪发光。

在她身后的不远处有一面LED屏幕,季风放大这张照片,可以看见模糊的"远景"两个字。

第二天中午,季风趁着午休时间,开着搬家公司的货车,到远景大厦门外蹲点。她觉得莫吉托女士应该不是一般员工,不会一大早来上班,所以中午开始等大约不会错。

等了半个小时,季风也盯得累了,正想着是不是下午也该请假时,一辆非常惹眼的黑色方头轿车出现了。季风立刻振奋了精神,果然是她!先出来的是司机,他来到后座给里面的人开门,然后莫吉托女士就出现了。门口穿着黑西装的保安向她微微鞠躬,目送她径直走进大厦。

季风抱起早已准备好的纸箱,跳下车跟了过去。她因为穿着搬家公司的衣服,门口的保安瞥了一眼,就只是说:"前台登记。"

她走到前台,向接待小姐打招呼:"你好,能帮我看下'时代南北'是在23楼吗?客户给我的地址比较模糊。"

"好的,稍等。"

在接待小姐低头忙碌时,她继续假装闲聊地发问:"刚才过去的那个穿红色裙子的姐姐好有钱的样子,是个大老板吧?"

对方随意地接话道:"那当然,人家是远景副总裁。"

季风问:"那么漂亮,应该结婚了吧?"

接待小姐听了这话才抬起头来,挑剔地看着季风,打趣道:"人家不止结婚了,孩子都有两个了,都副总裁了,还猜不到她老公是谁啊?那当然是远景的老总啊。小朋友,你社会经验太少了,梦却太大了,踏踏实实的吧。"

季风灿烂一笑:"那就好!"说罢,她抱着纸箱转身走了。

留人家在身后奇怪:"哎,你不找了吗?"

为了掌握两人的关系证据,可能要花时间去跟踪了,但是季风每一天的工作量几乎都是满的——穷则思变,这个词在脑子里浮现的时候,她不禁笑出了声,因为她确实是因为没钱所以没时间,得想个别的办法。

坐在树下抽烟的陈顾家高声喝问道:"笑什么呢?这两天干活儿有些走神,不管干什么,一有空就在玩手机。"

季风正在往货车上装载杂物,闻言冲他说:"那也没耽误工作啊。"

见她把作为梯子的木板撤了,关上了厢门,陈顾家说:"最后一箱了吧?歇会儿吧。"却见她走到屋檐下席地而坐,立刻掏出手机看了起来。他哈哈一笑,调侃道:"你们这些小子,住在手机里了。"

季风想到的办法是,密切关注金圣江和莫吉托女士的网上互动,找到两人可能约会的蛛丝马迹。

大约三天后,终于守到了。莫吉托说自己又吃了楼下的天妇罗,金圣江问:"到底什么时候带我尝尝?"

"你也太大胆了吧。"

"玩的就是刺激。"

"那就明晚九点吧,他们十点打烊。"

季风跟踪了离开远景大厦的莫吉托,一直跟到她家楼下,在附近锁定了她提到的天妇罗店后,在夜里八点半抵达了现场。八点五十的时候,金圣江先到了,他点了个一人套餐,边玩手机边吃起来。

同时,季风看到他在莫吉托的小号里写下了评论,是附图的:"确实好吃。"

对方回复:"再等二十分钟。"

于是季风举着手机严阵以待。不久后,黑色方头轿车出现在店前,开车的是莫吉托,她下了车走去副驾驶座。等她坐上去后,金圣江从店里走了出来,坐进了驾驶座。

整个过程都被季风拍了下来。

轿车启动了,她也开着货车跟了上去。

他们的车在一家奢华的大酒店前停下,两人一前一后下了车,径直走进大堂里去,负责泊车的门童接管了他们的车。

大约四十分钟后,门童把车又开回到门口,满面春风的莫吉托一个人回到驾驶座里,驾车离去了。

再五分钟后,金圣江才出现在门口。他左右张望了一阵,最后漫无目的地沿街走了一会儿,钻进了一家路边的酒吧,喝了一杯之后,出来坐上了出租车。

今晚的收获很大,可以说是一网下去全是鱼。季风跟着出租车,得到了金圣江的住所位置,是一栋外立面非常陈旧的普通居民楼,跟莫吉托住的豪华社区一对比,犹如石头与钻石。不过要论陈旧,季风的家在她认识的所有人里都是垫底的,所以她并没有大惊小怪,也没有把金圣江和"穷"联系在一起,在她看来,就是个普通人家。

季风找到一家网吧,用电脑把一切整理好了,再打印出来。她握着这一沓纸,像是抓着一把开了刃的剑,接下来就是找个时机跟金圣江"亮牌"了。

季风选了周六这天给金圣江发信息说想见面,他回复说:"八点有事,九点之后都有空。"周末能有什么事情?也许还能得到更多他不可告人的秘密,为了增加自己手里的王牌,季风早早来到他家楼下。

快八点的时候,他拎着包出现在单元门口了,但不仅仅是他,还有一个瘦弱的老妇人,坐在他推着的轮椅里,两人的前进方向是马路对面的小公园。

季风跟着走了一阵,她猜那位妇人可能是金圣江的妈妈,不太确定是因为她看起来太苍老了。但是看她一会儿笑一会儿骂,而金圣江一直很有耐心地听着还频频点头,以看似敷衍实则颇有耐心的态度附和着,是很显然的母子相处方式。

她在距离他们一百米左右时停了下来,看了眼手机,又往公园门外停着的货车看了看,觉得自己这一趟不会有什么"收获"了,不如回任迁宇那边去,跟金圣江约个下午的时间好了。

这么想着,季风回过头去再看一眼,发现金圣江焦急地跪坐在地上,在查看他妈妈的状况,她正痛苦地缩成一团。

季风见状,脚下不自觉地朝他们跑过去,近了更听清楚金圣江在问:"怎么了?怎么了?要叫救护车吗?妈妈!"因为他妈妈没有回答,他慌张地摸出手机,哆嗦地拨打了电话:"喂喂,在南北公园这里,我妈脑子里有肿瘤,很危险,马上来!啊?半小时?没车?半小时人都没了!"

季风一把上前,夺过金圣江手里的包,背在自己身上,说:"我有车,就在门口,快!"

"季风?"金圣江很震惊,但现在不是追问的时候,他飞快地站起来,推着轮椅朝公园门口使出全力疾奔。

季风也跟在一边跑,一手按着妇人的身体,以防她摔下去。

到了医院门口,金圣江抱起母亲就冲了进去,季风在车上坐了一会儿,看到副驾驶座上还留着他的包,抓起来准备给他送去。拉开车门的那一刻,她想起来自己是要找他谈判的,犹豫了两秒,拉开驾驶座前的抽屉,拿上了那一沓纸。

问了下前台,刚才被儿子抱进来的老太太去哪儿了之后,季风朝二楼急救室走去。她把手里的纸叠起来,暂且插进了裤子后的口袋里。

走廊的尽头是急救室紧闭的一对白色铁门，沿着雪白但遍布污迹的墙有一溜铁皮的蓝色座椅，金圣江正双手抱头坐在那里。他通过余光看见季风走了过来，抬起头，以一双布满红血丝的眼睛看着她说："谢谢你。"

季风把他的包放在旁边的空椅子上，一时间不知道说什么话合适。但是金圣江已经自顾自地说起来了："我回了国之后才发现，我爸妈其实没有真正复婚，他们只是旧情复燃，重新住在一起了。我跟他们一样觉得年龄大了领不领那个证好像也无所谓，但是好日子没过多久，我妈就病了。一开始我爸还说大家是一家人，要共渡难关，没想到没几天，他就不耐烦了，偷偷又跑出国去了。他倒是两手一甩，现在能救我妈的就只有我了。"

季风明白了："所以你需要钱。"

金圣江这才提出他今早的疑问："你怎么在那里？"

季风说："我在跟踪你。"

他道："我猜也是。"

两人都一时沉默，但是这个空间并不宁静，人声穿墙而来，有尖锐的惨叫，有愤怒的哭吼，还有接连不断的碎语，但都离得很远，隐隐约约的，像是梦里才有的背景音。

他似乎有些不情不愿地开口："今天你救了我跟我妈妈，所以……你想要我放弃对任迁宇的调查吗？"

"我倒是没指望，因为也不是特地救你，换了随便哪个人，我都会救，其他路过的人也会救你的。我是有一些别的东西能威胁到你。"季风说着，把口袋里折叠的纸掏出来，递给他，"既然你需要钱，这时候应该绝不想丢掉工作吧。"

金圣江翻开看了看，脸上的表情没有什么变化。他一边翻着，一边沉思，最后叠起来收进了自己身边的包里，凝视着她说："你为了保护她，真的尽了全力。"

季风说："如果这样还不够你放弃的，我会继续努力，你就会知道我还没有尽全力。"

金圣江举起双手说："别吓唬我了，我放弃。我有种感觉，我要坚持追查下去，可能会出事儿，我还得照顾我妈呢，当然，我这个出事儿不是指你造成的。"他说完，还冲季风挑衅地笑笑。

季风心里总算感到松快了一些："你说话算话就行。"

"算话。我这人唯一的优点就是说话算话。"金圣江垂下双手，一脸疲惫地看着季风说，"但是啊，季风，我觉得你们以后遇到的困难，肯定多得很，我是最微不足道的一个。"

"那就不需要你管了，不再见，以后都不用见了。"季风转身离去。

金圣江最后又道了一声："谢谢你啊！"

终于穿过了人生路上的一道路障，季风感到神清气爽。她打开广播台，里面在放"Bad Guy"，她的手指跟着节奏轻敲着方向盘，无意识地往落日小馆驶去。到半路上，她才意识到，这个点去干吗？啊！她想，她已经把任迁宇那里当作自己家了，所以当大脑发出"可以回家了"的指令时，她就往任迁宇的身边去。

她轻轻一笑。那就去一趟，看看任迁宇，一起吃个午饭。

在落日小馆门外，人还是不少，但比起过去是一天比一天少了。最近又有一些新的娱乐圈新闻接连被曝出，像是"知名艺人偷税漏税被处罚了一个亿""在屏幕上大秀恩爱的明星情侣私底下各玩各的"等等，人们的注意力已经被分散了很多。

进了单元楼道,季风本来脚步颇为轻盈,几乎是蹦着上楼的,没想到在任迁宇家门外的楼梯上见到一群她的粉丝。

季风被吓了一跳,心中立刻一沉,像是被巨石给砸了一下,怦怦乱跳。

她定睛一看,三女一男,都是二十多岁的样子,都抱着包贴墙坐着,全都默不作声的,身上的T恤是一模一样的,印着当初代表星鸣的星星图案。

她凶狠地问:"你们是谁?你们要干什么?"

其中一个梳着马尾的女孩站起来,说:"你好,我们是星鸣的老粉,是在他的粉丝俱乐部里互相认识的,然后成了朋友。在俱乐部解散之后,我们还是会经常相聚,星鸣对我们的意义很特别……"

季风打断道:"不需要说这些,就说你们要干什么。"

马尾女孩指着戴着黑框眼镜的男生说:"我叫尤盼盼,这是我的老公吴奇。"她再指着另一位寸头女孩介绍,"孙睿,从外地来的。"然后指着最后一位染着金色头发的女孩,"周子欣,也是从外地来的,跟公司请了假。我们都可以给你看身份证。这里。"说完,她掏出早已经准备好的四张身份证。

季风接过来看了看,但并没有放松警惕。

"我们是因为担心星鸣才来的,啊——"她顿了顿,"或者我们不该再叫她星鸣了。我们到这里来,是想能不能帮到任小姐,帮她尽快恢复平静的生活。"

季风问:"你们怎么发现这里的?"

她说:"对不起,我们观察了你很久,还跟踪了你。其实早就发现了，但是没敢打扰，今天我们觉得是时候了……"

旁边的金发女孩涂着紫色的口红，看起来是个很酷的人，她依旧坐在地上，有些急躁地说："我们不是坏人，我是程序员，一个月工资能拿两万。说出来你可能要觉得我是脑残粉，但我不是，在我还是孩子的时候，是星鸣的存在帮助了我、启发了我，才能让我成为今天这样一个看起来还算正常的大人——"

"我也是。"寸头女孩说，"星鸣对我的帮助，一两句话是说不完的。我们看了新闻之后，就猜到了会变成这样的局面，我们也想帮助曾经的偶像。"

眼镜男说："等这场风波过去了，我们马上离开，绝不打扰任小姐。我们也是要回去上班的，我们都不是孩子了，有自己的生活。"

马尾女孩说："但我们能有现在的生活，跟我们是孩子的时候遇到了星鸣，多少是有关系的，希望你能理解我们的感受……"

季风犹豫起来，为难地说："虽然你们说得很诚恳，但我也不能完全信任你们。"

对方双手握在胸前，恳切地说："至少让我们见见任小姐，请她听一下我们能做些什么，看她是不是需要我们吧。"

季风眉头紧锁，问："我怎么知道你们会不会害她？"

她的话音刚落，门打开了。

穿着一袭白色长裙的任迁宇，在昏暗的楼道里如同一道撕裂黑夜的日光。她温柔地对他们说："没有关系，进来吧。"

季风觉得她太轻率了，但是看见四个人竟然都犹如见到真神降临一般，统统眼泛热泪，尤其是金发女孩竟然双手捂着嘴呜咽出声，男生也摘了眼镜在抹眼泪，她愣住了。好吧，她信服了，这几个确实不太像是会伤害任迁宇的人。

这几个粉丝不愧都是在社会上摸爬滚打多年的上班族,是已经自行开过讨论会,带着一套解决方案来的。听他们给任迁宇说完,季风也忍不住鼓起掌来,确实在眼下的情况下,要尽快恢复营业,只有她帮忙是不够的,任迁宇需要更多帮手。

落日小馆就在这四个人的助力下重新开张了。

他们穿上了自备的黑色围裙,以此作为店员的标志,在店外用排队护栏隔出了一个方形区域,把看热闹的和做直播、卖货的人都给拦在了十米开外,仅留一个入口和一个出口供正经客人出入。

他们还做了非常详尽的注意事项看板,放在店外。

第一,为了保证服务质量,店里最多只能同时容纳八位客人;
第二,每位客人在店内逗留的时间不可超过一小时;
第三,店里设有最低消费,每位客人须至少点一杯饮品;
第四,严禁偷拍,可以提出与店主合影的请求,店主有权拒绝。

金发妹和眼镜男分别守在入口处和店门前,寸头女生则在店内与季风一起做服务生,马尾女生是本次"拯救行动"的发起者,她拿着喇叭在门口宣读注意事项,播报下一位客人还需要等待多久才能进入酒馆。

一时间,秩序井然。

所有想要看一眼任迁宇的人都老老实实排起队来,这弯弯曲曲但整齐的队伍把围做直播的人给隔离得老远。而一些仅仅想看热闹的人,见到落日小馆如此坦然地重新开业,似乎见不到什么窘迫或混乱的场面，便自觉无聊地散去了。

看着一切重新运转起来，季风颇为惊讶又惊喜。她也穿着他们准备的黑围裙，这使得他们围绕在任迁宇身边像一个专业的团队。她对端着托盘从自己身边经过的寸头女生说："谢谢。"

"这算什么，我们巴不得。"她笑道，"靠窗那桌还点了小葱豆腐。"

季风来到吧台后面，挽起袖子取出餐具，与正在调酒的任迁宇相视一笑："太好了，没想到这么顺利，真的多亏了他们。"

任迁宇眨眨眼，神情玩味地说："会喜欢我的孩子，都是好孩子，不是吗？"

季风说："有些自恋哟。"

就像是翻山越岭之后，终于能见到终点的轮廓了，季风感到内心前所未有地松快，也终于能察觉到肌肉的疲累。所以她感到身体又轻、又重，但是眼前一片明朗，因为已经能看见终点了，多么清晰简明：赚钱，赚钱，赚钱，和任迁宇一起远走高飞。

她今天下班坐上地铁回家时，已经是晚上六点半，因为下午在给一个客户干活儿时被耽误了一会儿，稍微加了几十分钟的班。但那客户人不错，给了两百块红包，陈顾家还把自己手里那两张钞票分出来一张递给她："你小子要交罚款的，给你多挣点儿。"

临到要下地铁时，季风看见身边正在玩手机的人，有的突然爆发出一声"哎呀我——"的粗口，有的拿着手机忙不迭地贴向身边的朋友，叫他看屏幕，还有的中年人则是一手握着手机一手捂着额头，深深地叹一口气。

怎么了？她掏出手机来看，电量格已经红了。因为距离家也没几步了,她准备走回去充了电再看。现在是新闻时间,可能有什么大事情发生了,不过向来跟她没什么关系。吞没山林里的火、淹没城市的水,那些都距离她太遥远了,她如此渺小,只关心今晚几点能忙完好上床睡觉。

回到了丰沛路,季风往家里走的路上,看到张记卤水店的老板正在发脾气,推翻了一张桌子,又举起一把椅子往地上狠狠敲了一下,他老婆在一边吼他:"行了!别发疯了。"

季风脚下没停,边走边问:"叔叔怎么了,蔡姨?"

"哎,你别管他!"蔡姨招招手,示意季风不用搭理。她继续对男人道:"你看给人家看笑话了吧,多大点儿事儿啊,你瞧瞧你这心理素质。"

季风来到自己家店门前,见自己的父母和屋里屋外的食客都仰着脑袋在看电视,走过去问:"到底是什么大新闻啊?"

易杰转过脸来,一脸受惊过度后的茫然表情:"罚款涨到五十万了。"

今晚的餐桌上,气氛非常凝重。季永强一直在唉声叹气,手里端着的饭都快凉了,他也没吃上几口:"唉,怎么这么突然……突然就宣布了,也不给个缓冲时间,一般来说,新政策发布,不得提前三个月宣布,再试行个三年五载的吗?不都有缓冲期的吗?唉。"

易杰用筷子敲敲他的碗边:"别叹气了,瞧你这一脸倒霉相,不知道的以为家里谁没了。"

"那我这不是少个儿子嘛!"季永强拍下筷子,抓了抓头发,又搓着脸继续叹气,"这个搞法考虑过我们普通百姓吗?这不就是变相告诉我们,家里没钱就别想着有儿子了!"

"你听你这话,季灿不是你儿子啊?"易杰觉得好笑,哼哼笑了两声,"你就知足吧。那卤味店的小张从小当儿子养,马上就要过成熟期了,突然这么一棍子下来,他们家才叫惨呢。现在叫停也不可能了,等下家里孩子男不男女不女的,成了个奇荷可怎么办?想想就可怕!这会儿肯定到处借钱呢。"她说罢,踹一脚季永强,"要跟你开口了可别借啊,我们家这么困难,别再装大款了你。"

"季灿跟季风是一回事儿吗?你说,你自己说。季灿就是被你惯坏了,什么用都没有。"

"他才多大,十五岁你就看出来他以后没出息了?"

"三岁看老。"

"再没出息也比你有出息。"

对于父母的吵嘴,季风半个字也没听,自顾自吃着饭,脑袋里由于充斥着太多信息,反而呈现出过载后的一片空白。

季永强见季风半晌都不说话,叫了她一声,语重心长地说:"小风,这就没办法了,你要不就继续保持现状吧。还好你做决定也没几天,你看你现在,也挺好的,以后把头发留长,肯定是大美女啊。"

季风抬起头,看着他说:"我不会改变我的决定,大不了多贷一些款,我还的时间长一些而已。"

易杰和季永强没想到她这么坚决,两人对望一眼,易杰忍不住问:"是什么样的女孩子这么讨喜啊,谁家的?我们认识吗?要不要爸爸妈妈去上门拜访一下?"

"小风有喜欢的人了?"季永强惊讶地瞪大了眼,扭脸对易杰说,"你怎么没告诉我?"

不等他们继续追问,季风吃完了饭,端着空碗起身送进厨房去了。

这不算什么困难吧……

季风洗澡时把水开到了能接受的最烫程度,希望热水能让自己的头皮放松下来,把脑袋里面莫名的堵塞感给冲一冲。她安慰自己:不过就是钱的问题,使劲儿赚钱就好了,更努力、更翻倍地赚,一切都还是顺利的,没有关系的。

但是——

她咬紧了牙关,双手毫无知觉地用力按压在瓷砖上,压得青筋暴起。

但是,为什么人活着要遇到一道又一道的难题,要翻越一座又一座的险峰呢?一辈子都要这样过关斩将,马不停蹄吗?她好想问:终点一定是幸福吗?

如果终点不是幸福,那这一路上的艰辛是为了什么?

"小风,洗多久了?洗快些。你爸还要洗呢!"

"唉,燃气费可是又涨了!"

门外传来父母的催促声。

其实在看到这条新闻的第一时间,季风想到的是禾智慧,因为她正在为禾英雄存钱。所以睡前,她给禾智慧发了信息:"没事儿吧?"她担心禾智慧扛不住这个冲击。

禾智慧很快就回复了:"这算什么?不用担心。"

她那张无所谓的脸仿佛就在眼前,季风笑了:"看来你挺有钱啊。"

"车到山前必有路,鱼到水里自会游。"她在胡说八道。

季风也回道:"柳暗花明又一村。"

她回:"轻舟已过万重山。"

"哈哈!"季风被逗得笑出了声,举着手机在床上左右滚了滚,忍不住说，"我想你了。"

对面显示"正在输入……"，不到半秒又消失了，再度显示"正在输入……"，却是老半天也没蹦出来半个字。

季风不再笑了，脸上的表情有些难过。

手机屏幕在没开灯的房间里犹如一朵不肯断气的烛火，飘浮着、飘浮着。就在季风不知如何是好，正要熄灭这朵虚弱的火光时，终于，一通电话打了过来。

她毫不迟疑地按了下去："喂？智慧！"

对面好一会儿都只有呼吸声，但是季风在耐心等待。终于对面开口了，她说："小风，我想你。"

季风如释重负地笑了："想我为什么不联系我？最近都好吗？你有没有找新工作？我不是要管你，我想知道你一切都好，你身体健康，你有钱花，所以你好吗？"

禾智慧说："我没找新工作，替朋友打了几天零工，但是有在留意，准备重新上班了。"

季风追问："有什么我能帮忙的吗？"

禾智慧说："你没事儿吗？你不是也需要钱？"

季风讪笑起来："啊，因为实在是很大一笔钱，反而觉得距离自己很远，不算是很迫切的急事儿，慢慢来吧，那你呢？英雄还是要转性吗？"

禾智慧说："嗯，英雄的身体已经开始有变化了，现在回不了头，所以我要找个赚得多的工作。"

"那你……"季风欲言又止，"那你，你要找一个安全的工作，好吗？"除了口头提醒，她无法干涉太多，毕竟她也提供不了什么金钱上的帮助。

又是一阵沉默。季风终于忍不住在黑暗里叹气，她不习惯这样的相处，在以前，她们有说不完的话，大部分时候是禾智慧在滔滔不绝，她笑眯眯地听着，像是在晒太阳一般。现在禾智慧却像一块石头，需要她拨一下，才因为滚动而发出"咯噔"的短促声响。

"对不起，小风。"禾智慧又道歉了，"很多事情、很多方面，我都感到对不起，但是我同时也不原谅你。你可能觉得我搞笑、离谱、没道理，我不管，因为我一直把你规划在我的未来里，你就是我一半的生命，你以后要和别人好了，你要和别人一起生活了，你脱离了我，你背叛了我，你把我撕成了两半，我以后都只能用半条命活下去了，所以我不原谅你。"

她突然说了这样一堆话后便挂了电话，留下季风哑然地盯着墙面上正在移动、最后消失的光斑，它像是在窥视着这一切的月亮留下的叹息。

隔天下了班后，季风一副无事发生的态度来到任迁宇家里。

她开火煎了一下火腿，然后用吐司和西红柿、生菜做成三明治，配以黑咖啡，这就是一顿饭了。任迁宇喜欢吃这样简单的料理，因为方便收拾，她认为人没必要花太多时间在吃上。

季风曾经调侃过："你一个开酒馆的，说这话好像没什么说服力，难道花时间在喝酒上就应该吗？"

任迁宇笑道："喝酒的重点不是喝酒，是体会人生，更像是一种冥想。"

两人通常都是这样，在楼上先早早吃了晚饭，然后再下楼去忙活生意。

任迁宇问："你从来都不向我求助，是因为我不可靠吗？"

"啊？"季风正在喝美式，无辜地抬起头，"怎么了？"

任迁宇抬手托住她的脸，用拇指抹掉她脸上的面包渣："你不需要钱吗？"

"你不用管。"季风说，"这是我自己的事情。"

"啊，你这样说话，我好伤心……"任迁宇立刻捂着脸，做出委屈状，"你拿我当外人。"

"啊，我不是这个意思！"季风知道她在逗自己，但即使知道她的伤心是假装的，也还是看不下去，忙伸出双手拉开她的手。果然见到她冲自己一笑，季风松了一口气："你——"

任迁宇反手握住季风的手，按在自己的脸上。这使得季风双手捧着她的脸。这样亲昵的举动，令季风不好意思地垂下眼去，却又因为任迁宇温柔地轻唤她的名字而抬起头，两人四目相对。

任迁宇问她："你说过，我们要永远在一起的，对吗？"

季风红着脸点头。

任迁宇说："那你的事情，就是我的事情，除非你说的'永远'其实有时间限定，三年、五年，那样的话，我就不把你未来的人生和我的放在一起考虑了。"

"怎么可能！"季风说，"你明明知道，害怕的人是我，你知道是我离不开你，是我希望我们的未来能够捆绑在一起，你、你还说这样的话……"她再度垂下脸去，却是为了掩盖自己快落泪的事实，埋怨起来，"你不要再说这样的话了，逗我也不可以，我会当真。我每时每刻都不敢相信你真的愿意和我组成家庭，我每一天睡前都会祈祷，这不是一个梦，不会在我醒来后发现，你从来就不认识我。"

"天啊,我的傻孩子。"任迁宇心疼地捧起她的脸,倾身上前吻去她没能控制住的一滴眼泪。这使得季风心里一松,不再管理眼泪,让它们肆意地流淌下来。最近这些天,她感到太累了,此时此刻,她的眼泪替她发出无声的尖叫。似乎不需要她说明,任迁宇也能感同身受,轻哄道:"好了,好了,你辛苦了。"又为她抹去眼泪,"我不会骗你,也不会轻易做出约定。老天爷曾经送给我许多礼物,都被我搞砸了、弄丢了,我以为我被彻底放弃了,没想到,还有你在等着我。你是我这一生中最好的,也可能是最后的礼物,我怎么舍得欺负你。"

把季风哄好了之后,任迁宇拿出一张银行卡放在桌面上,说:"这里面有三十万,不够你的罚款,但是没关系,我们一起努力的话,很快就能挣出来。"

季风当然是不愿意收下这张卡的,但是任迁宇的态度非常强硬,说这是她想要和季风成为一家人的证明。她说:"只是钱而已,如果我能掏出心来向你证明,我就掏心了。"这就好像是定情信物一般。

季风在自己的卧室里,找来一张硬挺的牛皮纸,一层层把这张卡包起来。看着光洁的表面,她无意识地拿起笔在上面比画了两下,最后情不自禁地写下"永远",然后拉开抽屉,取出自己上学时使用的带锁的日记本,把卡片夹在其中。

她上初中的时候,老师鼓励每个青春期的孩子都要拥有一本带锁的日记本,可以写一些不愿与人道来的心事。但是她试着记了一些流水账之后,就没有再写了。不是没有心事,而是她认为心事一旦成形、落地了,就算不上心里的事情了。

她是害怕被人"注视"的,无论是什么样的视线都不行。路人漫无目的的打量,不行;禾智慧热切而期盼的眼神,也不行。前者让她感到不自在，后者让她感到压力，更别提被人看见心事了。

任迁宇的注视是不一样的，被任迁宇看着，像是被天上的云俯瞰，轻柔无声又悠悠游走。任迁宇从来不深深地、试图挖空她一般地看她，任迁宇对她是不期盼、不评判的。

因为这笔钱，季风感到未来的路又再度清晰起来。她侧卧着，盯着抽屉出神，嘴角不禁浮现出笑意。任迁宇那句"如果我能掏心"给季风吃下了定心丸，她是真的接纳了季风，她们今后会扶持着彼此走同一条道路。

不孤独了。季风感到自己被云包裹了起来。

第 11 章　无论是冰雪还是飓风

有了任迁宇的这笔钱，让未来轮廓更清晰之后，季风更努力挣钱了。她注册成外送员，在每一天的间隙时间帮客户跑腿送东西。现在公司的小货车基本就是她在开，等同于她的车了，偶尔利用起来跑些私活，陈顾家也当没看见，只说办婚礼的时候，要请他喝酒。

婚礼吗？季风没想过，她觉得不会有人来，尤其是她的父母，她没有信心让他们和任迁宇见面。不过就算不办婚礼，要花钱的地方也很多，她希望自己能不动用任迁宇给的这笔钱，因为以后要搬去别的城市生活，也需要启动资金。

在酒吧街外停好了车之后，季风一边用手机对比她挑选好的贷款项目，一边走去落日小馆。她在心里盘算着收入与开支，只听见一声熟悉的"季风"。她抬起头来，眼前的画面过于魔幻，以至于她恍惚了一下。

怎么爸爸妈妈在这里？

在老粉丝们的帮助下，任迁宇的酒馆已经恢复了正常的经营。金发女孩和寸头女孩已经回到自己的城市重新上班去了，告别时哭得上气不接下气的。现在还有马尾女孩尤盼盼和她的老公吴奇在店里帮忙，任迁宇按日结算薪水给他俩。就目前的店里情况，他俩估摸着一个礼拜之后也可以离开了，不过尤盼盼有留下来成为正式员工的打算。

今天多亏了尤盼盼和吴奇还在店里,才拦住了发疯的季永强和易杰。

他们俩来到店外之后,就因为形迹可疑被吴奇给盯上了,问他们有什么事情。只见他们一脸怒气地说是要找任迁宇,他就赶忙回身喊尤盼盼出来,一起拦着这对夫妻往店里冲。

当季风到来时,他们嘴里正在骂一些不堪入耳的脏话,大意是奇荷配不上他们的孩子,不要拖累季风,不要让他们家成为笑话。周围已经聚集了一些人在围观。

"爸爸!妈妈!"季风奔过去,拽着他俩往后拖,"你们在干什么?"

"季风!"季永强指着她,急道,"你就为了个奇荷想做男人啊?你疯了!"

易杰抓着季风的胳膊,说:"小风,妈妈这回可不向着你了,你别干这种事儿行吗?你是不是想气死我们?"

季风因为着急、紧张、羞耻又愤怒而涨红了脸,问:"你们为什么在这里?"

"是姜幼辰告诉我们的。"易杰说,"你还准备瞒我们一辈子吗?"

季永强抢话道:"我坚决反对这门婚事。季风,我现在坚决反对你成为男人,如果你要娶一个奇荷回家,我情愿你嫁给一个老头子!"

围观的人渐渐多起来,季风压着嗓门低吼:"够了你们,回家去吧,别在这里闹了,很难看。"

"难看?嫌我们丢人了?"季永强道,"你要跟一个奇荷结婚,你不觉得丢人吗?"

季风以祈求的语气对易杰说:"妈妈,再过一会儿该开摊了,你们至于为这点儿事情闹到人家做不了生意吗?"

易杰说:"这叫这点儿事情吗?今天不说明白不行,你们什么时候好上的?这叫孽缘你知道吗?我们要尽早给你斩断了,拖不得!你想叫我们以后在丰沛路上再也抬不起头来吗?还做生意,我们的店在街上还开得下去吗?都上我们家参观怪胎来了。"

季风甩下他们,自己朝前走:"那你们闹吧!闹到今天就传到丰沛路上去,闹到人人都知道。我不管了,我自己回去。"

季永强和易杰愣在原地,他们也是一时冲动,此刻发泄了许多情绪之后,才有些无措起来。

季永强以眼神询问易杰接下来怎么办,他没想过啊。

易杰嘀咕:"还没见到那奇荷长什么样呢。"

在他们说话间,任迁宇静悄悄地来到店外,她高大的身影忽然将他们覆盖,令两人一时间缩起了脖子。尤盼盼和吴奇一左一右警觉地瞪着他们,以防止他们冒犯自己的偶像,却不知两人已经被任迁宇的气场给震慑住了。

任迁宇笑盈盈地说:"两位长辈好,可以请你们不要在店外大声喧哗吗?这已经给我们的客人造成困扰了。你们是季风的家长吧?那孩子在我店里做兼职,不知道两位是不是听了什么乱七八糟的话,产生了一些误会。父母孩子之间的事情,最好还是在自己家里关着门解决,叫外人看了,以后到处乱说话,对你们,尤其是对季风的影响不好。如果你们不经意间造的谣,也影响到我的店和我的个人生活了,我也只能按规矩追究你们的责任。"

季永强试图组织语言回击,张口结舌了半晌,还是易杰先开了口:"既然你说是误会,那就算了!我们也觉得这事儿不可能是真的,季风从小到大都是个挺正常的孩子。那为了消除这个误会,以后我们家季风就不来这边做事了。我们自己家店也挺缺人手的,打扰了,不好意思啊。"

这话说完,季永强也满意了,两人便撤了。

已经走远的季风站在原地,远远地看了一眼任迁宇,虽然只是模糊的面孔,但季风知道她也远远地、深深地回看了自己。仅仅三秒之后,任迁宇转过身,钻回了店里,她的背影像是一扇缓缓关上的门。巨大的悲伤犹如海啸朝季风扑来,她不禁抬手揪着胸口的衣服,能感觉到自己的手和心脏都在一起抖动。

回了家之后,季永强和易杰还有许多话说,但是季风拒绝沟通,她摔上了门。季永强在门外骂:"你这态度,这店里的分红不给你了,你也别想做男人了!我明天就找个人家把你嫁了。"

"好了,小风是大人了,她有自己的分寸,你让她自己好好想想,她会明白的,赶紧地,等下要上客了。"易杰把季永强往楼下拉,"今天她不帮忙了,你就多干些。"

门外两人的声音渐远,最后季永强还是忍不住喊一声:"你想清楚了就下楼来帮忙!"

季风发消息给任迁宇,对面一时间没有回复,她抓着手机心脏怦怦乱跳。应该是在忙吧?现在店里人多得很。如此等待了漫长的三分钟后,对面回复了:"别害怕。"她长舒一口气,握着手机顶着额头,像是在虔诚地祷告。

季风向她道歉,说给她添麻烦了,希望她不要生气。任迁宇回复:"不用紧张,什么也没有被改变。只要你还有决心,我也不会改变我的决定,慢慢来,我们没有敌人,不需要去战斗,我们只需要守护我们自己的约定就好。"

季风对着空气用力地点点头。对啊,既然决定了以后要远走高飞,现在只需要默默地做好准备工作就行,到时候一走了之,谁又拦得住?她站起来去洗了把脸,就下楼去店里了。

季永强见季风竟然这么快就振作了,很是惊讶。"你想明白了?"他正在上菜,边忙边说,"那赶紧去帮你妈,外卖单子积了不少。"

季风没动,说:"该我的钱,不能少。"

"知道了!"他急吼吼地回复。

季风走到易杰身边,查看了一下从机器里吐出来长到已经打卷的外卖订单,便飞快地热了锅,一单单做了起来。

"小风,别怪爸爸妈妈,等你再长大一些,等你以后有了孩子,你就会知道我们是为你好。"易杰好几回试图跟她搭话,但是季风只是闷不吭声地敷衍过去。

季风想要去找姜幼辰算账,所以在忙碌间隙里,给他发了消息:"你在哪里?"

对面似乎不知道她想他死,兴高采烈地回复:"我来接你。"

到了约定时间,姜幼辰的车停在了马路对面,但是从车上下来的人不是他,而是一位戴着粉色铆钉项圈,穿着镶满亮片的吊带和皮裙的女孩。因为她的紫色头发令人印象深刻,所以季风还记得她叫达令。

"姜总喝醉了,开不了车,所以我来接你。"达令拉开副驾驶的门,做出"请上"的手势,笑道,"你还记得我吗?"

季风点点头,在侧身上车时被她摸了一把胳膊。她说:"好像变壮了不少,你是要做男人了吗?"

达令是个话多的人，在开车路上一直试着挑开季风的话匣子："难怪姜总这些天心情那么差，你知道他喜欢你吗？你肯定知道。那你知道他有多喜欢你吗？可能你不知道他有多受欢迎，想跟他结婚的女人一个舞池都装不下，围绕在他身边的那些小弟，如果他愿意娶，他们是巴不得变成女人嫁的。"

季风却不说话，显然对这样的话题不感兴趣。

"他买下了'枪瑰'，就是我遇到你的那家店。买下，特别简单的一个动作，真爽啊，有钱人。"达令看着前方，轻轻以弹舌音又再说了一次"买下"，似在反复品味这个词儿。她说："我不懂你，像你这样的人，在想什么？我是穷惯了，要有机会遇上姜总那样的男人看上我，嘿！"似乎一切尽在不言中，她顿了顿，问季风，"所以你为什么要当男人？是有什么好处吗？被哪个富家千金看上了？"

季风终于说话了："我有一个想保护的人。"

"那人很有钱吗？"达令发问，没得到季风的回答，她感叹，"虽然我觉得挺可惜的，但是你一定会成为一个好男人的。可惜我既得不到姜总的喜欢，又遇不到你这样的好人。"

"怎么定义好男人？"季风问，"姜幼辰是吗？你爸爸是吗？"

"哈！"达令发出一声短促的大笑，"我命不好，爸爸是个酒鬼，我谈恋爱遇到的也都是渣男，所以好男人是什么样子的，我也不知道。"

抵达夜店后，达令领着季风一路长驱直入，直抵最奢华的包间。这期间都没有穿工作服的人拦她，可见她在店里的等级很高。

店里就和季风第一次来时一样吵闹，达令推开二楼VIP包间的门，里面和外面相比要安静许多，能感觉出包间的隔音效果很好。一群人在围着姜幼辰在起哄，他正站在沙发上，一脚踏着椅背，仰着脖子喝酒。

"姜总！姜总！季风来了！"达令拢着嘴冲他喊，但是在各种叫好声和鼓掌声中，他完全没有注意到她。

在一众"喝！喝！喝！"的叫声中，达令大步走过去，迈上了沙发，一把夺过他手里的酒瓶。这突然的举动把起哄的人们惹得更兴奋了，全都在哈哈大笑。她附在他耳边大声道："季风来了！"

"啊？啊！哦！"姜幼辰不太清醒，反应了两秒才看向门口。他的刘海长到已经覆盖了双眼，他揉了揉眼睛之后，抬手把头发捋了上去，露出依旧犹如神话人物一般完美的五官轮廓，但气质不像过去那般阳光健康了，整个人阴郁了不少。"小风！"他跳下沙发，同时擦了擦脸。他的衬衫是敞开的，所以酒水洒得他脖子、胸膛上都是。他边喊她名字边摇摇晃晃地走过去，一把揽住她的肩膀，说："好久不见！"

达令把所有人都轰了出去，接着关上了门，让他们独处。

果然隔音效果很好，这里面没了鼎沸的人声后非常寂静，犹如沉入了海底的潜水艇。

见他脚下不稳，季风双手拽着他的衣领，逼近他问："你为什么要干那种事情？"

姜幼辰双眼似乎失焦了，看着不知道什么方向问："什么事情？"

"你告诉我父母——你是怎么知道任迁宇的？"

"哦！"他听明白了之后就笑了，"我问了禾智慧。"

季风瞪大了眼睛："你问，她就告诉你了？"

"我帮了她大忙。"姜幼辰跌跌撞撞地把季风往窗口拉，从那儿可以俯瞰楼下人头攒动的舞池，"你看这里的人，是不是比上次我带你来时更多了？我还挺会当老板的吧？我也能靠我自己挣钱，挣很多钱。"

他靠得太近了，季风推开他道："我希望你以后不要再做多余的事情,更不要去打扰任迁宇,最好也不要再来打扰我。"

"小风,你是不是长高了?"姜幼辰用手比了一下两人的头顶,似在测量,随后不悦地皱起眉头,"你真的要变成男人了?我不准。"他一把将她拉过来,按倒在一旁的书桌上,撕扯着她的衣服说,"给我看看,看看你变成什么样子了——"

季风的肩膀被他的大手压着,犹如被铁钉穿骨一般钉在桌面上。她挣扎出一条胳膊,摸到一盏台灯,一挥手砸在他的头上。

这个台灯的灯罩是纸糊的,所以并没能对姜幼辰造成什么重创,但是他的脸被弄伤了,鲜血很快从一道细长的伤口里溢出,把季风给吓了一跳。她不动了,任由他撕开她的上衣,鲜血坠下来,一滴一滴砸在她微微隆起的雪白胸膛上。

"哈——哈哈哈!"姜幼辰毫不在乎自己的伤口,大笑道,"还是女人,还是女人,太好了。"他俯下身,亲吻季风的脖颈和锁骨,整个人的身体死死压着她,呼吸里带着令人头昏的浓烈酒气。他恶狠狠地说:"小风,我现在就让你变成真正的女人吧,变成我的女人,你说,这样的话,你还能成为男人吗?"

季风一时感到身心震动,那是一种身处于山洪与雪崩之中的感受,她无处可逃,却又通体麻木,似乎不敢相信这种事情竟然会发生在自己身上。所以她没有做出任何反应,只是瞪大了双眼,脑海一片空白地看着天花板。

姜幼辰以膝盖拨开季风的双腿,小腹压着她的小腹,附在她的耳边得意地笑着说:"你的身体会不会记住我?"他亲吻她的耳朵,"如果你坚持要变成男人,那我就是唯一拥有过你的男人咯?"

季风没有说话,姜幼辰见她也不挣扎,便松开了她的双手,摸索到她的裤腰。此时，季风突然说话了："姜幼辰——"

"嗯？"他的动作没有停下。

"我会记得你。"

"哈！"他自暴自弃地冷笑，"我无所谓。"

"我会记得你，我记得你第一次做自我介绍的时候，因为声音太小，被老师说大点儿声，然后你红了脸，但是真的有提高音量说你叫姜幼辰，希望能在班上交到一个一辈子的好朋友；我还记得你第一次送我的礼物是一个粉色的运动头箍，让我打篮球的时候戴着，头发就不会挡眼睛了；我还记得我们在河边骑单车，你跟我说，那是你最开心的一天……姜幼辰，你现在有变得比那天更开心吗？"

姜幼辰停下了动作，双手支撑着身体，出神地凝视着季风。

季风终于转动眼珠，与他四目相对，怜悯地笑着说："姜幼辰，我会记得那个你，永远都记得。"

姜幼辰突然哇地哭了出来，紧抱着她说："小风，我不知道，我不懂。我只是爱你，我真的很爱你，我舍不得你。我希望你永远都是小风，我希望你就一直都是小风，是我的小风，我只是爱你。"

季风伸手环抱住他，手指陷入他的头发里，陷入他的颈肩连接处。他的体温好烫，身体坚硬如岩石一般，和曾经那个娇弱纤细的女孩早已经不是一个人了。季风闭上眼，回忆那个姜幼辰，竟然看不清面容了。她好模糊，脆得像是一碰就碎的旧照片，似乎早已经死了，只能从一些破损陈旧的相册里，去寻找她存在过的痕迹。

姜幼辰似乎冷静下来了，他把衬衫脱下来递给季风穿上，自己走到一边，对着反光的玻璃柱子检查脸上的伤势："小风……下手好重啊，我这脸不会留疤吧？算了，伤疤是男子汉的勋章。"

季风系上扣子，冷冷地说："你这勋章来得不太光荣。"

"是哦，对不起。"他打开一瓶纯净水，咕咚咕咚喝光了，又开一瓶，从头淋下来，淌了一身。他甩甩头发，像是一只大型犬在甩干身上的水珠，接着拍拍自己的脸，说："我清醒了。"

他转过身，却没有走向季风，而是在桌子的另一侧坐下，扭脸看着她问："你找我是来算账的？你想我怎么道歉？"

"你没必要道歉，因为我是不会原谅你的。"季风隔着长桌看他，两人像是屹立在一条船的两头一般对话。季风看着他说："你答应我不再给我找麻烦就行。"

姜幼辰笑道："我答应不了你，因为我还没放弃希望。只要你一天没有真的成为男人，我就还想跟你结婚。我认为我是全世界最适合也最应该成为你丈夫的人，你阻止不了也改变不了一个人的心意。我会等你，等到希望彻底破灭的那一天，或是奇迹降临在我身上的那一天。"

季风嘀咕："我没想到禾智慧竟然会站在你那边，她是最不应该的啊……"

"你埋怨禾智慧吗？是我逼问她的。"姜幼辰走到窗边，以手指轻敲着玻璃，示意季风往下看，"她也是没办法，因为求我帮忙。她需要钱，我就给了她一份能挣很多钱的工作。"

季风走到窗边，往下看，楼下的舞台上正在进行钢管舞表演，三个舞娘在起起伏伏的人海包围下像是三只在海面挣扎的鸟。

五颜六色的光柱在没有规律地胡乱扫射，台下人的脸隐没在黑暗之中，而台上人的脸则被耀眼的白光吞没。季风花了一些时间才看清楚，中间那个动作最为笨拙，仅仅是抓着钢管扭动着身体，没有做出任何专业动作的舞娘，是禾智慧！

姜幼辰说："就像以前在学校里一样，她还是很受欢迎。"

季风不敢置信地冲下楼去，一路撞开人潮，来到舞台边，仰起脸仔细辨识，真的是她！她穿着渔网状的黑色短裙，里面是银白色的比基尼，每一次有大幅度动作时，虽然没有暴露什么，但那种若隐若现的状态，都令台下的人群发出鼓励的尖叫声。

巨大的背景乐声中，人们在季风耳边说话都是用吼的。有两个男人在聊禾智慧："那个新来的真可爱。""等会儿叫到我们那桌去，让她给我们单独跳一个。"

季风听了顿时怒火中烧，冲她喊："智慧！禾智慧！你给我下来！"

距离太远了，音响声又大，台上的禾智慧一直双眼空洞地望着前方，全程心不在焉地摇摆着身体，对周遭没有任何关注。

"哎，那个美女是你朋友？"旁边的男人搭讪季风，"小哥，能介绍我们认识一下吗？"

他的手搭在了季风的肩膀上，这令季风一时间有了应激反应，她立刻回身很用力地把他推开，惹得对方大吼："你有病吧？"

人海里旋即有了一阵骚动，像是海面上多出了一个漩涡。这使得禾智慧从梦中醒来，恍惚地往这边看了一眼，便因为看到了季风而瞪大了眼睛。季风的脸让一切变得清晰，让背景音震耳欲聋。

"智慧！"季风扒拉着周遭的人，终于挤到了最靠近舞台的位置，冲她喊道，"你在干什么？你疯了！"

原本以为是幻觉，近在眼前发现是真的，是小风来了。禾智慧笑了，踩着高跟鞋来到季风面前，故意更为夸张地扭动起来。似乎是为了叫季风更生气一般，她的眼神、她的笑容都更为魅惑了，比起刚才那样木讷敷衍的表演，现在的她就像是从石头状态被激活的妖精，举手投足十分夺人心魄。

台下的男人们被她撩拨得更兴奋了，在他们躁动的吼叫声中，季风忍不下去了，索性爬上了舞台，一把拽着禾智慧的胳膊往后台走。有的人以为是安排好的节目，有的人猜是男朋友来闹事儿了，总而言之都是一场热闹，随便看看，所以也无人阻拦，反倒都在起哄叫好。

来到昏暗狭窄的后台，季风把禾智慧压在墙上，愤怒地质问："你还是我认识的禾智慧吗？你觉得这样的工作正经吗，安全吗？你是傻了还是疯了？"边说着，边无意识地替她提了提衣领，但还是什么也遮不住，锁骨和胸骨在光影中像是埋在皮肤下的一道道阶梯。

"正因为我没有傻，也没有疯，是仔细想过了，才决定做这样的工作。"禾智慧故意把衣领又往下拽了拽，冷冷地说，"小风，不要一副比我懂事的样子，你是我家长吗？在你眼里我是有多笨？我需要钱。如果你真的对我什么都知道，如果你真的关心我——我需要钱！"她喊出声，"难道你会不知道吗？"

季风松开她，垂下双手的同时也低下了头："我知道啊……"

禾智慧问："所以你看不起我吗？"

"没有。"季风低语，"我只是不想你受伤。"

禾智慧见她这样自责，也有些欲哭无泪："受伤也是我自找的。小风，不要把我当小孩，不要管我了。"

季风后知后觉地为自己的无能为力感到羞耻。她红了耳朵，却还要逞强地说："我不管你的话……谁管你……"

"可是，你帮不了我，小风，我也帮不了你，我感觉我们被切开了……"禾智慧扑向她，用力地拥抱她，在她耳边哭诉，"以前，我们就好像连体婴一样，我以为我们这辈子都会那么亲密，你可以依赖我的手写作业，我可以依赖你的脚去跑步。现在我感到有一把刀把我们切开了，把我们的血液都分离得清清楚楚，你和我之间，已经没有联系了。"

两名穿着黑西装的保安终于赶到，他们把两人分开，一个负责堵截季风，虽然见她压根没有要追的意思，但还是凶神恶煞地警告了一番："小子，再有小动作，你就是找死。"另一个人拉着禾智慧回到了舞台。

季风抬眼目送，禾智慧却一次头也没回。

走到店外时已是深夜，季风低着头走路，险些撞到行人，有的人骂了两句，但也没能钻进她的耳朵。

愤怒、羞惭的情绪在她的脑海里搅拌着、撕扯着。她一边为自己开脱：我也是水深火热；一边又不免责怪自己：我就真的这么没用？她感到问题太多、太难了，一时间头昏脑涨。她踉跄地走到墙边，一手撑着墙面，一手扶着额头，用手掌拍了拍，想要把脑袋里杂七杂八的给清空一下。

"季风！喂——你怎么了——喂？"

一阵耳鸣之后，季风才听见有人在叫她，而且是近在眼前。对方在挥手试探她的眼睛是否能看见，她刚才有一瞬间是两眼一黑、失去意识的，不过人倒是还好端端站着。

来者是徐初心，她惊奇道："怎么有人能站着晕倒啊？"

"我好像是没吃晚饭。"季风想起来。

徐初心指着不远处的路边摊，说："那你真是好巧撞到我，我正好要去吃饭，走。"

徐初心点了一份鸡蛋炒粉，而季风点了一份青椒香肠炒饭。在火光冲天的炒锅边上摆着四套桌椅——所谓的桌其实就是正常椅子大小——两人端着热气扑面的白色纸质圆盒,屈膝坐在矮小的折叠凳上。

徐初心尝了一口,说:"有些淡。"于是,看了看桌面上放着的辣椒油和醋,用勺子给自己添了一勺,问季风:"你加点儿吗?"

"不用。"季风扒拉了两口,感觉肚子里有重量了,才对她说,"吃炒粉的话,来我家店里吧,我还会炒的。"

"好,我惦记上了。"徐初心笑笑,"你那么晚站在那里干吗呢?平时这时间该睡觉了吧?"

"我是去找人算账的,但是最后我反而是理亏的人。"季风说罢,端起纸碗,几大口下去,碗里空了一半。

徐初心说:"你饭量不错啊,够不够吃?再来一碗?"

季风摇摇头,捏着筷子沉默了半晌,似乎在发问,又似乎在自言自语:"可以选择性别,对我们人类来说,是惩罚吗?"

"虽然也谈不上是奖励……"徐初心想了想说,"但应该是考验吧。"

"考验什么?经受住这样的考验之后,又能得到什么?"

"大部分人都会美化自己没有选择的路吧,总觉得走另一边是不是更好。就这么犹豫着、挣扎着,最后按下那个按钮。"徐初心说,"在有选择的情况下,做出了选择,说明是更理解,也更接受自己了吧。"

季风认真回味了她说的话,最后失望地说:"好像你也没有给我答案。"

徐初心笑起来:"因为我也只是个普通人!又不是什么大彻大悟的人生导师,闲聊而已,你放轻松一些嘛。"

季风被她的笑声感染,也轻轻一笑:"但你就很坚定,不会迷茫。"

徐初心伸长胳膊,从冰桶里拿出一听可乐,递给季风说:"即使迷茫,也还是往前走的人,不是更勇敢吗?"

季风接过来,喝了一口,感觉心里舒畅了许多,评价道:"你还挺人生导师的。"

眼前有许多岔路,在每一条的尽头都有一个问题等着季风去解决,她决定闭上眼继续在自己的大道上狂奔,那就是和任迁宇在一起。

她自己的人生路还在震颤中,现在无暇顾及其他,所以她想等自己的生活稳定了,有了闲暇、余力,再去解决其他困难。

想是这么想的,但是计划赶不上变化。即便你面对晴好天气也一直随身带伞,但是可能迎来的并非暴雨,而是冰雪、飓风。

第 12 章　去穿过瀑布

为了让父母放心，季风已经有半个月没去过任迁宇那边了。就连手机通信也很少，为了应对父母的突击检查，她已经删掉了任迁宇的电话号码，当然，那是因为她早已经熟记于心，每次发信息简单问候两句后，就抹掉了聊天记录。

虽然感到寂寞，但是知道自己现在每一天都是在为了未来的幸福努力，所以季风也同时觉得充实。如此一天天过下来，季永强和易杰也觉得她已经放弃和奇荷结婚的打算了，对她的监管便放松了许多。

这天开着货车送完货，在回程路上刚巧路过酒吧街，季风想着去看一眼吧，反正距离下一单还有时间。

停好了车，季风去花店挑了一束花，选了个合适的花瓶直接插在里面，捧着走向落日小馆。现在用钱紧张嘛，她想的是，这个花既是礼物，又可以是摆放在店里的装饰品。

现在落日小馆的店外已经不再是人潮涌动了，还是有人特地来店前拍照打卡，但也都是匆匆忙忙就走了，就是单纯踩个景点，还要赶赴下一个景点呢。人们可以追的热点一个接一个，追赶的人和制造的人都很忙碌。

金圣江最近又做了个大新闻，是娱乐公司向一些大企业高层输送艺人，提供"私下服务"来换取投资的钱色交易。最近人们茶余饭后都在聊这个丑闻，在猜新闻里的 S 先生、J 先生等都是暗指的谁。这个爆料牵扯了太多人，足够他深挖很长一段时间了。

每个人都有自己前进的方向和想看的风景，这挺好的。对季风来说，她的路、她的风景、她的现在和未来、她的一切就是任迁宇。

还没迈进落日小馆，季风就因为能见到任迁宇而自然而然地嘴角带笑了。只要推开门，她就会回过身来，脸上的表情是营业微笑，张开的嘴里是要说"欢迎光临"的，但是因为看见的是自己，所以她的笑容会很微妙地更为绽放一些，像是扩散的涟漪，嘴里的话也变成饱含各种意味的："你来了。"是在说：你怎么才来？——欢迎回来。

怎么任迁宇不在店里？没有见到预想的画面，季风又恢复了面无表情。

看店的人是尤盼盼，现在她是店里的正式员工了，吴奇则回到自己原来的公司岗位去了。她见了季风很是惊喜："你终于……已经没事儿了吗？"

季风说："我只是路过来看一眼，她呢？"

"她在楼上，如果你要去找她，正好催一下，因为还有顾客等着跟她合影。"尤盼盼说完后正要转身，却又想起了什么，拉住了要上楼的季风，"等一下！她可能还有朋友在家里，你还是先打电话问一下方便上去吗——"

"朋友？"季风感到惊讶，从来没听说过任迁宇在这座城市里有朋友。

尤盼盼露出八卦的笑容，小心翼翼地说："是个很帅的大叔。"

季风听了，只是简单地哦了一声，便转身继续往楼上走去，但实际上,她的每一步都伴随着惊雷般的心跳声。

以前没觉得这段楼梯有这么高,每一阶爬完之后都感到精疲力竭。曾经的终点是幸福的家,现在却是未知的闷雷,季风有很不好的预感。这使得她来到门前,却不敢开门,握紧了钥匙,竟然想要掉头下楼去。她站着不动过了三分钟,终于定了定神,扭身以视死如归的姿态一口气打开门,一阵浓郁的花香灌满了她的胸腔。

现在是阳光耀眼的正午,屋里是铺天盖地的红、白、粉和黄玫瑰,层层叠叠地堆积着,令季风一时间以为自己误入了花海。眼前的画面愈是明艳奔涌,她的内心愈是阴暗坠落。

她往前蹒跚两步,把手里的花瓶随手放在桌面上,木然地环顾着这华美浪漫的场景。

任迁宇从卧室里走出来,她的声音先一步抵达客厅,语气里全是季风不曾听过的急切与娇嗔:"你还没走呀?"

季风迎上她的视线时,很清晰地看见了她的惊讶和慌张。她虽然穿戴整齐,但下意识地用手理了理衣服,她的表情、她的动作,都如同一把钝刀一般抵在季风的胸口,似要推进却又无法利落地将季风刺穿,于是这痛楚格外折磨人。

两人四目相对,一时间空气也变得焦灼、凝重,像是在缓缓降落,要把季风给压死。季风不知道该说什么、问什么,只想等任迁宇开口,也许她会安慰自己,也许她会骗自己,都可以,只要她还给自己希望。

然而,任迁宇张口说:"对不起。"

"为什么?"季风不甘心地问,"为什么要说对不起?"

任迁宇似乎第一次对她露出为难的表情,她的眉头紧锁,眼眶里泛起泪来,双手局促地紧握在一起——啊,多么、多么像个女人……

季风第一次如此真切地感受到：她是多么像个女人。在此之前，她像是无血无肉由光芒汇聚而成的神。

任迁宇低下头去，双手不自觉地举起来，像是在祈求宽恕一般抵在额前，又重复了一遍："对不起。"

"我不要你说对不起！你这样好像是在说你要抛弃我！"季风咆哮起来，一手掀翻了一捧玫瑰，问："你到底对不起我什么？你干了什么？我们之间的约定，你忘了吗？"

"对不起，对不起，我以为他永远也不会回来找我的。"任迁宇浑身泄了力气，跌坐在地，不敢看季风的眼睛，"我想跟你好好说的，我也不想让你伤心，我不想伤害你的。这样的事情，真的不是我期待的，我也不想变成这样……"

"什么叫变成这样？什么也没变啊！怎么了，你叫他滚就好了啊！他对你又不好，他抛弃过你啊，以后会永远陪着你的人是我啊！"季风向前迈出几步，却不敢走到任迁宇的跟前，她害怕跟任迁宇对上视线，她害怕一切不可挽回。她捂着心口冲任迁宇嘶吼："难道你还爱他吗？难道你要选择他吗？难道——你还爱着他吗？"

任迁宇没有说话，以沉默代答。

季风感到心口剧痛，周身的鲜花香气似在夺走她的氧气，再多待一秒，她就会由内而外地爆炸，她扭脸冲出了门去。

季风没有从酒馆内离开，而是从后面的单元门奔出去。她知道自己在哭，眼泪不受控地喷涌，她从未感受过这样夸张的流泪方式，不是缓缓地淌下来，而是犹如涨潮一般喷溅，仿佛她活了这么久，这一天天、一分分积攒的泪水终于在今天找到了出口。她不想给任何人看见自己哭成这个样子，所以离开了楼道之后，就俯首直奔自己的货车。

上了车之后，她立刻驶离了酒吧街，虽然还不知道要去哪里，但她要先离开这里。她感觉自己马上就要粉碎了，她正试图在整个自我分崩离析之前，逃离这个烈日下的噩梦。太多的泪水模糊了视野，她不自觉地打开了车窗前的雨刷，还是看不清楚，一切都模模糊糊的，好像已经来不及挽救了，她的世界正在崩坏。

她紧紧抓着方向盘哭号，愤怒地拍击着喇叭，使得前方人行道上的行人都吓了一跳，车辆纷纷让行。

货车漫无目的地往人烟稀少的方向疾驰，季风感到自己无处可去了。她想逃去一片空旷之地，没有楼宇也没有人，没有星空也没有灌木，她要去彻底的空茫之境。所以她一路上都在往更荒芜的方向开，直到她发现自己无意识地来到了百花瀑布。

此时，她已经不间断地开了三十公里的路，眼泪早已化为两道深深的泪痕，像是在她脸上凿开的沟渠。因为哭得太放肆了，她感到浑身脱水、乏力，脑袋失去了思考的能力。她打开车门，整个人几乎是跌下来的。

被扔在副驾驶座上的手机一直在振动，应该是任迁宇在不断发送消息，但她一条也没查看，此刻也没有将手机带在身上。她并不是故意的，她只是丧失了对周遭事物的注意力。

她行尸走肉般循着瀑布的声音走去。有零散游客与她擦肩而过，被她的脸色吓了一跳，好心地问："你没事儿吧？喂？"却不见她回头，于是也不再多管闲事了。

季风径直走到曾经与任迁宇并肩站立的位置，夏季已近尾声，迎面的风伴随着飞溅的水花，打在身上凉飕飕的。她站得更近了一些，风带起的水珠也更大了,身上偶尔会有被鞭打的刺痛感,这才叫她从恍惚的状态里稍微醒过来一些。

她久久地凝视着水花激荡的尽头,很有一种投身其中的冲动。

为什么不呢?已经没有方向了,没有留恋了,此时此刻的她是一个空空洞洞、白茫茫的人。她像是一个漏风的口袋,这世上的一切都可以在她的身体里呼啸乱窜,将她当成一片没有任何生命迹象存在的荒原。

季风想要了结自己的生命,她在心里不免盘算着都有谁会为她伤心。

首先,妈妈肯定是最痛苦的吧,季风在成长的过程中,几乎大部分时间都是活在妈妈的眼里和身边的。妈妈总是在忙碌,而季风不是在她右手就是在她左手边,以至于当有任何危险迫近时,比如燃起的灶火、高空的坠物、疾驰的车辆,她都不用别过脸,只要一伸手就能把季风揽到自己身后去。

还有爸爸肯定会吓蒙,因为他是乐天派,不相信不幸的事情会发生在自己的家里,也正因为如此,他才会受骗上当。

季灿的话,应该会哭得很惨,搞不好会哭到不能去上学。不过他还小,在他中年的时候,季风会成为他回忆中的人,他会不经意地与人聊起:"我曾经有个姐姐……"

禾智慧的痛苦应该不会比她的家人轻多少,她还想到了姜幼辰,这个人肯定会大吼大叫地宣泄出来。她认为自己多少还是会在这两人的生命轨迹里留下一道较为深刻的刮痕。

这么一想,她觉得自己不该死,她并非无人在意的透明人。

至于任迁宇……她肯定也是会伤心的吧。即便是一盆花枯萎了,她也会伤感,只不过她的伤心是俯瞰式的,像是天上的神在为人间痛心的那种。她会为花、为鸟、为暴雨将至、为野兔、为渴死的鱼伤心,虽然伤心的程度不一,但季风也不过是其中之一,季风是这么想的。

任迁宇本身就已经是悲伤的集合体了,再给她添一份,也不过是往海里倒一杯水。既然自己并不能在她心里狠狠地挖下一块血肉来……似乎更没有去死的理由了。

可是……我并不是为了任何人活着的啊。

他们伤心不伤心……和我又有什么关系呢?

季风蹲下来之后,感到好累啊,又索性坐在了地上。她看着壮阔绚丽的瀑布,感到被世间万物注视和询问:继续活下去的话,为了什么而活呢?

好不容易有了一个清晰的人生目标:成为男人,赚很多钱,和任迁宇在一起,离开这里,去新的城市开启新的人生。现在她又回到最初的选择题了:是要成为男人还是女人?无论选哪一边,都没有理由了。

季风缓缓躺倒在地上,盯着天空的云,感觉自己好空。别的人是什么时候找到人生目标的?生来就有,还是开始上学,或者是18岁的时候?

选择成为男人的人享受自己是个男人吗?选择成为妈妈的人会后悔成为妈妈吗?有多少人可以在一生的尽头说这辈子无怨无悔?

"我就猜到你会来这里。"

任迁宇喘气不均的声音从上空传来。

季风抬起下巴,眯起眼看她,还是觉得模糊不清。直到她蹲下来,长发从季风脸上痒痒地扫了过去,季风才看见她也哭红了眼睛,但她还是努力勾勒了一个笑容,似乎在安慰季风,一切都还好。

季风表情茫然地问:"为什么?"

"因为你不喜欢回家,所以我猜你应该没有回去。除了我这里,你……"任迁宇想说"你无处可去",但她咽下了这句话,懊悔地皱起眉头,"对不起。"

季风想问的是:"为什么要找我?"

任迁宇说:"因为我担心……"

季风牵动嘴角却没能笑出来:"怕我死掉吗?"

"那你会死吗?"任迁宇反问。

季风坐起来。"我不知道。"她屈膝抱住自己,"死掉的感觉,和活着一样吗?我一直都没有感觉到自己活着。"

任迁宇在她身边坐下,说:"我也是,以前是为了爸爸妈妈活着,做他们喜欢的孩子,后来是为了粉丝们活着,做他们喜欢的偶像。我也想过,我吃饭、我走路、我唱歌跳舞,这就是活着吗?"

"如果能死一次试试看就好了,我想知道死了会比活着舒服吗?"

"如果能试试看的话,可能每一个人都会忍不住试一试吧。"任迁宇为季风的奇思笑了,"可惜不能。因为可能会后悔,所以我还是决定活下去。死了就什么也没有了,活着的话,却有可能收获意想不到的礼物,比如你啊。"

季风冷哼一声:"还有那个回头找你的男人吧。因为你活下来了,才有机会再遇见他。"

任迁宇一时沉默,季风说完才意识到有些冒犯和挑衅,于是不安地看她一眼,却正好撞上她看过来的眼神。在四目相对中,任迁宇眉宇间的忧伤与善意像是一汪温热的泉水般涌向她,这令她干涸坚硬的心被微微化开了。

她问:"小风,你一年后、三年后、十年后,会在哪里呢?"

"不知道。"

"所以要为了不知道活下去啊,为了不知道哪天会遇见的人,哪天吃到的一口好吃的,哪天会喜欢到哭出来的歌和电影……"她望向瀑布,意味深长地说,"还有更大的瀑布。"

季风摇摇头:"你就是我这辈子遇到的最美好的人。"

"可是你甚至没有走遍全世界。"任迁宇笑道,"你也没去过海里,没去过天上。"

季风又有些恼火了:"别哄我了,我不准备死,但我也不知道该怎么继续活着,可能就像以前一样,混一天是一天吧。"说完,她沮丧地垂下头去。

任迁宇说:"你不是想离开这里吗?你的计划还是可以继续啊。"

季风问:"有什么意义?这里和那里,有什么区别。如果不能和爱的人在一起,成为男人或者女人,又有什么区别?"

两人听了一阵瀑布的轰隆声,听得久了,似乎能捕捉到其中一阵间或一阵的寂静。在又一阵寂静中,任迁宇突然发问:"小风,你爱我吗?"

这一刹那,季风感到周身的一切都被夺走了,包括画面和声音,她处于一片真空之中。她震惊地反问:"我、我当然,你这不是说的废话吗?"

任迁宇面带忧愁地凝视着季风,像是在挖掘洞穴一般深深地凝视着她,说:"可是你一次也没说过,也许,你看着我的眼睛,认真地告诉我,我更能下定决心去回应你。小风,一开始我觉得你就只是个孩子,后来,我觉得你像是风,像是天上的云。虽然你总是说以后、以后,但我觉得你是会飘走的,是会消失的,你是不真实的。"

前一秒,瀑布的轰鸣声还如同火车一般穿过季风的耳朵,此时她却感到空气被抽干了,她的双耳因为真空而感到刺痛。她别过脸去,几度欲言又止,最后把脸埋在胳膊里又哭了起来。

她的声音隔着手臂,闷闷的却十分响亮。"我怕我的爱不够多、不够重、不够真。我没有爱过人,所以我不知道爱是什么形状。我怕我的爱太轻,轻到一出口就不见了。我希望我能感觉到它很重,重到我得用双手很费力地托起来给你,到那天,自然而然地说出口。"她仰起脸来,冲任迁宇吼道,"但我绝不是不爱你,你懂吗?"

任迁宇的眼泪也喷薄而出了,她猛地抱住季风,两人就这么抱在一起大哭。直到瀑布的声响再度于耳边出现,两人才从那种窒息的状态里,回到了有氧气的人间。

哭得累了,任迁宇把季风揽过来依靠着自己的肩膀。

季风平静地说:"我舍不得你。"

"我也是,但是你并没有失去我。"

季风呢喃:"我的以后已经没有你了,我以后怎么办?"

"活下去就好了。"任迁宇站起来,对季风伸出手,拉了她一把,"我告诉你一个秘密吧,作为你活到了今天的奖励。"

她要带季风穿越瀑布。

季风惊讶:"啊?真的吗?不会有危险吗?"

任迁宇笑盈盈地牵着她的手,说:"跟着我就好。"

于是两个人逐步走向瀑布。随着视野被粼光闪闪的银色瀑面占满,季风感受到庞大力量的震慑，有些惊惧。轰响声贯穿了她的身体，她和任迁宇已经听不见彼此的声音了。即使她在任迁宇耳边很大声地问："还要往前走吗？真的可以吗？"任迁宇也只是拉着她的手，迈着坚定又轻盈的步伐继续前进。

恍恍惚惚间，季风几乎以为她是天外之人，在领着自己飞向月亮。

两人一路贴着湿滑的岩壁前进，季风好几次脚底打滑，身上也早因为飞溅的水珠而湿了个透。这种如在梦中的诡异感，令她不禁自问：我在干什么？但是任迁宇紧握着她的手，将她的身体把持得稳稳当当，确保她绝不会滑落山崖，给她一种死也不会松开、要死一起死的安稳感。所以……即便现在死于梦中，应该也是可以接受的吧。她转头看着任迁宇一往无前的侧影胡思乱想。

瀑布的后面是一个黝黑的山洞，入口处立着"危险！禁止入内"的牌子，任迁宇却视若无睹地继续前进。季风拿出手机看了一眼：没有信号。她打开手电筒功能，只能照亮脚尖前的一小块区域。

任迁宇通过手上的感觉，察觉到季风的犹豫和紧张，用力握了握她的手，温柔的声音在洞里回荡："不用害怕，只需要一直往前走就行。"

季风问："我们是要去做什么？这里面有什么？"

任迁宇说："里面有解释一切的答案……其实人类在以前是不可以自己选择性别的。"

这话来得太突然了，季风一时间没能反应过来。她"啊？"了一声，在脑内快速过了一遍，确认自己没有听错。但是，这太反常识了，就像是有人说地球是方的、一加一本来不该等于二、鸡其实是猴生的。

任迁宇很满意她的反应，笑起来，这笑声也在洞穴里回荡。因为她们现在太深入了，所以这笑声被拉得很悠远，仿佛穿越了世纪，犹如远古的召唤。

"你，和所有人，都应该知道真相。世界究竟是什么样子，我认为大家都应该自己看看，再自己选择……"

又往里走了一阵，季风看了眼手机时间，马不停蹄地前进已经快半个小时了，她依旧一头雾水。但是很神奇地，前方竟然开始出现光亮了，很细微，接着越来越亮，虽然这个光亮程度甚至比不上一颗15瓦的灯泡，不过因为她的双眼已经被漆黑包围太久，所以这样的光亮对她来说犹如初升的太阳一般可贵。

不知何时，脚底已经不再是遍布青苔的湿润岩石，而是规整的人工石子路。随着视野变得开阔，可以发现脚下竟是华美的银色大理石。就在刚才还包围着季风的滴水声也消失了，眼前的洞穴已经不像是自然造物，而像是个结构精密的防空洞或是通行地铁的隧道。

随着往里深入，从一开始只能勉强容纳四人并行的通道，变得越来越宽，已经不只是能叫地铁畅行了，也许直升机也能通过。

季风被如此不可思议的画面给震撼得失语了。她抚摸着墙面，是水泥砖，所以瀑布的里面藏着……

"前方禁地，非军事与科研相关人员，立即止步！"的标语一路走一路见，字号却是越来越小的，走到尽头时便再也见不到了。

尽头是一面比IMAX电影屏幕更大的玻璃墙面，应该有四层楼高，是弧面的，远远看过去像是黑夜深处。周遭已经没有任何声音了，只有季风和任迁宇的脚步声，季风甚至听得见自己的呼吸声和心跳声。到这里时，任迁宇松开了她的手，似乎是任由她自己决定，真相就在眼前了，自己选择是否去看吧。

一种面对未知的恐惧感，在体内犹如被加热的滚水般沸腾起来。

手脚都因为紧张而发麻,但是季风并没有停止前进,她甚至没有意识到任迁宇已经松开了她的手,她感到自己被牵引着、牵引着,一步一步向前,最终整个人几乎贴在玻璃幕墙上,极目远眺,那是……

那是……

是……

月球表面?

第 13 章　月上的时光

眼前的景色和季风在书上、电影里看见的月球表面一模一样，她伸出双手，似乎想推开眼前的玻璃，跨越到对面去求证，但是被任迁宇拦住了。任迁宇对她摇摇头，说："小心留下指纹。"

"这是什么？军事基地、科研基地，还是拍电影的那种布景？"虽然季风是在对任迁宇发问，但是她的双眼一动不动地凝望着前方，已经完全被锁定了注意力，她试图用目光敲碎身前的这道屏障。

那已经不是简单的天与地，更不是世上任何一面瀑布可以与之比较的壮丽景象。她拼命地眺望，拼命到似乎要点燃自己的全部生命能量一般地去眺望，好深远，无边无际，美到令人失魂落魄。她感到自己在刹那之间被希望与绝望一起填满，她为之兴奋，为之颤抖，从未感受过自己如此渺小，已经小到输给了一粒尘埃。

无论多么不可思议，其实她已经知道了：这就是真实的月球。

一旦见过，就会知道。

不过她还是需要任迁宇的说明，因为有一个答案已经在她脑内浮现了，太过于震耳欲聋，太过于颠覆一切，她需要得到对方的证实。

任迁宇在她耳边说："你想到了吗？你们生活的地方不是地球，而是月球。"

季风与月球上几乎所有的人都以为自己出生于地球,实际上,他们的脚下是由全世界的政府力量共同开发,一比一复刻成地球的月球。仅仅是为了达成这项和平共处的一致协议,在地球上就花了97年的时间,所以这份协议被称为《最终月球改造计划97》。

在回去的路上,任迁宇缓缓道来:"你看见的瀑布、大海、天空,都是人造的,还有你感受到的天气,像是雨、雪、风,也都是设计好的。地球上存在的'极端天气',因为是弊大于利的,所以在这里没有被复刻,但是为了让你们对狂风暴雨等天气还有概念,偶尔也会在适当的时机和地点上演一次,但已经不存在因此去世的人了。"

季风还沉浸在浩瀚的震撼之中,浑身都麻麻的,像是过了电一般,也像是心跳过速之后的缺氧状态。她双眼发直,双腿发软,对于任迁宇给予的信息只能是敞开了耳朵全盘接收,但不能产生回应。

任迁宇继续说:"有人类的地方就有争端,这在月球上也发生过。最初登陆的人们发现自己可以改变性别,引发了很大的恐慌。别看这只是个人身上的变化,却会波及家庭、公司,甚至造成政局的变动。"

那段历史被称为"月球九日"。在《性别平衡法》诞生之前,改变性别是不受任何法律法规约束的,越来越多的青少年女性在周遭人的鼓励和主流趋势的诱使下,选择转性成为在社会上"更具竞争力"的男性。他们被称为"新男性",被恪守传统性别阵营的"旧男性"视为异类。于是"新男性"们暗中紧密团结起来,结党成派,野心勃勃地渗入了各行各业,占据了科技、金融领域,甚至政界的重要位置。

越来越多的"旧男性"开始出现阶层坠落,他们认为自己不仅被抢走了工作,还被抢走了妻子与后代——许多底层男性所在的生活圈里,已经见不到一个女人了。他们整日无所事事、三五成群地游荡于街头，怒火难抑的他们成为社会的不稳定因素，终于，各地不约而同地发生了打砸抢的暴动事件，火光连绵成片，这场动荡之火烧了整整九天。

任迁宇托着下巴，似乎在努力回忆课本上的内容："为了平息这场动乱，政府先是使用了非常强硬的镇压手段，随后着手出台《性别平衡法》。最初的《性别平衡法》是严禁任何人再转换原生性别的，违者将被判刑，但当时仍有许多人明知故犯，最终被判处了死刑。后来，极端的性别比渐渐趋于平衡，在一些学者的呼吁下、民间的呼声中，《性别平衡法》也松动了一些，修订到第四版时，人们终于可以通过交罚金的方式来合法地转性了。但在政策放宽后，性别比再次出现不好的变化趋势……这些都是我在地球上初中时学的。"

"你是地球人？"季风终于有反应了。

任迁宇点点头，回答："是的，而且我是少数拥有往返地月资格的地球人。几乎所有地球人在做出移民月球的决定之后，都要签下以生命作保的《风险确认书》，再也不能返回地球了。"

初代登陆的地球人，几乎都是带着人体实验性质的，所以在经历过性别变化之后，这样前景未知的生理异象造成了大面积恐慌情绪，许多谣言因此诞生，包括寿命缩短、人类不再有繁衍能力等等。于是有许多怀念地球想要回去的人，试图夺取政权去"抢回地球"，被称为"返回派"。不仅是他们，各种煽风点火、图谋不轨的派系也趁机横生，各地的暴动逐渐发展为一些区域战争。军事发展一度成为每个国家发展的第一要义，接壤国之间产生了许多争夺资源的冲突，《性别平衡法》之所以松动，最主要也是因为这个阶段频发的战争，让月球上的人口在极短的时间内就减少了近40%。

但随着时间流逝，人们发现除了性别会变化之外，身体似乎没有新的异象出现，新生儿也一个接一个地出生和健康成长，于是，这个新人间缓缓恢复了秩序和生机。

不过，有了那样惨重的教训之后，各国高层达成了新的约定——《新人类社会建立与共同维系条约》。他们决定共同"创造"一个新的人类文明历史，建立一个新的人类社会秩序，共同守护"地球其实是月球"的秘密。

条约中约定，即日起，在月球人类的共识里，月球就是地球。

在民众记忆中，抹去全部关于人类移居月球的历史，在第二代月球新生儿诞生时，让他们和他们的后代都坚定相信自己出生于地球，且人类自古以来就拥有选择性别的天然条件。

任迁宇对季风说："你是第四代了，现在的月球上几乎不存在由地球来的人，全是月球出生、月球成长的新人类了。"

至于私下传播"真相"的人则一律予以逮捕并遣返回地球，且一切直系和旁系的后代都不可以再移民月球。

任迁宇补充道："据说都被秘密处死了，并没有遣返回地球，所以一些想要回地球的人也不会以身犯险。再说了，大部分人还是很满意月球的生活环境的。如果地球还宜居，又怎么会有这么大规模的全球移民潮呢？"

季风问："地球不适合住人了吗？"

任迁宇表情忧伤地说："能住人的地面已经越来越少了，有一半的人住在地下，全球人口也是越来越少，因为环境污染、资源短缺等问题，很多人选择不生，即便想生也很难再生出孩子了。不过还是有很多守旧派认为地球是人类永远的故乡，哪怕到了生存艰难的地步，还是不愿离开。"

光亮被远远地抛在身后，周围再度陷入漆黑，任迁宇牵起季风的手。两人已经能再度听到水珠飞溅声。知道如此壮观的瀑布竟然是人工制造的之后，季风感到奇妙又诡异，伸手摸了摸墙面上的植被，湿乎乎的，散发着天然的腥臭，这些是真的啊，可又是"假"的，是被刻意放置在这里进行培育的。这就好像自己的妈妈其实是用妈妈的基因复刻出来的人造人一样，季风不禁打了个哆嗦。

她把自己的想法说了出来，任迁宇笑了："那你放心吧，你妈妈是第三代纯月球人，你可以把你的处境理解为……《楚门的世界》这部电影，每一个人都是楚门，活在大型的摄影棚里，活在巨大的罩子里。"

"什么？我没听说过这部电影，很有名吗？"

"啊！"任迁宇反应过来，"可能在这里是禁片。如果我有机会找到，再叫你看，很有意思的。你还有什么问题想问吗？"

"地球上的人不能决定自己的性别吗？"这是季风最在意的问题。

"是啊。"任迁宇回答，"地球上的人类从诞生以来，都是不能选择性别的。"

"那……要怎么……"季风一时脑子和舌头都卡住了，"我无法想象，那岂不是没有选择的人生？"

"有的选啊。"任迁宇笑道，"月球上的人要选择性别，地球上的人要选择留下还是离开，每个人都有自己的选择题。"

季风点点头，又犹疑地说："我有太多的问题……"

"慢慢来，想起什么问什么，我都会告诉你。"水流声越来越响，任迁宇也逐渐提高了音量，"哪怕你想去地球，我也可以帮你。"

"去地球？"季风突然激动起来，"我可以吗？"

"去了就不能再回来了。"任迁宇说，"那不是换一个城市，也不是出一趟国的情况，可以说如同跨越了生死吧，就像是重生一样，彻底放下一切，与你认识的所有人和你熟悉的全部生活永别，开始全新的人生……如果你有这样的决心。"

季风躁动的心稍微平息了一些，问："为什么你会来月球？"

任迁宇说："我和妈妈都是陪爸爸一起来的，他是建设月球的重要人物，所以我们一家人拥有往返的资格。"

"那你不想回去？"话一出口，季风就意识到自己问了个傻问题。

两人重新回到了洞穴入口，阳光——是"人造的阳光"，季风在心里提醒自己——映入眼帘时，刚从黑暗里出来的双眼微微有些不适应，但是季风依旧能看清楚任迁宇对自己露出了忧伤又坚定的笑容。

啊，她是不会回去的。季风知道，就像因为有她在，所以自己也不想离开这里一样。

去地球的话，就再也见不到她了。

自从知道了自己身在月球之后，季风走在路上都会不禁观察天空，那些缓缓移动的云朵是假的吗？她看向在绿化带里逗留的小鸟，想它会飞着飞着撞到天空的天花板吗？

路过的野猫围着她的脚转了一圈，她正端着盒饭坐在路边，于是挑了块肉给它，自问自答："你是从地球上被运过来的吗？哦，不应该，你太小了，应该是在这里出生的，你妈妈的妈妈……嗯，的妈妈的妈妈，有可能是被运来的。"

陈顾家从楼里走出来，冲货车指了指，问："吃完没？"

季风飞快地扒拉了最后两口，站起来把盒子扔进垃圾桶，快步走向他。

"你最近怎么又变回去了？"陈顾家指了指自己的眉毛，模仿季风一脸愁容的样子说，"丧眉搭眼的。"

季风说："失去方向了，不知道还要不要当男人。"

陈顾家理解了，大笑道："你小子被甩了。"

季风也笑了，却是一脸释怀。她拉开车门，坐上驾驶座。

"那你不挣钱了？"陈顾家在副驾驶座落座，摇下窗户准备来一支烟，"不过听师父一句劝，有的选还是当男人好，好女孩嘛总能遇上，我替你留意留意。"

季风一边开车，一边问："当男人具体有哪些好？"

陈顾家看见有个男人站在树丛里，于是随口道："可以随时随地尿尿吧。"说完，自顾自笑起来，抽了口烟说，"还有不用生孩子吧。"

"可是男人都想要孩子吧？想要，不想生。真矛盾。"

"是吧？我觉得女人很勇敢。选择做女人，选择生孩子都很勇敢。"陈顾家说，"季风，我是拿你当自己人，所以才希望你做个不勇敢的、懂得为自己好的人，因为这样会比较轻松。"

季风皱起眉，语气有些嫌恶地说："你说的好像有道理，但又没道理。你好像很诚实，但又很狡猾。"

陈顾家吐了一口烟圈："随便你吧，但钱还是要挣的。不管男人、女人，是个人活着就得花钱，挣钱总没错。"

"我是需要钱的，我想去旅游，去别的地方看看。"

陈顾家夹着烟指着她说："你瞧！这又是一个当男人的好处了，你随便往哪儿走，不会有人抓你当老婆。"

"我不想成为任何男人的老婆，但是我也不想成为男人。"季风瞥一眼天空，"我想……我可能想变成风，变成能随处走走看看的一串意识。"

"搞不懂你们年轻人的脑袋里都在想什么。"陈顾家轻笑一声,弹掉了手里的烟头,"你这一天天的就是想太多了,才不开心。多关心一些真实的东西,比如晚饭吃什么、明天干什么,这才是真实的人生。"

抵达目的地了,季风靠边停车,问:"你怎么知道你正在过的就是真实人生?你拿不出证据,有可能一切都是假的。"

"行啦!钱总是真的。干活儿吧。"陈顾家跳下车去。

既然未来不再和任迁宇绑定,季风就没有理由拿她的钱了。

这天晚上,她从抽屉里取出带锁的日记本,再把写着"永远"的牛皮纸一层层拆开,拿出了里面的银行卡,她要去还给任迁宇。

父母都睡了。现在是夜里一点钟。季风先忙完了家里的生意,跟任迁宇约好了晚些见面。她的酒馆营业到深夜,等季风从家里出发,到那里差不多正好赶上她打烊。

果然,星月之下,远远地,季风看见她正在收拾门口的"今日菜单"招牌,于是奔跑过去,一把揽过来,说:"我来吧。"

"你来了。"她还是如同往常一般冲季风微笑,像是穿越瀑布的那一天不曾有过。

"盼盼呢?"季风往店内张望,没见到尤盼盼的身影。

"我让她先回去了,还有啊……"任迁宇犹豫地说,"我也叫她留意一下新的工作,我这边不需要再来了。"

季风把招牌搬进店内后,直起腰问:"你现在自己一个人忙得过来了?"见任迁宇一脸欲言又止,恨不能隐没在黑夜中的愧疚样子,她似乎猜到了原因,"你要……关店吗?"

任迁宇也走进店内，动作小心地把门掩上，似乎怕自己说的话随着夜风流淌出去一般。她红了脸，有些支吾："他说开店太显眼了，不方便我们见面。"眼看着季风皱起眉头要发火了，她连忙抢着继续说，"他不是反对我开店，他已经答应我要离婚了，我们会正式在一起。"

"是吗？"季风紧绷的眼周稍稍放松了一些，但她还是怀疑，"不会是骗你的吧？毕竟他骗过你一次了。"

"这次是真的，因为……"任迁宇又吞吞吐吐了。

季风叹了一口气，双手垂放在身边，以鼓励的眼神看着她，示意她：没关系，说吧。当她陷于爱情之中时，身上那层犹如云上之神的柔光便褪去了，取而代之的是波动的能量，整个人变得像是一个会对七彩泡泡感兴趣的孩子。

"他说要带我离开这里，回上海，结婚，给我一个家。"任迁宇的耳朵也红了，她的手不经意地摸了一下肚子但又立刻躲到一边。她不太敢看着季风的眼睛说话，所以越过季风的肩膀，望向远方，憧憬地说："他还说，我们会有一个孩子。"

季风在心底长长地叹出一口气，像是被利剑穿胸。她从口袋里掏出卡，说："这个还给你。"

"不用了，你留着吧。他有的是钱，所以我以后不会缺钱花。你比我更需要这笔钱。"

听她这么说，季风更不愿意要了："我不需要。"

"你需要。"任迁宇示意季风跟她上楼，"我有个很重要的东西想给你。"

任迁宇进了卧室，季风坐在客厅里只听到一阵翻箱倒柜声。几分钟后,她拿着一个带密码锁的铁箱子出来,边说话边输入密码:"这个密码和我给你的银行卡的密码是同一个,我记性不好,所以不会设置不一样的。你记好了,我在地球上的房子也是一样的,不管是门还是里面的智能设备,全都是这个密码。"

她从铁箱里取出来一块手表,造型看起来很朴素,白色的塑料表盘和咖色的皮革表带,但是并不显得廉价,而是质感很高级、经得起时光洗礼的模样。

任迁宇坐在季风的身边,摩挲了一会儿手表之后,似乎下了决心,才亲自为季风戴在手腕上,说:"这是可以带你回地球的引导器。"

季风的身体因为这句话颤了一下,她不敢相信地看向任迁宇,其中包括"这么重要的东西,你竟然给我?"的疑问。

任迁宇点点头又摇摇头,说:"除了你,我想不到还可以托付给谁,毕竟我是不可能回去了。"

这块手表乍看就是普通手表的样子,被保养得很好,时针分针都在正确的位置,而秒针也在嘀嗒嘀嗒地走着,不像电子手表,但是表盘背景是格状的,上面有一个不住闪烁的小蓝点。

季风看一眼就差不多明白了,不过任迁宇还是指着那个光点,向她仔细地说明:"你看这个点,只要一直跟着它的方向走,直到它不再闪烁,就说明你找到了准确的位置,抵达了返回中心,那里会有人接待你。"

季风于是转动着自己的胳膊,这个光点真的坚定地指向一个方位,像一个飘浮在夜色中的引路精灵。

任迁宇继续说:"拥有这块手表的人很少很少,因为它是允许返回地球的资格证。大部分人都只被准许来到月球但不可以回到地球,而我和妈妈因为爸爸的关系，都拥有一块返航手表。不过，决定要回去之后，就再也不能回到月球了。所以……你一定要慎重决定。"

见季风陷入沉思，似乎已经站在选择的路口了，她觉得还是要把困难摆在眼前："小风，全球有无数个返回中心，被藏在非常隐蔽的地方，每一块手表带你去的都是距离它最近的中心。但是这个'最近'究竟距离是多少，一百公里，还是五千公里？都是不知道的。这一路上，可能要吃很多苦头。"

季风回过神来："我没有说我一定要去。"

"不是一定？"任迁宇抬手握住了季风的手腕，笑了笑，"所以钱你就留着吧，可以当成一路上的旅费。小风，我对你没有说谎，你是老天爷送给我的最好的礼物，所以我想把我最重要的东西送给你。这块手表，曾经是我的后路，现在我不再需要了，所以给你，希望你以后能自由自在地活着，你也是有后路的了。"

两人来到酒馆门口，都流露出依依不舍的情绪。夜晚太安静，这使得两人之间的沉默都有了形状，是一条把她们愈推愈远的河。

季风双手插兜，不太情愿地问："你什么时候离开这里？"

任迁宇说："可能要不了几天了，他说尽快。到时我要告诉你吗？"

季风盯着地面说："嗯，你可以发信息给我，如果不方便送行，我就不来了。"

又是一阵沉默。任迁宇从"河"里"捞"出一个话题，像是站在船上远远地冲她挥手道别："你会去地球吗？"

季风抬起头，有些迟疑地说："也许吧，因为我还挺想看看《楚门的世界》的。"

任迁宇冲她温柔地笑道："如果再也见不到你，那祝你早安，午安，晚安。"

"什么?"季风吓了一跳。

任迁宇赶忙解释:"这部电影里的经典台词。"

"哦。"季风抬起手,快速地揉了揉胸口之后,有些害羞地抓了抓头发。好奇怪,感觉再也见不到了。季风心跳如鼓,两人道别后,她一步三回头,见任迁宇也一直站在门前,在夜幕之下好像一颗逐渐远去的行星。

或许……是真的再也见不到了吧?现在,就是最后的时刻了。

当这个念头在脑中浮现,季风折返回去,冲向她,扑进她的怀中。

两人紧紧相拥。

季风忍住眼泪,将脸埋在她的臂弯里,闷声闷气道:"对不起,感觉不抱一下,会后悔一辈子。"

任迁宇叹出一口心满意足的气,更紧地抱了她一会儿后,在她耳边说:"小风,你要永远记得我。"

"这不是废话吗?"她终于还是哭了出来,仰起脸责备道,"那你呢,不要忘了我。"

"我会永远在你身边啊。"任迁宇敲了敲季风的手表,温柔地说,"你去了地球之后,这个光点也不会消失。你随时看一眼它就知道,我在月亮上一直看着你、关心你、陪着你。"

季风抹了抹眼泪,强笑起来,如果是最后的画面,她希望自己能留一个笑容给任迁宇:"如果再也见不到你……"

任迁宇也满眼是泪,笑着接话:"那祝你早安,午安,晚安。"

"在月球上的每一天。"

"也是在地球上的每一天。"

第 14 章　向陆地与一切道别

季风回到自己家的烧烤店时,已经是快早上五点,天空呈现出一片发青的蛋壳色。从马路对面看过去,有个熟悉的人影坐在店门口用来插遮阳伞的石墩子上。季风停好了车,从驾驶座下来,还没走到跟前,对方就站起来了,朝她招手,是穿着校服还背着书包的禾英雄。

好久没见了,禾英雄又长高了不少,看起来和季风一般高了,头发比上次见面短了不少,已经是接近圆寸的发型了。虽然她换上了秋冬的长袖制服,但看肩膀、胸膛和骨架形状还是会认为这是一个"男孩子"。

禾英雄就连张口说话的嗓音也是沙哑、中性的,但是她和她姐姐一样有一双眼尾上翘又水汪汪的眼睛,所以只看上半张脸,还是很像个女孩的。她扑向季风,语气委屈巴巴的:"小风!"

季风奇怪:"你今天不上课吗?"

"要上的,但是我想找你,所以天还没亮就出来了,跟我爸妈说今天要上早课。"禾英雄一脸焦急,"我想要你去看看我姐,她情况很不对。我知道她是为了我……而且我……我确实……没办法。"她有些语无伦次,好几次欲言又止,脖子那块清晰可见的喉结在上上下下地蠕动。她终于还是急得哭了:"我现在也帮不了她,我很坏很自私,可是我又不想看她受苦。"

季风知道她是指禾智慧在夜店里跳舞的事情,安慰道:"你是她妹妹,她关心你,很正常。她是个大人了,要做什么都是自己做的选择,你不用怪自己。"

"怎么可能不怪我?对不起,小风,我说不清楚,我很不对头,我只知道我很坏,不是个好妹妹也不是个好弟弟,我什么都不是,我只会给家里添麻烦,有时候我真恨不能自己没有出生。"禾英雄双手抓着季风的胳膊,哀求道,"你可以去看她一眼吗?我也不知道这么做有没有用,但我觉得她需要有人关心。昨天我看见她身上有伤,她不愿意告诉爸爸妈妈,她也没有别的朋友……"

有伤?季风皱起眉头,已经听不进去禾英雄说的话了。

季风把禾英雄送去学校之后,就开车去了她说的禾智慧的新住址。禾智慧换房子了,可能是为了方便上班,租的新房子就在夜店附近。

那是一栋外墙黝黑的高端酒店式服务公寓,和禾智慧之前住的"老破小"形成鲜明对比。大堂金碧辉煌,电梯里的空间也相当宽敞,走出去之后是一条铺着地毯直通户门的幽静走廊。

因为是一梯一户,所以季风不会认错房间,这扇门前堆放着许多未拆封的快递箱子,还有两袋扎紧的外卖,通过半透明塑料袋可以看见里面是饮料、零食和水果。

季风按下电铃,无人响应,她就一直按,至少半分钟之后,才听到禾智慧的尖叫:"谁啊?放门口。"

她于是继续按门铃,直到听见脚步声,禾智慧一边开门,一边怒吼:"我叫你放在门口!你——"在见到是季风时,她很显然被吓了一跳，瞳孔都缩小了，虽然肉眼不可见，但季风感觉得到她浑身的汗毛都乍了起来。

禾智慧披着一件外套，是为了遮挡她里面白色绸缎状、几近透明的睡裙。她下意识地双手挡在胸口，但季风已经注意到了她脖颈和锁骨处的勒痕和瘀青。

在禾智慧反应过来要关门时，季风已经抢先迈了进去，双手扣住她的手腕，厉声喝问："你这是怎么搞的？"

"你来这里干什么？"禾智慧挣扎之下把外套抖落在了地上，这使得她身上各处瘀青都暴露了出来，大腿上也有勒痕。她不自觉地往后退，似乎要去堵上卧室的门，同时冲季风发出求生般的怒吼："滚！你走！我没叫你来，你凭什么来？你马上给我滚！"

这么大的反应令季风立刻起疑了，她越过禾智慧冲向卧室，却在门口愣住了。里面有一个男人在床上睡觉，他被客厅的动静闹醒了，正迷迷糊糊地试图坐起来。

因为季风完全石化在了原地，禾智慧才得以冲上去把门给关上了。她后背抵着门，以手掌拍了拍，似在催里面的人赶紧动起来。

"那是谁？"季风因为过于震惊，脸上失去了表情，双眼都涣散了。

禾智慧反问："你管得着吗？"

季风的双眼几乎是立刻充血，她双手捏着禾智慧单薄的肩膀，咬牙切齿地问："那是什么人？"

见到季风这样的反应，禾智慧突然感到一阵痛快，笑道："我不能谈恋爱吗？"

季风的瞳孔都放大了，她问："你这……是谈恋爱吗？"

"是啊。"禾智慧抬起双手，轻轻地搂着季风的脖子，贴近她的脸挑衅地说，"你知道我每天跟不同的人谈恋爱吗？"

季风顿时感到胸口被刀刮、被火烤，甚至被万箭穿心，她的眼泪毫无征兆地如暴雨一般从眼眶里涌出。

以为会被扇一巴掌，或者说期待着被扇一巴掌的禾智慧立刻傻眼了，她收回了双手，慌张无措地拢在胸前，嘴唇哆嗦不止，似乎失了语言。

卧室的门从里面被打开了，男人很是潦草地穿好了一身黑色西装，戴着无框眼镜，看起来仪表斯文。他见到季风与禾智慧的狼狈样子，也不说话，走向沙发拿起外套，又走向玄关穿好皮鞋，头也不回地离去了。

当室内归于寂静，季风才意识到自己泪流满面，尴尬地别过头去，用手抹了抹。禾智慧伸手想要触碰她，却被她甩开了。

季风背冲着她问："为什么？"

"我说每天跟不同的人谈恋爱是逗你的……其实只有……"

"我不想听这个。你是为了钱？"

"你这不是明知故问？"

"你为什么不珍惜自己？"

"小风，如果不能跟你结婚，我还有什么必要珍惜自己？"

她的回答令季风感到可笑又无力，所以她先轻笑一声之后，整个人松软地垮下来，跌坐在地上。

禾智慧整理了一下凌乱的头发，又把外套穿好，在家里来回走了两遍，似乎想找些事做，但最后也只是从双开门冰箱里拿出两瓶气泡水，回到季风的身边坐下，把水递给她。

季风动作机械地接过来，喝了一口，似乎有些回过神了，环视一圈室内。虽然是一室一厅大约只有六十平方米的样子,但黑白灰的高级配色把空间架构得看起来很宽敞,家具、家电看质感就知道很贵,巨大的落地窗外,是高楼大厦的霓虹灯,灯光投射在客厅的地板上满满当当的,叫月光再也无处落脚。

她没话找话:"你这房子,比之前那个可大太多了。"

禾智慧问:"小风,你是怎么找到这里的?"

"英雄告诉我的。"

"你见到英雄了,那你应该可以发现,她看起来几乎已经是个男孩子了,现在没法停止了,我不能让她成为一个……"禾智慧顿了顿,最终也找不到更恰当的词,还是说出了口,"奇荷。我不能让她过那样辛苦的人生。"

"我知道。"季风揉了揉头发,似乎在整理思绪,"但是你没必要做得这么绝,你并不是走投无路。你该找我商量的,我会拼尽全力帮你的。不管怎么样,你知道我绝对不会放着你不管的。"

"我为什么要——"禾智慧突然看着季风尖叫,这使得季风瑟缩了一下。禾智慧赶忙压低了音量,哀怨地说:"小风,我不想在你的人生里,只是个麻烦的存在,我不想没有任何价值。"

季风叹了口气,抬手摸着她的脸,问:"你存了多少钱?"

见她这样温柔,禾智慧立刻浑身松软下来,双手捂着她的那只手,似乎很怕她离开。"我赚得很快,但还差一些。"眼泪在禾智慧的眼眶里打转,"小风,我不是故意要变成这样的,我就是走着走着就到这一步了。我回头看,都不知道是怎么走到这里的。都怪你……"禾智慧的眼泪落下来,灌进了季风的掌心,她抱怨道,"都是因为你不在我身边,我从来没有感觉过这么孤独又这么迷茫,我感到没有方向,感到我的身体里没有了骨头。我什么主意都拿不了,以前有你在我身边,你会告诉我应该做什么、可以做什么……"

季风一边抹去她的眼泪,一边问:"三十万够不够?"

禾智慧一边思索,一边哽咽道:"应该差不多。"

季风于是摸出任迁宇给的那张卡,递给她,说:"这里面有,密码就写在卡的背面。"

禾智慧一时间没能反应过来,瞪大了眼,就连眼泪都因为惊讶而凝住了。"啊?"她难以置信地问,"你哪儿来的钱?"

"你不用管,反正这钱我现在用不上了,你拿去吧。"季风苦笑道,"我已经不想再变成男人了。"

"啊?怎么了?"禾智慧发问时已经猜到了答案,所以她的嘴角不受控制地飞扬起来。

季风捏了捏她的脸,示意她注意一下自己的表情管理,说:"那谁,要离开这里了,和一个她心爱的人一起。"

"啊!"禾智慧发出兴奋的尖叫,跳水般扑入季风的怀里,双臂紧紧地圈住她的腰背,"那你又回到我身边了!你又是我的了!"

"你真是不顾我死活啊。"季风终于大笑起来。

季风知道禾智慧是这样只顾自己高兴的人。她就是个高需求宝宝,缺乏关注了她就哭,得到满足了她就笑,但季风喜欢她这样。

季风太顾全大局,希望将身边的每个人都照料得当,而禾智慧则截然相反:她不想哭只想笑,哪怕是身处黑压压的哭丧人群里,她也会在坟头上蹦迪;她不会压抑自己的情绪,为达目的不择手段;每个人在她眼里都是配角,她是真正在过着主角人生。

所以她无法接受季风竟然不配合她的演出,她是有给季风安排角色的——最亲密的朋友和最完美的爱人。

"那我要更努力地挣钱了！"禾智慧像猫一般趴在季风的腹部，仰起脸来兴奋地说，"因为你要成为我的老公！"

季风皱眉道："你没听见我在说什么？我说我不要变成男人了。"

禾智慧坐直了身体，瞪着她，问："难道你要成为别人的老婆吗？我告诉你，你休想。"说罢，她双手作势掐着季风的脖子，语气真假莫辨地威胁起来，"那样的话，我就杀了你。"

"我不会和任何人结婚，也不想成为别的什么人，我就是我。"季风把禾智慧的双手拨下去，却又分开双腿将她整个人往自己怀里拢了拢，像是拢起一摊散开的花瓣，用一双长长的胳膊圈住她说，"智慧，不要把我算在你的人生里，你是对我非常重要的人，但你是你，我是我。你有你的生活，而我有想去的地方，我不能带上你。"

禾智慧听罢只是无辜地眨眨眼，似乎有听但没有懂，认真地说："可是我爱你啊。现在你也没有爱的人了，为什么要拒绝我的爱呢？你只需要被爱就好了呀。"她的眼神已经不再像季风刚进门时那样浑浊了，里面沉寂的星星都被唤醒了，她双眼亮晶晶地笑起来，"我会向你证明我的爱。"

季风想要去地球。

留在月球，还是去地球？她原本以为这对她来说是一道选择题，但是她很快意识到，既然"去地球"成了一个选项，那么她想去的心意已经存在了，接下来只会愈发强烈，她终究是要去的，只是时间早晚的问题。

她想把身边的人和物都安顿好，可能需要花个几年，也可能要不了半年。比如把禾智慧的问题给处理好，交代季灿照顾好爸妈，最好是能教会他怎么帮忙看店，之后就可以郑重地道别，就说自己要去国外好了，为了省去被追问的环节，她也可以留一封信就不告而别。

这些天，她扔东西也勤了，每天扔一两件旧物，都是再也不会穿的衣服，还有一些落灰的摆件、已经发黄的书和剩半截墨水但没人用的中性笔。如此一点点抹去自己存在过的痕迹，是她不想自己走了之后，家里人触景伤情。

季风有一台游戏掌机，是她在两年前用自己存的钱买的，只玩过一两次。当时想得挺美，每天结束了店里的工作之后，可以在睡前玩会儿，结果每天都是沾了床就睡着了，于是将游戏机又收回包装盒里去了。

因为季灿眼馋这台游戏机，季风和妈妈之间爆发过有史以来最大的争吵。易杰认为反正季风也不玩了，给季灿玩好过闲置，但季风认为这是属于她的，是她自己花钱买的，她哭着怒吼："总是说这个不吃就给弟弟，这个不用就给弟弟！有的我确实不爱吃不想用，但有的，我是因为喜欢，所以才留着等最后吃，留着想以后用，为什么我所有的东西都被你们理所当然地拿给季灿？就算我不用也是我的啊，在这个家里，我就不能拥有一件完全属于自己的东西吗？"

其实季风也没有多么想守护这台游戏机，只是日积月累的不满恰巧在这一刻爆发了。向来乖顺的季风展露出如此歇斯底里的一面令易杰很是尴尬，但是她也没有什么表示，只是嘀咕了一声"这孩子"便转身离去。以季风对她的了解，这已经等于示弱和认错。

现在她把这个游戏机送给季灿了。

季灿坐在床上，捧着从包装盒里取出来几乎完好如新的掌机，兴奋又难以置信地问："真的给我？可是你不是超爱惜的，碰都不让我碰一下？"

季风点点头，说："真给你了，而且你也不是完全没碰一下吧？"

"啊？你知道啊？"季灿心虚地笑起来。

季风把掌机藏在床下的一个纸箱里，早就发现季灿有偷偷拿出来玩，因为床下均匀的灰尘之中有一条明显的拖拉痕迹。

"你还喜欢什么？都可以送你。"季风说完，想了想后补充道，"不过我手里也没什么好东西了。"

"怎么突然这么大方，是看破红尘了？"季灿挥了挥手里的掌机说，"我把这个带去宿舍咯！"

"长大了，再看很多东西，没有必要，看很多事情，也没有必要。"季风也盘起腿坐在床上，看着对面的季灿笑道，"在以前，我老问自己，爸爸妈妈是不是更喜欢你，但现在我觉得无所谓了，不管怎么样，我是要长大的，长大了都是要离开爸爸妈妈的。"

"你还想过这个？我就没想过。那你心思确实够细的，这就是女生吧。"季灿已经开始玩手里的游戏机了，头也不抬地说，"但是你说什么离开？爸妈不是说要把店给你？你这辈子都别想走咯。"

"店是你的，平时回来，你也要学着看店，以后爸爸妈妈老了，就得靠你了。"

季灿听了这话，脸上不耐烦了，转过身倒在床上，把被子拽起来盖着头，但是游戏机的背景乐还在持续。

季风说："别盖着被子玩，毁眼睛。"

于是他又把被子掀开，但依旧脸朝着墙，背对着季风。

季风多看了两眼季灿，忍不住想，他现在还是个孩子，她走了之后，就永远也看不到他长成大人是什么样子了。

任迁宇的落日小馆正式闭店了，还上了娱乐新闻，但只是很小的一条，夹在各种大新闻之间，很快就滚动过去了。

这些天，季风一直在以手机和她联系。"开始处理库存的酒了""贴出转租告示了""准备在社交网络上发送闭店通知了""三天后就正式关店了"，每一个步骤，任迁宇都向季风报告了，所以季风什么也没错过。

"那你什么时候搬家？"季风盯着手机屏幕，犹豫要不要输入"需要我去帮忙吗？"。如此盯了半分钟，对面似乎有心电感应一般，先发了消息过来。

"这些天，盼盼和她先生一起帮了很大的忙，所以搬家的事情，你也不用担心，有他们在呢。"

这是拒绝我了？季风删掉自己输入的半截短信，觉得任迁宇已经不想见她了。其实季风也不太想见她，因为再见面的话，就是最后一次了。"说再见"这样残酷的事情，经历过一次就可以了，没必要再来一次。

"那你什么时候走？"

"我会告诉你的。"

"是走之前，还是走之后？"

不想自己这句话显得太寂寥，季风在后面加了一个笑脸表情。

对面显示"正在输入……"有数秒钟之后，才回复："之前。"

季风无意识地搓揉着手机屏幕，似乎不知道再说些什么。

又来了一条消息，却是金圣江的："她要走了？带上你一起吗？"

季风回复："不一起。她有要去的地方，我也有我的，我们不一起走了。"

任迁宇死得特别突然。

季风早已做好两人即将"永别"的准备，但从未想过是以这样的方式。太突然了，比起走在街上被人捅一刀、被车撞飞，更难以预料、更突然、更不可接受。季风从未设想过任何人的死亡，即便是父母，在她最深、最黑暗的预设中，也不过是病重在床而已，更何况正满心期盼着美好未来的任迁宇呢？任迁宇是那么年轻、灿烂，被阳光与微风青睐，哪怕一丝丝阴霾在她身上也很难存在太久，任何人回想起她来，一定是想到被光所笼罩的笑容。

死……真的死了吗？

是……谁死了……死，是永远都见不到了吗？

即使从任迁宇的葬礼回来了，季风也还是如在梦中般恍惚。她躺在自己的床上，午后的阳光落在她的头顶，漆黑的猫蹦了上来，从她的小腿开始蹭，最后在她滚烫的头发上嗅了嗅，像是找到了熟悉的、安心的位置，把脸埋在她的脖间。

季风摸了摸它，最后抱在怀里，她双眼木然，一脸疑惑地自言自语："瓦利，你怎么在我这里？"

一周前，季风接到尤盼盼的电话，她说自己每天都去帮任迁宇打包，但是突然收到一条短信叫她别去了，说是有新的安排。

她不放心，还是去了一趟落日小馆，因为大门紧闭，她又没有钥匙，只能隔着窗户往里看，没人，任迁宇应该在二楼。她从后面的单元门绕上楼去，敲了半天也无人回应，想起来季风是有钥匙的，就希望季风过来看一下是什么情况。

季风当时正在上班，距离下班只有一个小时了。季风先是拨打了任迁宇的电话，确实无人接听，又发了三条信息过去，想着多一些振动声能引起她的注意："在干吗？""这个时间睡着了吗？""有些担心，是不是洗澡没带手机？回个信给我。"

过了五分钟都没有得到回复，季风有些坐立难安了。她飞快地搬货卸货，又是半个小时过去了，她擦把汗对陈顾家说："没剩多少了，我有急事儿，可以先走吗？"

陈顾家瞥一眼车厢里面，说："行，但是把车留下。"

于是季风开始狂奔，边跑边招手试图拦下一辆出租车，但是没有拦到。等不及的她开始沿街寻找共享单车，终于找到一辆，她骑上去，疯狂地踩起来，整个人踩得太用力，像是浮在车面上，全程飘着。

时间一分一秒地过去，季风单车越踩越快，还是没有收到回复。她大汗淋漓、心跳如鼓，这时候设想了很多糟糕的情况：任迁宇在浴室滑倒了？还是发烧了陷入熟睡？又或者遭遇了入室盗窃所以丢了手机？她想了很多很多，但无论如何也没有想到任迁宇会死。

季风很快就抵达了任迁宇的住处，上楼梯的时候，已经感觉不到自己的双腿了，像是靠上半身的力量扒着墙面上去的。在掏钥匙之前，她还习惯性地看了一眼抓在手里的手机：还是没有回复。

她的手抖得更厉害了，以至于将钥匙插入孔里的动作都好像遇到气流颠簸一般。

推开门，里面没有开灯，余晖倒是有把房间点亮，只是寒气袭人。这感觉和平时不一样，也许是因为没有看见任迁宇满面笑容地迎出来。

倒是瓦利，带着一种终于见到人了的兴奋情绪喵喵叫着跑了过来，在季风脚边转圈，在她的腿上蹭了蹭，它的毛沾了水，湿乎乎的。

"迁宇！你在吗？"季风抱起瓦利，环视了客厅一圈，没有什么异样之处,但是空气里飘来一丝令她心惊的血腥味。她小心地往卧室里走,步履轻得犹如羽毛落地。她在害怕,怕自己不经意的一个举动导致不可挽回的后果。

卧室里也没人。瓦利从她的怀里跳了下去,一边叫,一边往浴室里跑。

季风于是也走向浴室,腥气越来越重,她的心跳声从刚才的如雷鸣,在刹那之间,如死寂了一般。她的身体轻得像是一阵风,在飘到门口的位置时,双腿一软,跪在了地上。

刚才看见了什么?她双眼盯着地板砖。刚才在门口时瞥到了什么?

红……红色……血一般的红色……在浴缸里……

浴缸里满是泛红的水,水里躺着……

躺着……谁?

她哇的一声吐了出来,眼泪与呕吐物混在了一起。她被呛得咳嗽不止。

在泪眼蒙眬中,她强迫自己抬起头来,模糊的视野里是任迁宇躺在浴缸之中,她双眼闭合,面无血色。

瓦利沿着浴缸边缘跳上去,站在窗台上俯视着任迁宇,又扯着嗓子叫了两声后,侧卧了下来,抬起一双碧绿的眼睛凝望着季风。

季风手脚并用地爬向任迁宇,嘴里呜呜噜噜地叫着她的名字,吐不出一句完整的话。终于爬到了跟前,季风双手捧起她冰冷的脸,喊她的名字,又胡乱试着把她从水里抱起来。季风捞起她的一条胳膊,看见了已经被泡得皮肉外翻的刀口,血就是从这里流出来的,然后迅速被水给吸收并稀释。

季风一手搂着她,一手掏出手机拨打急救电话,嘴里吐出破碎的话:

"为什么……我不懂……啊……怎么……你……"

季风手忙脚乱,浴缸里的水因为她的动作而不断溢出,泼得四处都是,她已经半身湿透。她不断将任迁宇搂起来,却又不断地沉下去,她"啊!啊!"尖叫,对着电话那头的急救中心语无伦次。

电话里的人在反复询问:"请说明地址。你好?请说明病人状况。"

季风却只是抱着任迁宇号叫。

第 15 章　这滔天的冰水啊

救护人员赶到的时候，见到季风抱着任迁宇坐在地板上，已经瞪着眼晕了过去。所以他们对季风进行了急救，同时因为另一个人已经没了生命体征而打电话报了警。

因为可能是刑事案件，所以赶到现场的是徐初心和她的人。当时，季风坐在轮椅里被推到了门外，在见到她时，像是抓到救命稻草一般，死死攥着她的手腕，哑着嗓子，口齿不清地说："是他杀了她，一定是，打火机，你找到打火机。"

季风缓过来之后，第一时间跑去局里找徐初心，要"提供线索"。

徐初心带她来到录口供的房间，给她展示了用塑料袋封起来的打火机："你要我找的是这个吗？"

是它。季风点点头，表面上的那一对 X 字母，在仅有一盏白炽灯的空间里显得尤为刺眼。她说："这是她的情人送给她的，他们俩一人一个，这是特制的，全世界就两个，你从这个着手去调查，就能找到杀人凶手。"

"为什么你觉得她是被杀的？"徐初心问，"我们把现场仔细调查过了，也进行了尸检，完全就是自杀。"

"不可能，绝对不可能！她、她……"季风唇色依然苍白，双眼失焦,说话时气息奄奄,"你再好好查查好吗?不可能的。她在第一次和他分手之后,也没有放弃、没有失望,她还想着要好好过的。她开了店,还跟我约好了一起离开这里,好好生活,就算、就算,她又跟他分手了,她还有我的,她不会这么稀里糊涂就……她会跟我说的,会找我的……然后就会振作起来……"

徐初心听了一会儿,有些不忍地问:"你和她是什么关系?"

但季风只是呢喃:"肯定是他杀了她,肯定是啊。"

任迁宇的葬礼是以半开放的形式举行的,丧葬费是由尤盼盼牵头在网上向她的粉丝们募集的,捐助较多的粉丝得以被邀请来到现场,见证任迁宇的骨灰下葬。尤盼盼的老公吴奇、寸头女孩、金发女孩都在,他们坐在最前排。金发女孩已经把头发染黑了,他们全是一身黑装,眼泪在他们的脸上奔腾不息。

他们身处风景秀丽的山顶位置,周边密林环绕,一座座墓碑整齐有序。风很大,但穿过这些密集的墓碑时,也仿佛被切碎了一般,在季风的耳边刺刺啦啦的,像是电器坏掉后接触不良的声音。随着风声入耳的,还有人们窸窸窣窣的闲聊声——

"她的父母呢?"

"找不到人。好像在很久以前就跟她断绝关系了。"

"之前的新闻里不是说了,她父母以她为耻。"

"现在人死了,也不知道心里会不会有遗憾……"

"所以死因真的是为情自杀吗?"

"那个情人到底是谁啊?有没有来?"

随着这句话落地,人们纷纷转动脑袋,扫视着周围。

真正为任迁宇伤心哭泣的人其实不多，大部分人是来凑个热闹。在葬礼快结束的时候，他们已经把这当作联谊会了，一边回忆着星鸣，一边寻找共鸣："对对，当时我也是正要参加中考！""我还偷偷用我爸妈的手机给他投票。""那时候好像是十五块钱一票？我表姐还找过我麻烦，问我是不是充值了什么铃声。"他们会一起唏嘘，然后交换联系方式："你是从外地来的吗？""等下要不要去吃火锅？""你们要组局吗？我们等下去唱歌，一起吗？"

当人潮缓缓退去之后，全程失魂落魄的季风才发现禾智慧、姜幼辰都在这里。他们也是一脸沉痛，但并非为了任迁宇，而是为了她的难过而难过。这两人安慰了她几句，却都是一些挑不出重点的、飘忽的场面话，并没能钻入她的脑子。

远远地，她看见金圣江站在人群之外的一棵树下，边抽烟边望着这边。她立刻抛下禾智慧和姜幼辰，趔趄地奔过去。

"我知道你想叫我帮忙。"金圣江为难地皱起眉头说，"不用你说，我也想搞个大新闻，但是没有疑点啊。"他左思右想，"只有一个可疑之处，就是没有遗书。按理来说，自杀的人通常是会留下遗书的，当然也不能说是百分百，不过选择一言不发地走，还是很小的概率。"

"能不能帮我找到这个人？"季风把手机里拍摄的打火机照片给他看，红着眼说，"他一定就是凶手。"

他拿出一支笔和一个羊皮面小本子，说："你把照片传给我吧，还有别的线索吗？"

"他叫 Max，是在我们这里出生的，应该是一个富商，曾经有很长一段时间住在上海，最近搬回来了，已婚。这个打火机全世界就只有两个，任迁宇一个，他一个。"她的语速很快，这段线索在她心里已经不知道被摩挲了多少遍。

"好吧，我试试。"金圣江把重点都记在了笔记本上，"但是就算我找到了这个人，也只能写些花边新闻，在舆论上尽可能让人把任迁宇的死和他联系上，并不能如你所愿，给他定罪，没证据就是没办法。"

"没关系。"季风脸色阴沉，她已经好些天吃不下、睡不着了，现在整个人看着像个空空的人偶，就连说话的声音也如同从地府里飘上来一般，"你找到他，告诉我就行了。"

从葬礼回来，穿着一身黑装的季风穿过父母身边，对他们的说话声置若罔闻，也不换洗，直接走进卧室倒在床上。

任迁宇死后，季风也魂飞魄散了，每天躺在床上，不洗澡、不吃不喝，也不动弹。

瓦利无处可去，被她抱回了家。起初易杰和季永强都表示反对，说没人有空去管，但是他们的声音根本进不了她的耳朵，最后他们也妥协了，就在店里散养得了，反正就是只猫，任它自由来去，喂几口店里的剩余食材就是了。

但是瓦利哪儿也不去，几乎就是待在季风的卧室里，围着她打转。

此时此刻，它钻进季风的怀里，用鼻尖磨蹭着她的脸颊。

"瓦利，你怎么在我这里？"季风迷迷糊糊地说，"迁宇找不着你要着急了，你快回去吧。"

"小风，吃饭了。"易杰端着一碗盖着肉菜的饭站在门口。

季永强也探头往里看，嘴里不耐烦地絮叨："这都多少天了？人也下葬了，人死不能复生，你还要这样装死多久？你爸妈还活着呢，人活着，就要往前看。"

"你别说了，吃饭去吧。"易杰用身体把他给挤开。

易杰先把饭搁在桌面上，接着把季风从床上拉起来，再端着碗用勺子一口一口硬塞进她嘴里。食物进了嘴之后，季风会下意识地咀嚼和吞咽，这些天，都是易杰在如此这般强行给她塞几口吃的。

"你这身上都臭了，你看看你这头发，唉。"易杰说罢，把季风拽起来，推进浴室，同时交代季永强，"你把碗洗了，等会儿你先在店里坐着，跟客人说一声，不介意的话，先在外头逛一圈，过一个小时再来。"

季永强坐在饭桌前，伸长了脖子冲易杰抱怨道："又晚一个小时？这些天每天都耽误，季风也不帮忙，我们这店还开不开了？关了算了。"

易杰吼回去："那就关了！都别忙活了！"

季永强于是缩起肩膀，小声抱怨："委屈一下都不行。"

在狭小的浴室里，易杰脱下季风的衣服看见她瘦骨嶙峋的身体，心疼得长长地叹了一口气："你看你这人，活着也是够累的，只是一会儿没照看好自己，就能把身体给毁成这样。"她们面对面坐在塑料凳上，她一边搓着泡沫给季风洗头，一边感叹，"上一回给你洗澡好像还是……上小学的时候？二年级？那是几岁？你长得好快，一下子就变成大人了。"

季风沉默不语，易杰举起莲蓬头冲掉她头上的泡沫，继续说："你是早产儿，一生下来就进了培养箱。我当时以为你活不成了，一直哭，觉得我对不起你。过了一礼拜才见到你，这七天里，我每天都在后悔，回想我做的每一件事情，为什么要跟姓季的结婚，为什么要跟他认识，为什么要选择做女人……但是，在我终于见到你、你在我怀里的时候，季风啊，我感到一切都是命中注定，我之前做的每一次选择、我走的每一步路，都是为了能见到你、能成为你的妈妈、能把你带到这个世上……"

季风没有说话,她的身体瘦弱得被水流冲得微微晃动。

易杰太久没如此回忆往事了,她每天睁眼就被生活琐事填满,被太多眼前的锅碗瓢盆追赶。这么多年以来,她夜里睡觉都不曾失眠,实在是太累了,沾枕头就睡着了。

愈是回忆过去,她愈是情绪激动起来,甚至双眼盈满了泪水。好在浴室里的雾气够重,能为她遮掩一会儿。

她一边搓洗着季风胸骨、肋骨都鲜明得略显病态的身体,一边不禁哽咽道:"我那时候想,你是我最亲爱的孩子,我对你没有任何要求,无论你长大了要做女人还是男人,你要结婚还是不结婚,你想有孩子还是不想有,你能不能有出息,都无所谓。你是我在这个世上很辛苦、很努力地活下去,才终于能抱在怀里的孩子,我只要你健康地长大就行了。"

季风发愣的双眼终于轻轻颤动了一下,这么多天以来,这是她对父母说的话做出的最大反应了。

在水雾的掩护下,已经满脸是水的易杰最后还是放肆地哭了出来,但她脸上带着笑容。她哭泣不仅仅是因为忧伤,还是因为往事一幕幕浮现于眼前,她想起了许多,或是找回了许多"过去",所以喜极而泣。她想起来自己是季风的妈妈,是那个曾小心翼翼抱着小婴儿的23岁的易杰。

当时的一切是那样崭新、灿烂,23岁的易杰相信自己的人生开启了新的篇章,今后要为了女儿努力,要抱着她、牵着她,一起描绘幸福的未来。

"我只要你健康、快乐,我当时真的只有这一个愿望。但是,为什么我竟然忘了呢?我是你的妈妈,本来应该是你最可靠、最安心的避风港,本来你应该什么都愿意对我说,遇到了什么都可以向我求助的。你是我的女儿,本来应该是我给你一切,却变成我要求你懂事,要求你帮忙,又要你成绩好,又要你会看店做生意,还要你嫁个好人家,尽快生小孩……"她伸出自己那双因为日夜劳作而粗糙、浮肿的手,环抱住季风,又哭又笑地道歉,"我错了,小风,妈妈老了,活得糊涂了,把很多事情都忘记了。忘了你曾经多么小一个,多么依赖我,多么相信我,忘了我曾经许下愿望,只希望你健康、快乐。但是我现在想起来了,拜托你,原谅妈妈,好好活下去,甚至不用好好的,活下去就行,好吗?"

季风虚弱地抬起双臂,回抱了她。"妈妈……"她轻叹出声,"活着真的好辛苦啊。"

易杰哭道:"我懂,我懂。是好辛苦啊,真的是啊。"

她更紧地拥抱季风,季风长大了,不需要再像当初捧着小婴儿一般小心翼翼,她意识到自己可以用力地抱紧季风了。

季风把任迁宇送的手表收起来了,每天戴着会睹物思人。她已经决定要先替任迁宇报仇再考虑是否要去地球。怎么报仇?当然是杀了他。

她正站在摊前颠锅爆炒,走过来端菜的季永强被她在烈焰中的眼神吓了一跳:"哦哟!你这是要杀人啊!"

季风麻木地扫视着眼前的灶台与案板。是用火烧,还是用刀砍,或者淹死他?一定要让他感受到和任迁宇一样的痛苦……痛苦?她那个死法应该很痛苦吧?眼睁睁看着自己的鲜血不断涌出,静静地、慢慢地感受着自己的意识远去……

突然想吐,季风把锅铲撂到一边,冲去了后厨的水池处。但她最终只是干呕了两下，因为胃里没有什么东西。

易杰追过来问："没事儿吧？你不用非得帮忙的，上楼上休息去吧。"

季风打开水龙头，漱了漱口，然后站起来摇摇头，说："没事儿。"

"煳了！都煳了！"季永强接替季风在摊前忙碌，他的求助声传了过来，"你们至少留一个人在外头啊！"

"来了。"季风甩甩手上的水，大步走去。

在忙碌的间隙里，季风会看一眼手机，想知道金圣江有没有找到什么新线索。他已经追溯到星鸣曾经出席过的各种公开和半公开的酒宴，正在核实其中到场的大佬们的出身，看能不能对上本地的富商人物。

季风自己也没闲着，她去了高端木料木雕市场，找到一些和檀木买卖有关的商家，拿着打火机的照片一个一个去问，其中只有一个老板说"好像见过这个工艺"。

这位老板也是两鬓发白的中年人了，他说由于紫檀越来越稀缺，又因为一些环保文件的要求，十几年前干这行的都纷纷转业了。这个打火机的外壳应该是出自当时最有资历的煌木堂的黄老师傅之手，那位师傅已经去世了，留下的作品都身价倍增，他的后代没能继承手艺也无心延续品牌，卖了一些老爷子的家产后就移居海外了。

原来是名家作品，那在当年花得起这钱的人应该也不多。季风把这条线索也发给了金圣江，只要进行交叉比对，应该还是能找到买家的。

金圣江那头还没有动静。季风滑动着手机屏幕，看见了与任迁宇的对话框，久久凝视着，不自觉地输入了一行"我还是不敢相信你……"，但一反应过来，又立刻慌乱地删掉了。一旦给对面发了消息，却得不到回复，就好像坐实了她已经不在了的事实。

"小风！还有单子！"季永强站在户外的桌与桌之前，冲正站在灶前看手机的季风喊话，"十根烤翅！十根淀粉肠！二十串牛肉、五串鸡排、五串豆筋、五串金针菇、三条烤茄子、三根玉米！"

"好——"季风收起手机，一抬头，看见禾智慧和姜幼辰坐在那边冲她挥手。

已经是晚风清凉的秋天了，姜幼辰穿着米色的飞行员夹克，禾智慧穿着会反光的漆黑皮衣。

"你朋友来了啊。"易杰从身后推了季风一把，抢占了她的位置，对她说，"你过去坐着，跟他们玩吧，我烤好了给你们送过去。"

"你们……"季风迟疑地坐过去，虽然禾智慧殷勤地拉开了椅子，但她并没有要落座的意思，而是一脸嫌弃地发问，"来干吗？"

"想你了不行啊？我不找你，你也不找我。"禾智慧一把将她拽着坐下来，贴上她的耳朵和头发像小狗一样嗅她，"哇哦，好臭，全是烧烤的气味。"

"是吗？"季风无所谓地敷衍一声。

禾智慧圈着她的脖子，迫使她低头靠近自己，亲了一口她的脸，说："但我还是喜欢！你可以十年不洗澡来考验我的爱！"

"那你是真牛。"姜幼辰笑起来，他在喝玻璃瓶装的冰豆浆，也是季风家店里的。

禾智慧得意地挑起眉毛："你认输了？"她扭脸对季风说："听到没，小风，你只要不洗澡，他就不纠缠你了。"

"她可以不洗啊，我帮她洗。"姜幼辰举着喝空的瓶子对易杰高声道，"阿姨，这个冰豆浆也再来三瓶吧！跟刚才点的一起打包，我们带走。"说罢，他又补充，"小风我们也一起带走咯！"

易杰冲他笑眯眯地挥挥手："可以，可以，去吧，去玩吧！"

姜幼辰开车，禾智慧不由分说地拉着季风坐在后座，向她展示自己名片："现在我是副总经理了，怎么样，你放心了吗？"

"那只是一个头衔，算不上什么。"姜幼辰跟季风告状，"你说她要什么没什么，能干吗？我给她一个名分，全看你的面子。她这辈子做过最明智的事情就是跟你成了朋友。"

禾智慧回嘴："我难道什么忙也没帮？你不在店里的时候，是空气在帮你看店？"

他反问："难道不是达令在帮我？"

她冷笑一声："就达令一个人忙得过来？达令不需要人帮忙？"

姜幼辰从后视镜里白她一眼："你就嘴皮子厉害。"

禾智慧说："那也算本事，店里有人闹起来，男人出面只会把情况变得更糟，还不如我一张嘴皮子大事化小、小事化了。我哪比得过你，投了个好胎，就算要什么没什么，你的起点也是别人的终点。"

姜幼辰道："你对我客气点儿，再怎么说我也是你老板，以后你家英雄要是也跟你一样没出息，还得指着我给份工作呢。"

"我夸你也不行？"禾智慧通过后视镜向他回以白眼。

这拌嘴拌得好热闹，季风礼貌性地扯起嘴角笑一笑。她能察觉到他们在试图把气氛炒热，叫她开心一些。

他们都在往前走，但是她已经失去前路了。

季风以为他们要带她去姜幼辰的夜店里玩，没想到去的是酒店里的总统套房。禾英雄和达令都在里面，正手持着话筒在对着电视唱歌，隔音效果太好了，隔着门根本听不见，季风直到走进客厅才听见她们的号叫。她们身边早已堆满了零食和饮料，禾智慧把烤串举起来摇了摇，禾英雄立刻扑过来。

"知道你讨厌人多，所以我们玩个清静的，都是认识的人，你可以放松了吧？"姜幼辰拍拍季风的后背，"需要什么，你告诉我，我叫人给送来。"

"小风，来一起唱歌！"禾英雄蹦起来，站在沙发上冲季风招手。她穿着崭新的灰色帽衫和牛仔短裤，袜子也是雪白的，这一身新得就好像带着一股从仓库里刚出来的特有的塑料气味。她的笑容也很新，像是嫩芽刚刚破土而出，还未经历过日晒雨淋。此时此刻的她看起来像是那种成长过程很顺利的孩子。

季风想起来禾智慧说自己身上有气味，不禁回头张望，一边找寻着浴室，一边跟姜幼辰说："我想洗个澡。"

姜幼辰于是领着季风往套房走，在她身后，禾智慧拿起一罐饮料，对禾英雄吼道："这里面含酒精啊？你小子明天还起不起了——"

"停课啦！睡懒觉没关系的！"禾英雄在沙发上嘻嘻哈哈地躲避着姐姐的追逐。

"停课？为什么啊？"

"不知道，好像是有人在学校门口闹事儿，校长说等通知再复课。"

禾智慧抓起一个抱枕扔向禾英雄，说："你最好是没骗我。"

达令虽然也在嬉闹，但是一直有留心老板的一举一动。她放下话筒，快步跟了上来，轻声问："需要我做什么吗？"

姜幼辰把季风送进浴室后，转身对她盼咐道："去买身新衣服，要小风她自己风格的、穿着舒服的，但是也别太男性化。"

达令办事速度很快，等季风洗好了澡出来，她已经把一身新衣服剪了标放在了门外，是造型很简洁、质地柔软的米白色卫衣和水洗蓝色休闲裤。季风穿着浴袍，摸了摸新衣服对达令说："谢谢。"

"不用谢我，是姜总的意思。"达令说，"你的衣服我叫酒店拿去干洗了。"

"扔了吧。"

"啊？"

"扔了就可以。"季风看着她重复一遍。

"也是。"达令点点头，"有新的穿，干吗留着旧的。"

"对啊。"季风表示同意。她一直在处理旧物，已经到了恨不能把自己的衣柜也扔掉的地步。奇妙的是，家里没有一个人发现她在家里的东西越来越少了，可能因为原本就少，所以不太明显。

虽然卧室的门是一直敞开的，但姜幼辰还是敲了敲门才往里走。看到季风湿乎乎的头发，他拉着她在梳妆镜前坐下，打开吹风机帮忙吹干。见她一副抗拒的模样，他说："你头发短，很快就干了，别挣扎了。"

达令识趣地离开了，但是禾智慧立刻带着一身酒气过来了。

"啊！"她指着两人尖叫，"好狡猾！我也要帮小风吹头发！"

"喝你的酒去。"姜幼辰嫌弃地瞥了她一眼。

禾智慧放下手里的罐装果酒，扑过来夺走了吹风机，嚷道："我来！我来！小风的头发不是臭男人能碰的！"

用手扒拉了一阵，禾智慧惊讶地说："短头发好容易干啊！"

姜幼辰坐在一边，捋了捋自己的头发，说："是吧，寸头更容易干，你走出浴室用毛巾一擦就干了，不擦也很快就干了。"

禾智慧说："我从来没留过短发，感觉我从出生起就一头长发了。"

"那我是有发言权的，既长过也短过。我还记得当我决定要当男人时，把那么长的头发——"他在自己胸口比画了一下，"一刀给剪了。

我还掉了眼泪,因为留起来真的很麻烦,花了好些年才长这么长。我发质挺毛糙的,每次洗完都要上好厚一层护发素,光吹干就得半小时,养得可辛苦了。"

禾智慧做作地颤抖了一下,嫌恶地瞪一眼他粗壮的胳膊,说:"你现在这模样,讲这种话看着怪恶心的。"

姜幼辰不搭理她,继续说:"剪完之后,我的感觉就是脑袋变得好轻,身体里的灵魂都像是换了一个人,可能也确实换了。我觉得很奇妙,头发长短,还有穿什么衣服,好像都会影响到我们成为什么样的人……"他看着季风的侧颜,陷入了想象,"小风如果留长发会是什么样子呢?"

"好啦!吹好啦!"禾智慧放下吹风机,双手捧着季风的脸欣赏,皱起眉头很认真地想象了一下后说,"就还是小风的样子啊。不管是短发还是长发,小风就是小风。"

"肯定很漂亮,是气质清冷的大美女,很适合白色的裙子,啊,比如婚纱。"姜幼辰说着说着,脸上浮现出笑意。

禾智慧干呕道:"打住!请你停止恶心的幻想!"

姜幼辰收起笑容,瞪着她:"你到底要说多少次恶心?我在很正常地说话,请你停止对我的诋毁好吗?"

季风站起来,对两人说:"好了,你们都出去吧。我要睡觉。"

禾智慧惊讶道:"啊?我们喊你出来是要一起玩,不是要一起睡觉!"

季风边走向床铺边指着门外道:"出去吧。"

结果是三个人挤在一张床上,还好这张床足够大。季风刚钻进被窝,禾智慧就顺势躺在了边上,姜幼辰见状也不甘示弱,侧躺在另一边。禾智慧和姜幼辰隔着季风四目相对:"你干什么?""那你又干什么?""你走开。一个大男人跟俩女的挤一起,你恶心。""你这人就是思想肮脏,看啥啥恶心。"

这张床好软好弹,床单被罩都有淡淡的香味,刚洗了个热水澡的季风躺在上面,感觉浑身肌肉都松弛了下来。她合上眼,很丝滑地入睡了。迷迷糊糊之间,她还能听到禾智慧与姜幼辰在斗嘴,但是他们的声音像是白噪声一般,对她的睡眠没能造成什么影响,反倒是更催眠了。

"小风睡着了,你出去吧,别打扰她。"

"为什么是我出去,不是你出去?你出去。"

"我出去谁看着她?"禾智慧把季风的被子往上拢了拢,指着姜幼辰小声说,"你别又想什么恶心的事情,我会一直守着她的。"

"莫名其妙,有种你一动别动,厕所都别上。"

"我才不动。"禾智慧扭脸准备冲门外喊话,被姜幼辰嘘的一声阻止,于是拿出手机来,"我喊英雄送吃的给我,我都没吃晚饭。"

"给我也拿点儿,主要是喝的。"

"你喊达令给你拿。英雄又不是你妹。"

"你是我员工,等同于她也是,还妹呢,看起来已经是弟了。"姜幼辰问,"罚款准备好没?要不要我借你?"

"小风已经帮我解决了。"

"她哪儿来的钱?哦!"姜幼辰欣喜地长出一口气,"她放弃转性了是吧?所以她不需要钱了。"

"你能不能别惦记了?小风不管怎么样都是要跟我在一起的。"禾智慧指着姜幼辰的鼻子说,"你也不要以为我会撒手,我到死也不会放弃小风。就算是世界末日,只要她还活着,我还活着,我就不会让她便宜给任何臭男人。"

禾英雄抱着一堆吃的喝的进来了,而达令则是用托盘拿进来的。

姜幼辰翻身坐起来,说:"那我给你钱,你可以撒手吗?"

"钱?说什么呢?"禾英雄兴奋地把耳朵贴上来,被禾智慧一把推开。姜幼辰冲达令抬抬下巴,她便拉着禾英雄出去了。

"钱不是万能的。"禾智慧拆开一包坚果,挑衅地对他说,"但你可以试试,给多少我都会拿着,以后我跟小风的爱巢有你的一份功劳。"

姜幼辰笑了:"钱是不是万能的?你没有钱,你又怎么会知道。"

季风醒来的时候,左边是禾智慧,右边是姜幼辰。姜幼辰似乎早就醒了,正托腮看着她;至于禾智慧,则睡得披头散发的,还没醒过来,她那边的床脚下堆了不少空酒瓶。

为了不把她惊醒,季风小心翼翼地从被子里坐起来。姜幼辰见状也轻手轻脚地下了床,示意她从自己这边下来。

季风走进洗手间换好了昨天那一身新衣服再出来,姜幼辰竖起大拇指,说:"真清爽。现在时间还早,趁着某人不能闹我们,就咱俩出去吃个早饭吧?"

"我要去上班。"季风一边说,一边往外走。客厅里没见到禾英雄和达令,她们可能离开了,也可能在其他卧房里睡觉,她都没仔细看这个套房里有多少房间。

姜幼辰跟上来问:"今天是周末,也要上班吗?"

"我不休假的。"

"你需要钱可以来我这里上班,挂个名,随便你休假,薪水我照发。"

季风径直往外走,头也不回地说:"不用了,我喜欢有事儿可做。"

"那我可有太多事情能找你做了。"姜幼辰抢先一步帮她开门,走向电梯直接按下顶楼的景观餐厅键,"吃个自助早餐吧,我这房钱都掏了,别浪费。"

两人来到落地窗环绕的餐厅,窗外空空荡荡像是被白色迷雾遮挡了一般。姜幼辰说:"晚上还是很美的,能看见城市的夜景。"

"夜景再美也是假的。"季风呢喃。

一旦季风摆出闲聊的姿态,姜幼辰就有些受宠若惊。他立刻接话:"是说那些霓虹灯吗?虽然是人造的,但也很好看啊。你要是喜欢自然风光,我可以带你去看,山啊水的,想看什么都带你去。"

季风环视一周,见到有六条大理石案台,展示有热腾腾的中式早点和精致的西式冷食,饮品处站着制服整洁的服务人员,需要花式咖啡还是燕麦或水果的酸奶都会现场制作。这是她第一次吃有如此多选择的自助早餐,最近感到被抽空的她,此时此刻因为饥饿终于察觉到一丝生活的能量回到了体内。她真诚地说:"餐厅很漂亮,谢谢。"

姜幼辰更高兴了,把季风拉到靠窗的位置让她坐下,自己忙前忙后:"我帮你拿,我知道什么好吃。"

很快,季风的面前就堆满了食物,她拦住他:"够了,别浪费。够我们俩吃了。"

姜幼辰这才满面笑容地坐下道:"好,吃完再拿。你尝尝这个流沙包,要趁热吃,冷了就不好吃了。一口这个甜的,再来一口苦苦的热美式,特别享受。"

季风咬了一口,被烫得眯了一下眼睛。姜幼辰笑了,季风脸上有些不好意思,但她还是表示了肯定:"确实好吃。"接着把剩下的半口吃了,又喝了一口美式。

气氛如此轻松,姜幼辰又忍不住告白:"你如果嫁给我,就每天都可以吃很多好吃的。"

季风放下咖啡，轻轻地合上眼，长出一口气后才睁开眼，耐着性子问："你为什么对我这么执着？没道理。"

姜幼辰思考了一会儿，给出了一本正经的回答："小风，这世上的人虽然多，但是值得喜欢的很少，我觉得如果能遇到一个，一定要紧紧抓住。"

季风想起任迁宇了，心底一软，忍着泪，微笑道："谢谢你。"

姜幼辰愣住了，实在是有些手足无措："你怎么了？你今天可真够……温柔的。"

季风说："能被人喜欢，我觉得这份感情很珍贵，谢谢你。"

"你还是别这么温柔了。"姜幼辰抬手捂着半张发烫的脸，看向别处说，"我受不了。我这人皮痒，就喜欢你对我爱搭不理的样子。"

季风冷冷地哦了一声。

他笑了："对，就这样，冷言冷语跟刀子似的刮我，我才舒服。"

趁着季风现在心情好，姜幼辰挺直了腰，双手按在桌面上，一副要做出重要发言的样子："小风，我有一个提议。你听了之后，别急着发火，也别急着拒绝，可以考虑个几天，仔细想想再回复我。"见她露出愿闻其详的表情，他顿了顿，紧张得眯起了双眼才缓缓说，"如果你跟我结婚，我可以帮你还掉你家的债。"

"好啊。"

"我都说了你先别急——"姜幼辰双手挡在脸前做出防卫状，"啊？"半秒后他反应过来，难以置信地问，"你同意？"

"是啊。"季风喝掉杯子里最后一口咖啡。

第 16 章　这纷飞的火焰啊

姜幼辰怕过两天甚至过一会儿，季风就要反悔了，赶忙拉着她上车，说要带她去见父母。在车上，他亢奋地打电话回家："妈妈，你今天有什么安排？都取消！我要带女朋友来见你啦！是认真的，我如果结婚只能是跟她！爸爸呢，几点回来？你喊他回来吃午饭！"

边说话，他边瞥季风，见她面无表情没有反应，至少说明她对他这番打算是不抵触不反对的，他更放心了。挂了电话后，他对她说："不是见了面就立刻要结婚，你可以放轻松一些，不用太紧张。不管我爸妈什么反应，你只要知道，如果要结婚，那我只会选择你，不会做第二选择，所以他们怎么都没办法的。你保持自己的状态就好，有我在，你可以完全做自己，想笑就笑，不高兴你就直说，不需要迎合他们……"

"如果我们结婚——"季风打断他，很是突然地问道，"那你会要跟我上床吗？"

"啊？！"这问题来得实在是太突然了，惊得姜幼辰差点儿没握稳方向盘，只听得轮胎发出一声刺耳的摩擦声。好在他反应得快，一身冷汗后，涨红了脸，说："你……为什么问这个……这种事情，看情况嘛。"

"结婚不就是为了生小孩？那肯定是要一起睡的吧。"季风继续口吻平淡地问，"你会要我生小孩吗？只生一个可以吗？"

姜幼辰揉了揉脸，知道季风的脑子里是干干净净的，所以他只想快些把自己脸上滚烫的红晕给揉散："这都看你，如果你不想生也可以。"

"不想上床也可以吗？"

"那你跟我结婚是为什么？"

"是因为你想跟我结婚。"

"所以你就答应了？"

"是为了你能给我们家还债。"

姜幼辰一时沉默，盯着前方滚滚向后被抛落的景色，整理了一下思路后才接话："小风，有些话，你不用说得这么明白。"他苦笑，"难道我不知道你不爱我吗？可是你不说的话，我们就可以有一个很美好的婚礼。在以后的日子里，也许你会爱上我，然后我们白头偕老，有可能有一两个孩子，他们在过节的时候，带着他们的孩子回来看我们。那时候，你会觉得，你没有看错人，你的选择是对的，你会觉得幸福。"说着说着，他似乎看到了那样完美的结局，笑容里的苦味散去了一些。

季风全程都没有看过他一眼，一直是双眼放空地望着窗外。此时，她点点头，说："那我不说了，反正只要满足你结婚的愿望就可以了吧？"

姜幼辰叹口气："你真的很懂怎么惹怒我。"

他们上了高速公路，周边的风景变得雷同，高楼大厦像是高低错落但一模一样的石笋。季风陷入自己的心事，这里面不算复杂，就像此时此刻的天空一般，碧蓝天幕上零星散落着几朵白云，这一朵大一些的是"为任迁宇报仇"，旁边小一些的是"离开月球"。

她不确定自己在替任迁宇报仇之后，是否还能逃去地球看看，也许逃不了了，那么她希望自己存在的价值能被发挥到极致，比如帮家里解决一下债务问题。那之后，她可以粉碎、可以融化、可以消失得一干二净,之后的一切都与她无关了。

季风侧过脸看着姜幼辰,觉得他挺可怜的,不禁脱口而出:"对不起。"

姜幼辰扬起一边眉毛感到奇怪:"怎么了?"

"我觉得你是一个好人。"

"不要发好人卡啊!"姜幼辰笑起来,"我是一个自私的坏人,明知道你不爱我,还是想把你留在我身边。同时我也是一个乐观的人,我相信你以后会爱上我的,你能给我一个机会就可以了。"

姜幼辰在他经营的夜店附近是有居所的,而他父母家则是一座小型庄园,在通过带有监控眼的黑色铁艺大门之后,还要绕着环山道再开二十分钟,最后穿过一片花园才抵达。有一个园丁正在修剪植物,他远远见到了姜幼辰的车还多看了两眼,停下了手中的动作以示欢迎,等车远去了才继续工作。

开阔的停车广场前是一幢由四栋楼组成的回字形三层高的白色建筑,在门口迎接季风的是一位穿着短款旗袍的阿姨,她热情地迎上来替季风拉开车门。因为她喊姜幼辰"少爷",季风才知道她只是一位管家。

进入了一楼的圆形大厅之后,再往里走几步去到会客大厅,姜幼辰的妈妈已经早早地坐在沙发那里等候了。那是一位眉眼温柔的中年女人,她穿着水蓝色的裙装,做了盘发的造型。在见到季风时,她的双眼里先是有微微的惊讶之情,但也立刻转化为惊喜与欣赏,无论是否刻意为之,都能看出来她很善于照顾他人的情绪。

她立刻站了起来,笑眯眯地边走向季风边招手:"你好你好,你就是辰辰喜欢的女孩子吧,终于见到你了!"

屋子太大，半晌都不见她走到近前来，季风于是迎上前几步。才刚到她跟前，她的双手就搭在了季风的身上，一股清香扑鼻。她说："你真好看，是很特别的那种好看，你是辰辰带回家的第一个女孩子。"

姜幼辰见到妈妈的反应，情绪更高昂了，激动地说："妈妈，她是季风，就是我以前老跟你提到的同学，其实你也算是认识她的，是小风！"

"啊，小风啊！"她的笑容更灿烂了，"我知道，原来是小风，是初恋啊，没想到竟然能开花结果——"她冲他点点头，似乎相当肯定他的眼光。

姜幼辰一手搂着妈妈，一手搭着季风的肩膀，似要将两人的距离拉得更近一些。他介绍道："小风，我妈有个很浪漫的名字——白鹤飞。"

季风不知道见父母的场合有什么礼仪程序，直愣愣地伸出手去，做出商务握手状，说："真的很好听，白阿姨好。"

白鹤飞却是用双手包裹住她的手，说："真是个可爱的孩子，真希望早一天听到你叫我妈妈。"

想要趁热打铁的姜幼辰问："爸爸几点回来？"

"他听说你要带女朋友回家，下午的会都顾不上开了。"白鹤飞说，"他啊，已经回来了。"见儿子一脸惊喜，她笑道，"就在他的书房里，等会儿吃午饭的时候叫花姐去喊他下来。"

"我现在就去找他！"姜幼辰拉起季风，兴奋地往里走。

"这么着急？那我就去厨房里看一下。"白鹤飞仪态优雅地站在原地，冲两个已经跑得老远的年轻人喊，"小风，可以吃鱼吗？鱼汤喝不喝？有没有忌口？"

"喜欢的，没有忌口。谢谢。"季风回道。

来到了空无一人的巨大书房,姜幼辰边自言自语"人呢?",边无意识地绕着大到几乎能停车的书桌转了一圈。他半个身子探出窗外,左右看了看,楼下是一个被罗马柱包围的中庭,只有落了满地的树叶。

"上哪儿去了?"他回身,走向洗手间敲了敲门,无人回应。他扭脸对季风说:"有可能在露台抽烟。我们上去看看——"

管家阿姨此时来到门口,传话说白鹤飞在厨房里等他,似乎是找不到什么东西了,想问问他。

"她就是想跟我说悄悄话。"姜幼辰冲季风挤眼,"别担心!我看得出来她特别喜欢你。你自己随便逛逛,等会儿我去露台找你,上边很漂亮,能看见山。"

他刚出门,季风的手机就响了起来,是金圣江!她赶忙接听,他从来不打电话的,看来是有什么重要消息。

"喂?"因为担心信号不好,她沿着一扇扇大窗洞开的走廊缓步前进,带着树叶芳香的风扑打着她的脸,"午饭?还没吃。我在哪儿?不要跟我拉家常,有话说话。"

金圣江在电话对面大笑:"放轻松一些吧!我是想先给你做好心理建设,再慢慢说,以免你太激动受不了。人我给你找出来了,我是不是很厉害?你要怎么谢我?"

如他所料,季风的心脏立刻剧烈地鼓动起来。即便是站在通风口,她也感到喉头收紧,呼吸变得困难起来。她一边听他说话,一边朝尽头的楼梯走去,是流通的空气在指引着她,那上边似乎更能大口地呼吸。走了快两层楼高的楼梯之后,眼前果然豁然开朗,是一片没有遮掩的空旷露台,远处起伏的群山看得清清楚楚。

"根据你给的线索,我比对了一下,是我们这里出生,又在上海长居过一段时间,和星鸣的消失时间重叠的富商,有六个人。其中两个女的排除掉,年龄太老的也排除掉,就只剩下一个人了,上过好几次财经杂志呢。我这一看硬照,哎,有模有样的老帅哥啊,可以说百分百确定是他了。"金圣江滔滔不绝了一阵后,半是调侃半是关心地问,"你还在听吗?我听到你的呼吸声了,有点儿重,没事儿吧?别晕倒咯。"

季风急切地命令道:"快说,继续说。"

金圣江继续说:"他虽然全球跑,但最近应该有回来,前两天还上电视了。如果你想见他,我已经有他公司地址和家庭住址了,我可以带你去。他叫姜珀学。"

季风正处于精神高度紧绷的状态,听到身后有动静,犹如受惊的兔子慌张地转过身去,看见一个浑身黑衣、犹如山峦阴影一般的男人。他轮廓清晰但脸颊消瘦,幽深的双眼里似乎满是忧虑,却又有一丝不符合年龄的天真气息,一闪一闪地发着令人想去探究的微光。

他取下唇间叼着的烟,熄灭在一手端着的烟灰缸里,冲季风微微一笑,嘴角的皱纹像是山间的光影:"你好,你就是辰辰的女朋友吗?我是他的爸爸,很高兴见到你。"他的嗓音也是恰到好处的,醇厚又清爽,似乎刻意训练过说话的方式,这是一个很能引起他人关注的人。

季风双眼发直地盯着他,知道答案就在眼前了,此时此刻的她像是处于一种真空的状态里,到了最后一步,她只需要交卷了。她以没有起伏的声音发问:"能借一下火吗?"

"你也抽烟吗?真看不出来。"他眼底并没有惊讶,但表情上还是演了一下,这使他显得更亲切了一些。季风看得出来,他并不关心她究竟是什么样的人。他伸手摸进口袋,说话的语气很轻巧,像是一位很好相处的长辈:"希望你不要和我一样成为老烟枪。"

他掏出了打火机递给季风,但是她没有接,只是凝视着。这气氛令他奇怪地问:"怎么了?"

她反问:"你就是姜珀学?"

原来她是认出了他,难怪是这样的反应。姜珀学双肩放松下来,笑道:"难怪我觉得你面熟,你是不是来过我的交流会?"

"就是你杀了任迁宇?"季风的发问来得过于猝不及防,这使得姜珀学的笑容来不及收拢,整个人像是被突然落下的冰锥给贯穿一般,冻结在原地。

姜幼辰兴高采烈地从厨房走出来,他妈妈确实是找他说母子悄悄话的,但她是急着表态她很喜欢季风。虽然她补充道,因为是他喜欢的女孩,所以不管带回来的人是谁,她都会喜欢的。

但是姜幼辰还是相信季风是与众不同的,她不是任何人可以替代的,她更像是握不住的云朵,然而他将要握住她了——这世上能把云朵留在身边的,可能仅他一人。

直奔露台,他想,爸爸一定已经和季风聊上了,对她也一定很是喜欢——没料想,撞见了季风捡起一把园丁留下来的黑色铁钩,直直地朝姜珀学砸过去的画面。

他反应很快,脑子里还满是"看错了吗?"的疑问时,身体已经扑了过去,双臂抬起,挡在两人之间,手臂被钩子狠狠地划了一下,袖子破了,一道鲜血在半秒之后从鲜明的皮肤裂口溢了出来,啪嗒有声地重重坠落在地面上。

他瞪大了双眼,看着虽然面无血色,一双眼睛却充了血的季风,难以置信地问:"你……在干什么?小风?"

她似乎听不见他说话，也看不见他的惨状。她机械地举起手，进行了第二次攻击。只是在落下之前，这把带血的铁钩就被姜幼辰夺走了，他冲她又惧又惊地怒吼："你到底在干什么?!"

即便如此，双手空空的季风也试图再度扑打姜珀学，她就像是被程序控制了的机器，无论行为还是神情都失了人性。姜幼辰不得已地用力推了她一把，以此拉开她与姜珀学的距离。差点儿跌倒的她，右肩狠狠撞上了围栏，身体上突然传来的阵痛终于叫她回过神来。

她看一眼半条胳膊全是鲜血的姜幼辰，他如同被激怒的狮子一般，咬牙切齿地护在他父亲的身前。她再看一眼垂着眼不与她对视的姜珀学，知道自己今天没有机会了，于是转身跑远。

她一路跌跌撞撞，听不见姜幼辰在身后一阵阵发问："为什么？"

奔出了姜幼辰家的大门之后，季风来到了环形的下坡山路，她的双腿还在凭惯性奔跑，没能因为坡度的倾斜而及时调整步伐，这使得她脚下趔趄被自己绊倒，沿着草皮一路滚落下去，直落到下一阶的马路边缘。

她仰面朝天地躺着，双眼茫然地盯着天空。想起姜珀学那做作的眼泪，她愤怒地吼叫出声："啊——"这叫声惊动了山间的鸟群，它们从树叶的间隙扑打着翅膀四散乱飞。

姜珀学当时的反应很快，他在听到"任迁宇"的名字时，双眼就盈满了泪花，仿佛他有多么爱她，他原本舒展的眉头犹如被烙铁滚过一般，死死纠结成一团，整张脸都因为忍耐着强烈的情绪而抽搐。

"她……"他没有追问季风为何认识她、为何提起她，也没辩解自己与她的关系，而是非常利落地说，"是我对不起她。"

他的哀痛看起来是非常真实的，这和季风想象的不一样。她以为他会否认与任迁宇认识，或者对她的死亡事实装傻，又或者恼羞成怒地骂骂咧咧，但是他只是泪流满面，并且道歉。

然而他这令她出乎意料的反应，比她想象之中更叫她恼怒。

她恨恨地说：“对不起什么？对不起杀了她？你这个杀人凶手！”

"什么？我杀了她？"姜珀学在一惊之后，也认下了这份指控，"是，都怪我，因为我的懦弱、我的自私，因为我给不了她想要的生活，是我狠狠伤害了她。我真的没想到她爱得这么深、这么重，如果没有我，如果我没有反悔说不能跟她结婚了，她也不会……是我害死了她。"

季风怒吼："你不要再装无辜了！收起你的眼泪！"

姜珀学痛苦地捂着脸，深深地低着头似在祈求宽恕："这样的结局不是我想要的，难道我想看到自己亲爱的人那样凄惨地离去吗？我是爱她的，我也希望自己能给她幸福。我当时也不是在说要分手，我只是说再给我一些时间……"

"你闭嘴！你怎么配说爱她？"季风的眼珠子朝四周转动，她没有忘记自己的誓言，"她不是那种脆弱的人，对她来说，你没有那么重要！是你杀了她！"终于，她看见一把倚墙立着的铁钩。

只可惜她刚拿到手上，姜幼辰就出现了。

"对不起啊，迁宇，对不起，但是下一次，下一次一定……"季风手脚大开地躺在地面上，望着天空飞过的鸟群。虽然心脏还因为刚才的刺激和奔逃而剧烈搏动着，但她感到内心很宁静，因为她已经找到罪魁祸首了，迷雾已经散了，接下来的方向终于又看得清楚了。

季风在地上躺够了之后，一瘸一拐地往山下走，见到救护车正往山上的庄园方向开，应该是因为姜幼辰的伤势来的。不知道他们一家人报警了没有，这么一想，季风觉得自己不能直接回家了，她还不能被抓起来。

迷迷糊糊之中，她去了禾智慧那里。

禾智慧一开门，季风便晕倒在她的怀里了。

她醒来的时候，发现自己正一丝不挂地睡在床上。她掀开被子看了一眼，浑身的尘土、污泥都被清洁过了，身上所有的伤口也都上了药，虽然创可贴和纱布混用的手法十分笨拙。

禾智慧正抱着一套干净的睡衣走进来。"你上哪里去了？弄得满身都是泥。摔了个大的？好多擦伤。"她在床沿坐下，摸了摸季风的脸问，"还睡吗？饿了没有？你睡太久了，现在已经是晚上八点了。"

"八点了？我手机呢？"季风的手在身边胡乱摸索。

禾智慧把放在床头柜上的手机递给她："如果你是怕阿姨担心，我已经给你家里打过电话，说你来我这儿了。"

"你说了？"季风捏着手机，有些紧张地看着她，"那我不能待在你这里了。"

见她要起身，禾智慧一手压住她，示意她冷静一下："出什么事儿了？"

"我一时讲不清楚。"季风说，"姜幼辰受伤了，是我不小心弄的。可能他们家报警了，我不想连累你，而且我现在也不想被抓到，我还有事情要办。"

禾智慧听了，故作警惕地左右张望，最后轻飘飘地笑出声："要抓你早抓了，你都昏睡多久了，现在不是好好的嘛，你先好好休息吧。"她拉开床头柜的抽屉，摸出一把钥匙放在面上，"备用钥匙给你，这样比较方便。你随时都可以来，我的床就是你的床，我冰箱里的吃的你也随便吃。"说罢,她站起来取下衣架上的外套,边穿边往门外走,"我下楼去给你打包个热的,顺便去店里打听一下姜幼辰是什么情况。"

禾智慧下了楼之后就给姜幼辰打电话,想问他怎么回事儿,结果手机振动声就出现在她附近。她一抬眼就看见了坐在路灯下的姜幼辰,他脸色阴郁,右臂被很夸张地包扎了起来,在夜色中惨白得非常惹眼。

没想到他伤得这么重,但是第一眼的惊讶之后,禾智慧立刻调侃起来:"你是干什么了,被季风打成这样?我猜你多半活该。"

姜幼辰没有动弹,面无表情地说:"她果然在你这里。"

禾智慧双手抱在胸前,虽然脸上还是轻浮的笑容,但身体下意识地往后退了一步,这是戒备的姿势。她说:"怎么,你要找她算账?那我可不会同意。"

"如果是因为这个,我不准备找她,也不会报警。"姜幼辰抬了抬自己受伤的右臂,接着沉吟了一会儿后,才眉头紧锁地问,"她都跟你说了吗?她想杀了我爸爸。"

什么跟什么?在说什么啊?禾智慧对这突如其来的话题转折没能立刻做出反应,但还是条件反射地维护着季风:"那你爸也不是什么好人,你们什么儿子什么爹——"

姜幼辰打断她:"你告诉季风,我不会再找她了。"

"你自己去跟她——啊?"禾智慧瞪大了眼睛,"你什么意思?"

"我再也不会在她面前出现了,所以希望她也不要再找我们家麻烦。"姜幼辰站起来,于是路灯只能照亮他的胸口和被包扎得鼓鼓囊囊的右臂,他的脸隐没在黑暗之中,声音里也听不出来太多情绪,"我跟我爸已经聊过了,我们觉得这件事情不应该叫我妈妈知道。她是承受不了的,她什么都不知道,是最无辜的人。我们希望回归平静的生活,所以过几天,我们会搬家,有可能去国外,再也不回来了。"

"你这话说得一截一截的,我根本听不懂啊……"禾智慧抓了抓头发,满脸写着解不开的困惑,"但你的意思是你放弃季风了是吧?这对我来说倒是好事儿。所以,我祝福你,拜拜吧!"她挥挥手。

姜幼辰转过脸去,脚已经往前迈出了一步,却又依依不舍:"你替我跟她说'再见'吧,如果你愿意的话,也替我和我爸带上一句'对不起'。事情变成这样,没有一个人愿意看见,对任何人也都没好处。希望她也能放下,我们活着的人,还是要往前走的。当然,我知道她的脾气,我跟她是没可能了。我是一个男人,我也该长大了,比起我自己的事情,我更要考虑我爸我妈,家不能散……"

禾智慧继续挥着手:"好了,你说太多了,我记不住。"

"禾智慧,你知道的吧?我是真的很喜欢小风。"姜幼辰低下头,一字一句说得很用力,似乎知道这是自己最后一次告白了,"但是也没办法了。"他说完最后一句话后,终于离开。

禾智慧在原地张着嘴站了一会儿,似乎在整理刚才接收到的信息,但一时半会儿也理不清楚,最后她跑向亮着灯的一家煲仔饭店。

急匆匆回了家后,禾智慧开门却没在客厅看见季风。她一边把一大兜子打包的餐食放在餐桌上,一边朝卧室走去。

"小风!吃饭了!还在睡觉吗?"卧室里面也没人,她一时间心里乱了起来,"小风!"她几乎是在尖叫了,推开了浴室的门,也是空的。她穿过客厅奔向阳台,见季风痴痴地望着远处,才终于松了一口气。

"你在这里啊,吓死我了……"话说到一半,禾智慧注意到季风一手拿着水果刀,正要松的一口气才松了半口就被咽了回去,"你干什么啊!"她吓得再度叫起来,冲过去夺下刀子,扔得远远的,这才见到季风另一只手还拿着苹果。

"你……"剩下的半口气终于可以吐出来了,禾智慧却哭笑不得,"为什么要站在阳台削苹果啊?"

季风双眼涣散地回答:"啊,我刚才饿了想找点吃的,又感觉有些闷,所以出来换口气。"

她这副失魂落魄的样子叫禾智慧看得心疼,但又有着奇异的满足感。禾智慧一把抱紧她:"小风,你来找我,真是太好了。"她抱起来感觉比以前更"薄"了,好像自己再用力一些,就能把她给挤碎。

于是,禾智慧情不自禁地更用力了一些,她是真想把季风揉进身体里啊。她用脸蹭了蹭季风被夜风吹得凉丝丝的脖子,满意地笑起来:"无论发生了什么,在你不知道该怎么办的时候,一定要记得来找我。"

在季风狼吞虎咽时,禾智慧把刚才遇到姜幼辰的事以及他要转达的话告诉了季风,当然,她进行了一些删减,但大意是不会错的。

季风点点头,扒拉完最后几口饭,又咕咚喝了几口水,便双手搭在桌面上,与禾智慧四目相对,似乎没有要说些什么的意思。

"啊?"禾智慧大失所望,"你不给我说明一下到底是怎么回事儿吗?这样让我觉得你跟姜幼辰有共同的秘密,而我反倒是外人!"

"没有什么秘密,他说得对,我想要姜珀学——就是他爸爸——死。"季风捡起地上的塑料袋,收拾起桌面上的各种塑料盒子和空瓶子,语气没有波澜地说,"就是这样。"

禾智慧拽着季风的胳膊使得她不得不停止动作,刨根问底道:"为什么要他死?"

"和你没有关系,这是我的事情。"季风挣脱开她的手,给垃圾袋狠狠地打了一个结。吃饱了饭之后,季风的气色好了一些,说话的声音也有底气了,她盯着禾智慧说:"智慧,你只要过好自己的日子就好。这世上,我只盼望你——说实话,比起我的妈妈,比起季灿和爸爸,我最盼望你过得好。现在你的人生可以说已经没什么困难了,今后你一定会越过越好的,所以你不要管我了,顾好你自己就行。"

说罢,她站起来,边朝阳台走去边说:"我去打个电话。"

"小风,你是不是觉得你比我聪明?"禾智慧叫住她,郑重其事地说,"你总是以一副很成熟的大人模样面对我,觉得我幼稚、不懂事,需要被你照顾。但事实上,我懂的比你多,要的也比你多,我知道怎么照顾自己,也知道我想要过什么样的生活,在我眼里,你才是个小孩。"

季风听完却只是轻轻一笑,就像是大人看着孩子那样宠溺一笑。她不再接话,朝阳台走去。

季风打电话给徐初心,请求她去任迁宇的房子里再搜查一遍。她认为一定有决定性的证据,至少能证明姜珀学在任迁宇死亡的那一天,是在那个屋子里的,他跟她的死一定是有关联的。

"我已经见过他了,他就是任迁宇的秘密情人。他原本答应要离婚和她在一起的,但是后来他反悔了,那天提出要分手,两人一定是吵了一架。也许就因为是这样,他杀了她,伪造了自杀的现场。"

电话对面的徐初心身处非常吵嚷的环境之中,不得不大声提出疑问:"为什么你会这么想?我们已经做过尸检,确定任迁宇不是死于他杀,在她身上也没有任何搏斗过的痕迹。季风,你翻篇吧!不要陷得更深了,你还有很远的未来。"

"他就算没有直接伤害她,当时也一定人在现场!因为我质问他的时候,他说了'当时',他说'当时他没想要分手',他还说他不想见到她那样凄惨地离去——"急于说服徐初心的季风几乎是在吼着说话,

"你不觉得奇怪吗?他说的话,就像是当时他在场,看到发生了什么——到底还要我怎么跟你说,你才明白?"

徐初心沉吟了一会儿,再度开口时,态度明显松动了:"好吧,季风,我会重新勘查现场,但是这不代表我同意你的猜想。就算他当时人在现场,无论是跟任迁宇吵过架,还是见到任迁宇死亡后选择逃跑,都不是他犯下凶杀罪的证据,最后的结果,你还是不会满意。"

季风的双肩松弛下来,她长出一口气:"谢谢。你重新调查过再说,你什么时候去?现在可以吗?我先过去等你。"

徐初心笑了:"现在肯定不行,你急也没用,我最快明天。"有人在喊她的名字,叫她赶紧过去,电话里传来远远的轰响,似乎有什么东西被推倒了,还有人群在起哄。她解释道:"不说了,我们人手严重不足,我在人口性别规划局这里维持秩序。外面很乱,你最好别乱跑,注意安全。今晚我估计睡不了了,我明天晚上过去吧。"

挂了电话,季风捏着手机从阳台往外看,有一连串救护车呼啸而过。她眯起眼睛,尽可能地往远处看,有一处隐隐闪现着火光。

禾智慧走到她身边说:"今天我们店也关门了,这两天好像有人在街上闹事儿,理由是反对性别罚金。"

季风质问:"你在偷听?"

她翻个白眼:"听了就是听了,我大方听,偷个屁。"

季风不再接话,双手搭在阳台上,出神地望着远处被霓虹灯点亮的黑夜边际。头顶传来了直升机的机翼轰鸣声,她与禾智慧一起抬起头,目送它往远处飞去。禾智慧轻轻地喊了一声"小风",继而把她的手拉过来,握住了。

两人手牵着手,无言地凝望着这奇诡的城市夜景,似在梦中。

第 17 章　终于城市开始坍塌

在禾智慧家睡了一晚之后，季风在易杰的催促下，不情愿地回家去。易杰从昨晚开始就一直在催，但是季风不想让父母看见她身上的擦伤。伤虽然不严重，但是一时半会儿也好不了，所以躲是躲不过了，她在回去的路上一直在想找什么理由解释。

禾智慧坚持要陪季风回去，说自己反正也没事儿做："我怕你晕倒在路上。"

"随便你。"季风陷入自己的思绪，还有师父那边，也要打个电话再请几天假，或者干脆辞职算了。她已经找到了姜珀学，之后再花时间在打工上也没什么意义。

没想到搬家公司也暂时停工了，陈顾家问："你还好好的吧？别出去跟着人起哄啊。"

他那边挺热闹的，季风问："你在哪儿？"

"我在看热闹，就看看，别担心我了，等复工了我会叫你的。这些天，你就踏踏实实待在家里吧，难得有时间休息。"说罢，对面挂了电话。

地铁里的人少了很多，季风看见有一些线路停运了。听到身边的乘客在讨论着这两天的新闻，她打开手机无聊地滑动起来，满篇"罢工""抗议""静坐"等词汇,总结来说,就是很多人对突然翻番的转性罚金不满。

在一些采访镜头里,有的人愤怒,有的人委屈,说他们辛苦大半辈子就是为了孩子,他们对孩子的期望有多么大,未来的人生道路本来都规划好了,这样巨大的突变,摧毁了他们:

"这么多钱,这不是要我老李家的命吗?是想叫我断子绝孙吗?"

"我们家小孩跟对门家的本来是青梅竹马,天造地设的一对,我们孩子从小就知道自己长大了是要做爸爸的。现在亲家知道我们孩子不一定能转性,扭脸就跟别人家定亲了。"

"我跟孩子爸自从孩子出生那一天,就为了存钱没吃过一顿饱饭。我们就只有四十万,里面有二十万是留着结婚用的,把我们榨干了也拿不出更多来了……"

"就问你,我该怎么办?啊?我家孩子几乎要成熟了,现在突然因为交不上罚款喊停,这不是逼我家孩子成为一个奇葩吗?辛辛苦苦养大的高高大大的儿子,突然就只能当个怪胎,谁家承受得了?换你,你行吗?"

按下锁屏键,季风对着黑下来的屏幕无声地叹了口气。她觉得这些事情很无聊,她一点儿也不关心。

在车厢另一头有一个戴着墨镜、口罩,甚至还用帽子把脸遮住的人在派发传单,他对乘客们说:"你看一下,请支持我们。"眼看着他距离这边越来越近,不等季风与禾智慧好奇,安保人员突然出现,大喝一声:"你在干什么?"那人于是慌乱地奔跑起来,这场追逐战很快就从季风她们眼前掠过了。

禾智慧抱怨道:"烦死了。"

季风想起了地球,微微张了张嘴,但也不知道从何说起,于是再度陷入沉默。

"小风,你在想什么?"禾智慧问季风,但是季风没回答,只是牵起嘴角以笑容安抚她。于是禾智慧握着季风的手,对她说,"其实我也不在乎你想什么,你这个人永远都在想不好的事情,我只要能看见你好好的就行。"说完,她枕着季风的肩膀,两个人的呼吸渐渐有了一样的节奏。

到了家里的烧烤店,这个时间是不营业的,但是卷帘门已经拉开了。季永强和一个陌生的中年男子正坐在一张桌子前,就着花生小菜在小酌,易杰则坐在旁边的桌子前穿肉串。她抬起头看到季风,马上皱起眉头急切地喊道:"你还晓得回来?我真怕你死在外面咯。把我给操心的!"

禾智慧三步一跳地蹦过去打招呼:"阿姨!叔叔!"

那个陌生男人回头扫了一眼季风,多看了几眼禾智慧之后,扭过脸去,继续跟季永强说话。

"哪个是你女儿?"

"那个像小子的。"

"一看就是那个,你就没想过让她当儿子?"

"老沈……"季永强的脸上有点儿泛红,他说话带着一丝酒气,小有得意地说,"我家跟你家不一样,我有儿子。"

老沈穿着皮夹克,梳着大背头,身上的"领袖气质"很足。他无所谓地笑一笑:"你这个孩子是长子吧,家里老大是儿子不是更好?你扪心自问,如果不要交一分钱罚款,你不想家里再多个儿子?毕竟你家这情况，有生意要做，有欠款要还，多个儿子多个帮手。"

季永强又喝了一口，笑眯眯地说："这个嘛，你说的是如果的情况，如果，那就是如果，我不去考虑。"

老沈说："我们现在要做的就是把'如果'变成现实，我们人类生来就能选择性别，这是我们的自由，凭什么给那什么规划局规划？我们要拿回本来就属于我们的选择权。"

"哎，够了啊，我真的听不下去了。"易杰手里的活儿没停，语气很是粗暴地打断他们道，"老沈，我们老季跟你不一样，他首先不年轻了，其次也没后台，他就一个糟老头子，你别拉他下水去你那个什么会，到时候出事儿了你有人保，他可没有。你们这些人的套路我可太明白了，到时候成了是你的功劳，败了反正也没损失，死的全是炮灰。"

老沈摆摆手，站了起来，脸上是宽厚的笑容："易老师，我这谋的是所有人的福祉。你现在不理解，再想想就懂了。站在更高的维度去看，你就明白了。"他放下两张纸钞，对季永强说："这是酒钱。季老哥，时代变了，你要有兴趣了解更多，就来找我，我们欢迎你的加入。"

老沈离去之后，季风才坐到易杰身边来，问："是传教的吗？"

"就是你爸的狐朋狗友，特别能装。"易杰抬起头，看见季风脸上的伤，立刻紧张起来，"你这是怎么搞的？"

"摔的，她走神从楼梯上滚下去了，药是我给上的。"禾智慧坐在季风的身边，抱着她的胳膊冲易杰邀功，"我照顾了她一晚上。"

"啧，她就这样，老走神，哪天给车撞了，我都不惊讶。"易杰埋怨完了之后，又赶紧冲空气挥了挥手，示意自己说错了话，"呸呸呸，你可不准给撞了！走路的时候注意点儿。"她笑看着禾智慧，问："是不是留下吃饭？"

禾智慧说："当然啦！要不要我帮忙洗菜？"

"去。"易杰努努嘴，"你就是客气一下。你坐着跟小风玩吧。"

"嘿嘿。"禾智慧继续抱着季风撒娇，"我要吃炒粉，放很多豆芽，每一筷子都能夹到的那种。"

易杰笑笑："真好养活。"

禾智慧冲她故作乖巧地耸起双肩，说："特别适合嫁过来。"

季永强高声加入谈话，有意逗弄她："季灿吗？那还得再等等，但是我们可以先定下来。"

季灿刚巧从楼上下来，举着手喊："我愿意！我愿意！"

易杰白他一眼："天都冷了，还穿短袖？去，加件外套。"

禾智慧问："他也不上课？"

"英雄也没上吧。都停课了，我觉着今晚上也没生意，人都不晓得上哪儿去了，放着好好的日子不过，非得闹腾一下，等真出事儿了就老实了。"易杰冲季永强喊道，"老沈都走了，你跟谁喝呢？别喝了，起身去把鸡炖上，中午喝个汤。"

季风看着眼前滚滚浓烟里闪烁的火光，像是看见了自己的人生尽头。那是紊乱的，是燃烧的，也是浓雾弥漫的，是挣扎的，也是放弃的，但总之，是毁灭，又是另一种意义上的重生。

一切都乱套了，她感到自己以一种激烈的情绪被困在昏昏沉沉的梦魇里，她的呐喊是无声的，用尽全力挥出去的拳头也是无力的。

任迁宇的落日小馆在燃烧着，以无可挽回的架势，噼里啪啦地轰响着。

就在中午的时候，她还和全家人一起其乐融融地吃着饭，当时她甚至因为那种温馨融洽的气氛产生了一些"不如就这样下去也可以"的动摇,此时此刻的火焰,却似乎在轻蔑地责备她:想什么呢,不可以。

中午的时候,因为没客人,大家都闲着,所以季风一家人齐上阵,洗的洗、切的切,大火快炒,像是流水线一般打着配合,不一会儿就做了一大桌菜:小炒肉、油爆虾、豆角肥肠、三鲜蒸蛋、红烧茄子和青椒土豆丝,这些是热腾腾的,还有两道凉菜——拍黄瓜和烧椒皮蛋,还有一锅红枣枸杞鸡汤。

"这也太豪华了吧!"禾智慧捧着碗,这是一碗加了红薯和香肠一起蒸熟的饭,米饭的颜色是淡淡发红的黄色,一股天然作物的香气混着油香扑鼻而来。

季灿立刻献殷勤:"智慧,你要是嫁来我们家,我给你保证每天都这么吃。"

禾智慧却与季风异口同声道:"叫姐。"说罢,两人相视一笑。

易杰和季永强也笑起来。易杰冲季灿说:"你智慧姐眼光高,看不上你,你还是先好好读书吧。"

"等我读完书出来,都不晓得还能不能娶到老婆了。"季灿往嘴里塞了一大口肉,抱怨道,"现在我班上本来就没多少女生,还有起码一半都是要转性的。班主任说做新生未来性别调查时,几乎都选的男性,以后我们出了校门都得打光棍。"

"你要有本事,就总能娶到老婆。"易杰无所谓地说,"再说了,不结婚也没什么,人不是一定要结婚的。"

季风瞪大了眼睛,禾智慧也很惊讶,脱口而出:"阿姨,你会说这话,我可太惊讶了,你想法挺新潮的啊。"

季永强对易杰的话并不往心里去,他对季灿说:"谁打光棍也轮不上你,你可是原生男性。再说了,现在不是针对那些乱七八糟转性的加重了罚金嘛,最多就乱一阵子,以后还是该男的男、该女的女,你就放心吧,国家比你操心多。"

季灿轻哼一声:"你不懂,爸爸,你跟社会脱节了。"

"好了,吃饭的时候不说这些。你们说的事儿都太远了,你才多大啊。"易杰夹起一筷子菜盖在季灿的米饭上,扭脸对禾智慧说,"智慧,当是自己家里,我就不管你了,吃什么自己夹。"

禾智慧把自己眼前的一个空碗推到季风跟前,撒娇道:"小风给我夹,我要吃肥肠,小心点儿葱,你再给我盛一碗汤。"

季风举起筷子,小心地避开葱花,一边给她夹菜,一边说:"你都喝过一碗了,就别喝了,我等会儿给你炒一个粉,你不是说你要吃?留点儿肚子。"

"天啊,你把我说的每个字都放在心上。"

"原来你不想吃啊。"

"想的,想的。"禾智慧往季风肩上倒,故作陶醉地说,"我爱你。"

"你的爱不会有结果的!"季灿痛心地叫道。

众人都笑起来。

易杰对禾智慧说:"你就算不嫁进我们家,我们也拿你当家里的孩子。你以后如果不打算结婚,可以搬过来,咱们就真当一家人过。我跟你叔叔,还有你的爸妈都是老人,要先你们一步的,到时候你跟小风、灿灿就像亲姐弟一样相互照顾,我们也放心。"

季灿接话道:"妈妈,你忘了还有个禾英雄呢。"

季永强忙道:"这个英雄是妹妹吧?"

季风说:"别打主意了,人家的罚款都给交上了。"

季永强感到可惜地叹了一口气:"这个罚款交太急了。现在各地都在闹,看情况是能压一压的,直接免了都有可能。"

易杰说:"那不能免了,不然世道就乱了,谁家都是儿子,人类可就灭亡了。"

正说着这话,店门前乌泱泱一群人快步走了过去,也不知道是忙什么。

禾智慧还贴着季风的胳膊,没心没肺地笑道:"这不是已经乱了?"

"那你们更要团结在一起了,到时候把英雄也叫来。"易杰说,"我们这儿住得下。你们四个好好把店做起来,做大了,多赚些钱傍身,乱了你们就走呗,这世界这么大,你们人多有钱就不怕。"

说着说着,她开始安排季风负责炒菜,季灿负责进货,智慧与英雄就负责上菜和收银,脸上满是对未来的满意笑容。

她满面红光地说:"到时候啊,我们就能退休咯,就躺着享福了。"

于是禾智慧跟季灿争论了起来,她认为进货更轻松,而炒菜伤皮肤,所以应该季风去进货、季灿去炒菜;季灿则说进货是体力活儿,又奔来跑去太危险了,季风干不了。

季风手边喝了半碗的汤,被易杰顺手又给一勺盛满了。她摸着发烫的碗沿,看着眼前的家人想,自己在这世上最在乎的人,已经都在这里了,就在自己身边,是不是……是不是就这样下去也可以?就这样珍惜眼前的一切,像许许多多的普通人一样,度过或许有惊无险的一生。

但还是不行啊。

季风约好了下午和有权进入封锁现场的徐初心在落日小馆的门口见面,禾智慧陪她一块儿去的,于是也见证了那浓烟滚滚的一幕。周遭围观的人都离得远远的,大家并非袖手旁观,而是火势太大,除了报火警之外，什么也做不了。

徐初心没有迟到，在季风抵达之后不到三分钟，她也来了，远远见到火光便由步行改为小跑。她把已经木然的季风往安全地带拽了拽，震惊地发问："这是怎么回事儿？"

禾智慧冲她摇摇头，说："我们来的时候就已经在烧了。"

旁边的路人接话："就是一瞬间的事儿，一开始我们只看见一阵黑烟，然后就听到玻璃破碎的声音，那火烧起来好像开水一样咕噜咕噜响，烧得可凶了。"

"你们没受伤吧？先离开这里。等火灭了之后，我们再看看情况。"徐初心对季风说，"看起来是人为的纵火，或许是有人想要毁灭什么证据，你不用担心，我会仔细调查的。"

但无论徐初心怎么跟她说话，或是禾智慧如何拉扯她，季风都一动不动地瞪着眼前如红色洪流般的火焰。那像是任迁宇在无声地凝望着她，望得她脸上发烫。任迁宇在这世上的痕迹全被抹去了，她怎么可以就此算了？

无论是选择和家人一起生活下去，还是戴上引导器前往地球，都是不应该的。因为在这世上，还愿意为任迁宇做些什么的，只有她了。

纵火的人是姜幼辰，警方通过调取路面和一些商铺的监控画面，很快就锁定了他。此时已经是火灾发生的四个小时后，在徐初心的关注下，这个速度已经算很快了，接着她很快锁定了姜幼辰的去向。

姜幼辰正在机场的贵宾室里候机，见到徐初心带着两个穿警服的人走向他时，也没有什么激烈的反应，就面无表情又很顺从地跟着他们回了警局。

在他身旁还有他的父母姜珀学和白鹤飞。白鹤飞的反应很激烈,她不解又愤恨,拉着姜幼辰的手不愿放开。而姜珀学则劝慰她不要担心,他会摆平一切,并严肃警告姜幼辰:"在我给你找的律师到场之前,你什么也不要说。"

但是姜幼辰很快就交代了。他在审讯室里承认,他是出于个人泄愤的目的点燃了这把火。因为任迁宇夺走了季风,也蛊惑了他的父亲,他的未来、他的家庭,都被这个人影响了。他总结道:"我只是一时冲动,但是也谈不上后悔,看见火烧起来,我心里感觉好受多了。"

"你是去毁灭证据的吧?"徐初心单刀直入地发问,"是姜珀学叫你去的?"

"不是。"他反问,"什么证据?"

"姜珀学杀人的证据。"

没想到她会说出这么重的话,姜幼辰一时瞪大了眼,半晌才说:"你想多了,我爸爸犯不着,他有的是钱,不管对方要多少都给得起,他有宏伟的事业,还有我和妈妈。像他这样有美满家庭和远大未来的男人,为什么要为了一个情人,就毁掉一切?"

"过失杀人也是杀人。"徐初心道,"要坐牢的。"

"那你拿出证据吧。"姜幼辰冷冷一笑,直起身子,调整了一个更舒服的坐姿,"对了,如果你们联系上那个房主了,替我说声对不起,该赔多少我都赔,按市价的双倍,不,三倍,总之看他满意。"

徐初心的身后有一面单向镜,她拉开椅子站起来,扬手指了指那面黑得犹如一块黑板的窗户,说:"季风一直站在那后边,你有什么话要对她说吗?"

姜幼辰一愣,抬眼深深地望了一眼。这一眼,叫另一边站着的季风几乎以为他能看见她，但是很快，他就别过眼去，什么也没说。

离开了审讯室的徐初心来到季风身边，劝她好好睡觉、好好吃饭，不要深陷于此事。徐初心担心地说："你看起来很虚弱。"

季风没有说话，双眼还是定定地望着前方，却也没有在看姜幼辰，她望得很远。

燃烧殆尽的落日小馆并没有让季风变得消沉，倒不如说她似乎状态好转了，变成像是认识任迁宇之前那样，与禾智慧开始有说有笑，重新投入生活之中了。

她白天在搬家公司上班，中午来找禾智慧一起吃饭，接着睡个午觉，下午送禾智慧去重新开始营业的夜店——现在是达令在主管了——然后再回到搬家公司做完下午的活儿，最后回到自己家的烧烤店，像从前一样忙碌、充实。

这段日子对禾智慧来说尤为珍贵，她每天睡到自然醒。迷迷糊糊听到季风开门，她不用睁眼就开始笑，然后感受到季风伸手来拉她起床。到吃饭的时间了，季风顺路买了菜，先给她煎了个鸡蛋，配上刚煮好的热咖啡，垫一垫肚子。等她彻底清醒了之后，桌上会有两菜一汤，季风的声音响起来："洗洗手，拿碗筷！"

吃了饭之后，禾智慧会站在水槽边洗碗，侧过脸就能看见季风正坐在沙发上看电视，或者侧躺着在小憩。

好幸福。禾智慧脸上的笑容根本克制不了，她不得不轻轻抿嘴，用牙咬着下唇，才能不笑得太过分，可是她的眉毛还是因为快乐而乱飞。

季风会笑话她："怎么挤眉弄眼的？"

"如果能永远这样下去就好了，现在的生活就是我想要的。"

"住在租来的房子,每天上夜班吗?"

"看不起我吗?我要的可不只是这么一点儿。"

"那你还要什么,嗯?"季风宠溺地笑了,左边的眉尾轻轻上扬,双眼像是夕阳下的海面,泛着令人迷糊的温暖光芒。

禾智慧脸上一红,埋头吃饭,将自己快满溢出的情绪和发烫的脸一起藏起来。她不知道自己还要什么,现在这样,真的就很好很好了,一如她曾经的想象。

她洗好碗后,坐在季风的身边抹起护手霜,给自己抹完后,顺势给季风也抹了起来,笑嘻嘻地说:"我想到自己还要什么了,我想要只猫,这样我的人生就完美了。"

季风说:"我有猫,叫瓦利,你喜欢的话,带过来放你这里养。"

禾智慧躺下来,挤进季风的怀里,两人脸贴着脸说话:"那是你的孩子,虽然我不讨厌做后妈,但我还是想要个自己的'亲生孩子'。这样吧,我们再养只狗,一猫一狗是不是很完美?"

季风笑了:"那你会给它取我的名字吗?"

禾智慧也笑了:"那多奇怪啊,以后我喊小风的时候,你们一起回头吗?"

季风搂住她,问:"你觉得我是什么颜色的小狗?"

"白色的,或者银色的,不是小体型,但也不大,看起来跑得很快,像云朵一样轻盈,长相很聪明,但是对人有些不耐烦,可是又很温柔的那种。"禾智慧问,"那我呢?"

季风说:"你是毛茸茸的、潦草的那种。"

"啊!听起来不可爱!"

"可爱的。"季风温柔地看着她,反反复复地说,"可爱的。"

"你觉得可爱就行。"禾智慧又忍不住五官乱跑了,她把脸埋在季风的脖间偷笑,把自己的幸福像狗藏骨头一般深深地藏了起来。

季风送禾智慧去上班之后,自己根据网上搜到的信息去了一家五金店,那里有开锁工具卖。老板问了一些问题,比如说是要干什么用,又说这东西不能随便卖。季风应付了两句,没有还价甚至还多给了一百,他见状也不多问了,一扭脸背过身忙别的去了。

接着,季风又去超市买了一大捆麻绳,再度回到禾智慧家里,把这些东西藏在洗手池下方的杂物柜里。这里面已经堆积了不少黑黢黢的工具,泛着一股崭新的金属器具的特有气味,有钳子、锤子和铲子,还有一些不知所谓的东西,比如剪刀——她看到什么东西锋利、有杀伤力,就顺手买了,至于要怎么用、能否用上,她没具体思考过。

她坐在地上,将这些东西一件件翻出来,摊开在地板上,用手指无意识地拨了拨。计划是什么?她还没有想到,最近脑子里一直是迷雾缭绕的状态。不想让他太痛快地死去,所以她的手从泛着凶光的剔骨刀上滑过,来到了农药瓶,指尖轻轻敲击着瓶盖。如果可以选的话,她还是希望能淹死他,先划开他的动脉,再看着他慢慢死在水里。

那就还是用麻醉药吧,先让他失去反抗能力,然后用绳子绑起来,等他睁开眼后——季风挑了一把小巧的弹簧刀,盯着刀尖,用食指和拇指轻轻摩挲了一下刀身,飘忽的眼神忽地坚毅,就这么决定了。

季风对陈顾家提出了口头辞呈——因为她一直都不是正式工,所以也不需要写离职说明——同时把车钥匙也交还了。

陈顾家很惊讶,追问出什么事儿了,也挽留了几句。但是季风只说家里的店越来越忙,她没办法再做这份兼职了。

陈顾家明显很不舍，连连叹气后，问："那你还回来吗？"

"啊？"季风一愣。

"等你有空了，需要钱了，你还能回来干啊。"陈顾家说，"你不用这么正式地提辞职，本来也是干一段、歇一段的。你的工时我还给你留着，到时候再回来干还能续上，转正也快。"

"嗯，好，谢谢师父。"季风掉头离去时，还习惯性地往货车走了两步，反应过来时有些尴尬。她回过身见陈顾家还望着这边，于是冲他鞠了一躬，摆摆手说："再见啦！保重！"

陈顾家挥了挥手，似乎不能接受如此简单的道别，冲着季风的背影大声喊道："有什么事情需要帮忙可以找我！"

然而季风没有回头。陈顾家很是低落地垂着双手，茫然四顾，似乎一时间不知道自己还能做些什么。好在一个同事走过来搭话，这才化解了他的无措。

"走了，老陈，凤南街那边有人烧街，喊我们去收拾烂摊子呢。"

陈顾家皱眉道："拿我们当清洁公司了？"

"有钱赚就行。"对方说罢，走向另一个同事招呼更多人去了。

陈顾家转身想再看一眼季风，可眼前已经只剩下空荡荡的街道，不见她的踪影了。

第 18 章　化作宇宙中流淌的

就在今晚动手。

为什么是今晚？季风也不知道。

她只是觉得一切都恰到好处，而且今晚的夜色很清晰，天上没有云朵，人造的月亮犹如一枚银色的图钉，深深地嵌在夜的墙面，是很适合一刀两断、进行道别的气氛。

她要先去禾智慧家里，等禾智慧熟睡后，应该是凌晨了，那时她会带着工具去姜珀学那儿。因为他家很大，所以在其中一间房里应该能把事情办完，不如就选在她去过的那间书房里吧，距离主要起居室比较远，只要动静小一些，应该不会惹谁注意。

其实她应该感谢姜幼辰给的机会，如果不是他冲动犯罪，姜珀学可能已经远走高飞了。现在他不得不安排管家和保姆，陪着他妻子先行去了国外，他留下来与律师一起想方设法为姜幼辰脱罪。那座庄园里除了他，可能还有一两个负责打理的工人在吧，但是问题不大，他肯定是独处的时候居多。

"妈妈，我今晚去禾智慧家睡——"季风一路慢吞吞地下到一楼，手心摩挲着扶手，似乎在记录着即将成为过往的这一切，站在坐在店门前择菜的妈妈身后说，"所以帮不了你了。你腰不好，别站太久，如果实在忙不过来，也可以歇一歇。来店里的都是熟客，你动作慢点儿，他们多聊会儿天也没事儿，都会理解的。早些打烊，少挣几块跟多挣几块其实也没什么区别，身体最重要。"

易杰回身很是迷茫地听她说完这一大段话，脸上写满了不解："怎么了？"

"没怎么啊。"季风说，"就是觉得你太累了，可以不这么累。"

"说得跟不回来了似的。"易杰说罢，抬手在自己嘴边挥了挥，"呸呸呸，说什么呢。"她问，"你上智慧家有事儿吗？"不等季风回答，她自顾自地说起来，"多跟朋友玩玩也好，你就是太懂事了，从小就像个大人，是该多玩玩。去吧，店里不用管了，有你爸在呢，实在不行就把季灿叫过来，他也该长大了，不能老是累着你。"

季风点点头，经过易杰身边时，能闻到她身上的油烟味。

"你明天会回来吃饭吧？给我说一声。"易杰冲季风的背影喊道，"可以把智慧也叫上。"

季风在穿越丰沛路的时候，有意无意地留意着每一间店面，一双眼睛像是在扫描一般要将已经足够熟悉的街景更深地刻录进脑子里。不知道季永强又在哪家店里喝酒，她想着如果遇见了，也去和爸爸说两句话吧，倒不是觉得明天以后就见不着面了，但是如果被立刻抓起来的话，可能很长时间都见不着了吧。

搞不好会死掉也不一定……

死？一旦想到死亡，她眼前便会闪现任迁宇的脸，接着就好像被殴打了后脑勺一般，感到一阵令她站不稳的眩晕。

禾智慧应该要下班了，她要抓紧时间，赶在禾智慧到家之前，把工具都拿上。如此想着，她加快了脚步。最近气温降低了不少，她拢了拢自己的夹克。突然间天下起了雨，不大，但是每一粒雨珠都很沉重，砸在她的肩上发出噼里啪啦的声音，好在她很快就钻进了地铁。

地铁里空座很多，她落座后才查看手机，里面有三条来自金圣江的消息："这是你的计划还是什么？你有什么打算？你最好是给我说一下。"接着是一个网址，间隔一分钟又是一条，"你们这已经算犯法了吧？没事儿吗？有需要帮忙的吗？随时都可以找我！"

一头雾水的季风回复了一个"？"之后，点开了那个网址，展现在眼前的是一个直播间的画面。

那是禾智慧的卧室，但是季风没能第一眼就认出来，因为镜头是对着床的，上面躺着一个男人。这使得她一时间不能确认，但她定睛细看：竟是姜珀学！他只穿着条内裤，四肢被束缚在床的四角，整个人非常狼狈地呈大字形，正在扭动挣扎着——那用来捆绑的白色麻绳比他更令季风觉得眼熟，似乎就是她买的。

不只是绳子，她买的尖刀此时此刻也正被禾智慧握在手里，而她本人则骑坐在姜珀学的身上，用刀尖轻轻刮擦着他没有遮掩的胸口。

直播间的标题是"杀人犯姜珀学的自首直播"，因为标题足够耸人听闻，观众正在源源不断地涌入，他们在刷屏：

"这是剧本吗？"

"我是进入了什么不得了的直播间？"

"搞黄色咯！搞黄色咯！前排瓜子、可乐！"

"女主播身材可以啊，男的也是个男的。"

"那把刀是真的假的啊，道具还挺像话的。"

……

"我没有杀她！我没有！我不是杀人犯！"姜珀学因为愤怒又或者

是因为挣扎而满面通红,不住地瞥向正在直播的摄像头,却又不正面直视,一直把脸别向另一边,作为一个大人物却沦落至此的羞耻感令他情绪更加激动,"你想干什么?你是要钱吗?现在立刻住手,松开我,多少钱,我给你。"

"我不是要钱,我是要替天行道,哎呀!"禾智慧装了一会儿正义凛然就装不下去了,笑道,"也不算啦,我才不管什么天道、什么正义呢,你有没有杀人、杀了谁,关我什么事儿?我是在帮忙啦,帮一个我喜欢的人。"

"我听不懂你在说什么!疯子!神经病!你这个——"姜珀学骂了两句后,因为禾智慧手里的刀尖落在了自己的喉结上,赶忙收了声,小心地说,"我是好人,你是不是有什么误会?"

"你是好人,你跟我回家?"

"不是你叫我送你回家的?"

"那你是怎么变成这副样子的?是我帮你脱的吗?"

姜珀学一时语塞,闭上眼咬牙切齿地问:"那你就直说要我干什么,才可以结束这场闹剧吧。你至少可以先把直播关掉,你以为你这样不犯法吗?你立刻停止,我还可以饶了你,不然我会叫你坐牢坐到死。"

禾智慧尖叫:"哇,我好怕!你刚才还说你是好人,可你一点儿也不像啊。"

姜珀学刚睁开的眼睛又因为恼怒而闭上了,他不知道再说什么好,一副"随便你了"的态度。

"你只要对着镜头承认你杀了那个什么谁,哦,任迁宇,就行。"

他再度睁开眼:"都说了我没有!我没有!"

禾智慧生气了:"你这人真不好对付,是不是一定要受点儿伤啊?"

她用刀尖在他身上找着能下手的位置，比画了半天。原本姜珀学还因为那冰冷的触感忍不住颤抖，见她一脸犹豫又一副轻描淡写的模样，竟然有些不耐烦了，轻轻地叹口气，以长辈特有的那种暗含不屑的口吻说："你只是一个小女孩。"

禾智慧眯起眼，嘴里嘀咕着："这里不会死吧——"很快地，一刀下去，姜珀学瞪大了眼，一时失声，过了一会儿才感受到肌肉之间有温热的液体往外汩汩涌出。他本能地发出惨叫，那是一种失控的发作声，不是他刻意为之的，像是烟雾报警器接收到了危险的信号，不得不嘶鸣。

直播间里的观众也刷起了群鸦过境般的弹幕：

"真的假的？"

"演的吧？"

"这男的演技不错！"

"美女演得有些浮夸了。"

"没人报警吗？"

"你为了个剧本报警？（好笑）"

"网管呢？"

"别管闲事好吗？"

"看戏就好好看戏！"

"看看血！真的血应该是黑色的！"

"前面的有文化吗？怎么不说绿色？"

"杀杀杀，我今天就要发疯！"

"笑死，当代人的精神状态……"

很突然地，直播被切断了。

画面显示："该直播间因为血腥暴力等违规内容被投诉。"

季风出了地铁站之后,试图打个车更快地抵达禾智慧那里,然而仅仅是半分钟没见着车,她就心急如焚地奔跑起来。金圣江一直在拨打她的电话,手机在夹克里振动不止,她没有空接听,所以不知道徐初心也在找她。不过很快,她就在禾智慧家的楼下看见徐初心了。

徐初心只带着两个下属,为了不引起周围的骚乱,他们的警车没有停在附近,身上也没有穿制服。她冲季风问:"你有钥匙吗?"见季风脸色惨白,无措地点点头,她转身对其他人说:"那不用喊开锁的了。"又回头继续吩咐季风:"你开门,但不用进去,不安全,我们来处理就好。"说罢,她的手无意识地摸了一下腰后别着的枪。

季风见状,急了:"不,不!我进去跟她说!她可能没意识到自己在做什么、这是多严肃的事情!她很听我的话,我喊她停她就会停,完全不需要你们出面,你们可能会吓着她!"

徐初心很干脆地同意了:"可以,我们在门口守着,但是只要情况不对,我们也不会犹豫,因为你朋友手上是有武器的。"

季风跑向楼道,徐初心他们紧随其后,但是保持了一人距离。

季风先是用力地敲了敲门,似在对门里的人发出提醒,再动作粗鲁地开门,弄出无法忽视的响声,嘴里大声嚷嚷着"禾智慧!禾智慧!",大步迈进卧室。这都是为了告诉她:你在做什么已经被发现了!"他们"来了,快藏起来!

这是她们之间的默契,这个"他们"是从小到大经历的同学、老师、家长,在他们来"逮"禾智慧时,季风会大声喊她的名字,做出在帮他们的样子,但其实是对她发出"快藏起来!快跑啊!"的信号。

这一次是跑不了了,但季风还是下意识地这么做了。她希望至少在警察面前,禾智慧能聪明点儿,别太有犯罪自觉了,发挥一下自己擅长的演技：装无辜。

就像小时候每一次被逮到之后那样，眨巴着眼，一脸惊讶："啊，我不知道啊，这样是不对的吗？"

几乎每一次，禾智慧都可以逃脱谴责，因为她是那么漂亮，看起来是真的无辜。

就像此时此刻，虽然手腕上有鲜血在滴滴答答，但是她坐在姜珀学身上，回首看季风的样子，好像这一切再正常不过了。她依旧漂亮而无辜，惊讶地喊道："小风！你怎么这么快就回来了？我还没弄好呢！"

面对她这样无所谓的态度，季风都有些迟疑了："弄好……什么？"

她的"弄好"仿佛是在说等她化个妆，又或者是等她做好饭——比起做饭，可能更像在说等她化好妆吧，毕竟她现在看起来气色这么好，眼睛里亮晶晶的，像是在期待接下来的约会。

见有人来了，身上有个血窟窿的姜珀学来不及看清来人是谁，就挣扎着呼救起来："我受伤了！快叫救护车，快送我去医院——"

"你别吵了，我在说话呢。"禾智慧生气地又落下一刀。

姜珀学吃痛地咬住舌头，闷哼了几声，不敢说话了。

季风被她如此利落的动作吓到了，差点儿喊出声，但又怕引得徐初心他们立刻冲进来，一时之间紧紧捂住了嘴，把尖叫给吞了进去，再小心翼翼地压低嗓音说："停下……停下，住手，智慧。"

"我想要他认罪，这是我送给你的礼物。"禾智慧双手握着刀，没有任何要罢手的意思，笑眯眯地看着季风，却是质问和埋怨的语气，"你是不是想跟他同归于尽？"

季风先是沉默不语，而后痛心地反问："你为什么要做这种事儿？你好笨啊，智慧。你过来，现在住手还来得及。"

"你为什么不跟我商量呢？我什么都会听你的，也什么都会为你做的啊，你是知道的。"禾智慧笑容苦涩，但神情又呈现出一种即将抵达终点般的亢奋，"比起我自己，小风，我更希望你是自由的……我一直不知道你想要什么，我想送你一个令你永远也忘不了的礼物，可是你什么都不想要。现在，我终于有这个机会了，我知道你想要什么了。"

"我想要什么？"季风一边盯着禾智慧的眼睛说话，一边脚下以微乎其微的步幅小心翼翼地靠近她。

她说："你想要给那个人报仇，你想要这个男人死。"

"不！"季风反驳，"我没有你想象的那么坚定，我没有下这样的决心！智慧，我还是没有想要的东西，我也不知道我该去哪里，我是一个迷茫的人，我根本不值得你为我做这么大的牺牲，你把我想得太好了！"

听了季风如此坦诚的自白之后，禾智慧的脸上是更为温柔和宠溺的笑容，她说："你不知道你想要什么，是因为你本身就拥有一切。季风，你是自由的。"

室内不通风，也没有开顶灯，但四周都立着直播用的打光灯，禾智慧应该是把一切设备都用上了，甚至还开了红黄橙色的氛围灯。于是墙面被纷乱的色彩给铺满了，令人像是置身于落日海岸的电影布景里一般，音响里还在播放着吵嚷欢快的外语歌，空气里有淡淡的血腥味，这使得眼前的一切更加扭曲失真，实在是令人呼吸不畅、头晕目眩。

季风见她举起了刀，急得语无伦次了："智慧，现在、立刻住手，都来得及，我保证你会没事儿的。如果你有事儿我会陪你的，你也不想我有事情吧？你怎样我就怎样，其实警察已经站在门口了——"

"警察？你听见了吗？喂！你逃不掉了！"姜珀学激动起来，扯着嗓子高喊，"来人啊！快来人救我，我要被杀了！"

"我会向你证明我的爱。"禾智慧一直扭脸与季风对视着,见她一脸慌张,倒是露出了心满意足的笑容,将手中的刀尖毫不犹豫地压下去。

不等季风做出反应,一直躲在她身后的徐初心猛然冲了出来,枪声在她耳边响起。因为距离太近了,这一声像是在她的耳膜里爆破般,震得她眼前一黑。

姜珀学伤得不重,很快就出院了,但是他的名声已经败坏,无法挽回了。许多媒体对他提出采访邀约都未得到回应,据传人已经关机飞到国外了,是狼狈出逃的姿态,甚至对自己儿子的案子都放手不管了。

以金圣江为首的一些自媒体也开动了八卦的挖掘机,把他和任迁宇如何相恋又为何分手的时间线给整理得一清二楚,内容精彩纷呈,顺便找到了一些他在经商上的污点,这使得他的事业也遭遇了重创,恐怕很难东山再起了。

针对禾智慧的绑架和人身伤害、名誉损坏的问罪,姜珀学也全权委托给了律师,他本人不会出庭,今后可能不会再在公共场合露面。

徐初心的枪法很准,她击落了禾智慧手里的刀,仅仅是给禾智慧制造了一点儿皮外伤而已。她跟季风说,因为禾智慧认罪态度好,又因为姜珀学那边团队的消极应对,她不会被判得太严重,要不了几年就出来了。

每个月一次的亲属探望权,禾英雄劝说父母把第一次的机会让给了季风,因为她知道季风是姐姐最想见的人,而且她们之间有太多话要说了。

快一个月之后,季风才见到禾智慧,她剪了齐耳短发,这令季风有些惊讶。而她忙于为禾智慧的事情奔走,所以没有打理头发。于是很奇妙地，两人拥有了一样的发型，面对面时，有一些像是在照镜子。

禾智慧见她望着自己出神，抬手拢了拢自己的头发，问："我是不是比你更帅了？"

"很好看。"季风笑一笑，"你……你看起来很好。"她不确定自己这样说是否合适，但是她的第一反应就是这样。

她们之间隔着一面暗色的玻璃，禾智慧比起之前的纤瘦模样，稍微胖了一些。穿着蓝色囚服的她，看起来像是回到了学生时代，素净的脸上已经没有熬夜形成的黑眼圈了。原来不化妆的她看起来这么小，仿佛只有十五六岁。

"每天睡觉、吃饭都有固定时间，生活很规律。"她有些害羞，像是宿醉之后清醒了，面对自己造成的烂摊子，脸上泛起红晕。她想了想，整理了一下思路后，继续说："我待在这里面挺好的。我自从懂事开始就一直在奔跑，其实我不知道我为什么在跑，就是瞎忙，乱七八糟地活着，跟在你身后跑。最近这些天，突然不用跑了，你也可以理解为，我不需要挣钱了，不需要管自己应该怎么生活下去……我就，突然有时间思考了……"

季风打断她："我会为了你变成男人的。"今天她是下了决心来的，怕禾智慧陷入消极情绪里无法自拔，她要成为禾智慧的希望。她脸上是坚定的笑容，以一种饱满的情绪，甚至有些亢奋的语气发誓道："我哪里也不去，就等你出来，然后我们就像你希望的那样结婚，我会给你所有你想要的生活，我会实现你全部的愿望。"

然而禾智慧似乎没听见一般，又或者她听见了但是并没能产生什么情绪，她的笑容像是山顶的清风一般，悠悠的、绵长的。她继续说："我到底爱你什么呢？小风，可能我爱你什么也没在想，爱你凭着自己的本能、自己的喜欢、自己的讨厌、自己的双手双脚在活着。你就像风一样，你没有目的，你只是一直往前走……"

禾智慧的淡然令季风坐立难安，她双手在桌面上捏紧了拳头，整个身体向前倾倒，像是要跃进海中一般，急切地说："智慧，我不是在开玩笑，也不是随便说说。你知道我不会说谎的，我真的已经下决心了。"

禾智慧抬起手贴着玻璃，像是在抚摸季风的脸，笑道："我追着你跑，想一直看着你的背影，以你为我的目的地。我可能是想像你一样吧，像你一样不被任何人左右。"

季风深深地望着她的眼睛，看了许久，从里面看不出丝毫犹疑，才相信她是认真的，她在道别。

禾智慧说："我不需要你等我，你是风，如果为了我停留，那你就不是你了。我爱你是爱你自由自在，小风，你继续往前走吧，就随着你的本能去你想去的地方，去哪里都可以，去我看不见的地方也可以。我的愿望只有一个，就是你永远都是自由自在的小风。"

"可是……"季风也抬起手，隔着玻璃与她的贴在一起，好凉啊，但是又能微妙地感受到对面的体温，或许是对她太熟悉了，所以大脑用想象修复了这块触觉缺失。季风的声音在发抖："可是……不在一起了，以后永远也见不到了，也可以吗？"

禾智慧点点头："只要你不属于任何人，永远属于你自己就可以。小风，不要再考虑我的事情，也不要再管其他任何人了，去做你自己想做的事情吧。"她张开的五指并拢，似乎在与季风十指交握，最后说："答应我吧。"

季风也隔着玻璃握紧了五指，以此回应她。

这天晚上，季风把早已经收拾好的简单行囊背了起来，捋起袖子看一眼引导器，上面的蓝色光点似乎已经感受到佩戴者的决心，闪烁得比平时更激烈了。

她穿着一件能遮风挡雨的冲锋衣，把拉链拉到最上面，再把帽兜戴在已经戴着棒球帽的头上，又回头看了半分钟自己的卧室，目光从左边的墙面飞快地掠过床、书桌、窗沿和衣柜，最后迅速地转过身，扭开房门的把手，走了出去。

在客厅里刚迈出两步，就很不巧地看见父母的卧室亮灯了，一道暖黄的光从门缝下方透出来。她站在原地有些无措，但来不及躲避，易杰已经开门出来了。两人对视了一会儿，易杰脸上的表情在月光和昏黄的灯光里看不分明，她最终没有出声，沉默地转过脸去，径直走向洗手间。

季风没料到她是这样的反应，但是这样更好，因为她并不想面对激烈的告别场面。她给家里人留了一封信在书桌上，也给禾智慧写了一封长长的信发往她的电子邮箱。

她下了楼，穿过自己日复一日摆开又收起的桌椅，以及仿佛站了一辈子的灶台。轻手轻脚地出了门之后，她看了一眼手表，往南，她抬起头，看着夜色中朦朦胧胧的前路，振作了精神，迈出了走向地球的第一步。

没走多远，季风听见易杰在身后喊她，回过身见她还穿着一身睡衣，跑得满脸是汗："你这孩子就是腿长，走这么快，又耳背，都听不见我叫你吗？"

季风以为易杰是来劝自己回去的，但是还没张口，就被易杰塞了一张银行卡在手里。易杰抢先说话了，竟然不是来阻拦她的："这钱你拿着吧,穷家富路,本来是给你存着结婚用的,看来是不用了,那也是你的,拿去吧。"

季风一脸惊讶,心中有千言万语却不知道从何说起,只能轻呼一声:"妈妈。"

"你是我的孩子。"易杰嘴唇发颤,却是满面笑容,含着泪说,"你长大了,有自己的想法了,去吧,走多远都是我的孩子,不要说'再见'。"

说罢,她抱住了季风,季风赶忙伸手回抱,终于还是没忍住哭了,连喊了好几声"妈妈"来代替"再见"。喊得易杰也哭了,她伸手抹了抹季风的泪水,依依不舍又咬紧牙关地逼自己松手,然后转身,头也不回地朝家的方向跑去。

季风站在原地,一直目送到妈妈消失在转角之后,才转过身,继续前进。今晚的"月亮"轮廓十分清晰,把她长长的影子投射在她的前方,像是她的灵魂已经迫不及待地奔跑在了她的前面,牵引着她、关注着她,她将永远与自己相随。

尾声　空空如也、无边无际

　　从家出发已经两个月了，季风的头发长到可以将发尾扎起来了。因为不知道还要走多远，一直换乘交通工具很不方便，所以她在路途中用妈妈给的钱买了一辆二手的带兜电动车。把各种杂物堆挂在车上使得她的旅途变得方便多了，只是离开了城市道路后，很久都充不上电，只能靠自己蹬。

　　她穿过了湖泊，路过了森林，遇到过成群的野马，还有落单的鹿，有一天晚上还见到了人造的极光——她在想，那是什么特殊的日子，是遵循什么规律做出的这样的设计？还是说，这一切的设计本来就没有规律？无论如何，那是很美的夜晚，她坐在自己的帐篷前，喝了一杯茶。

　　她不需要指南针，因为并不会迷路，只要一直跟着引导器上的小蓝点前进就行。走过无数错综复杂的道路，直到一座雪山出现在眼前，她打开手机导航看能否绕一下路，竟然发现这座山不在地图上。

　　她不得不放弃电动车，收拾了最重要的物品，跟着引导的小蓝点，走进了茫茫雪色之中。

　　终于来到山顶，依旧是白茫茫一片，眼前视野里除了白色就是白色，大雪因为过于密集而交织成一片白色的网。因为一路上越走越冷，所以她早已经穿好了保暖装备，但站在这里还是有些难抵寒意。她抬起胳膊,很艰难地用戴着手套的手捋了捋袖子,看见屏幕上的小蓝点已经停止闪烁了。

好安静啊,又好吵闹。

季风一动不动地站着,也不知道自己还能干什么、还要站多久,只是聆听着既安静又吵闹的风雪声。

她感觉心里也空空荡荡的,走了这么久,像是在走向将一切清空的终点。

她长长地叹了一口气之后,闭上了眼睛,张开双臂倒了下去。积雪很厚,轻柔地接住了她。虽然只是一会儿,但是她感觉是很漫长的半生过去了。地面开始震动,耳边是轰隆巨响,但这响声并不尖锐,似乎被积雪重重压住了,所以显得沉闷,像是地底的巨人打了一个悠长的哈欠。

一座可以称之为楼宇的正方形入口拔地而起,在季风的面前显现。她坐起来,见到两个穿着制服的人从打开的门里走出来,冲她招手,示意她过去。

走进这白色的建筑里面,季风立刻感到暖意融融,她一边朝里走,一边听一左一右的领路人给她说明情况:"你即将前往地球。请确认。"

"确认。"

"你知道去了之后再也不能返回月球。请确认。"

"确认。"

"你将在基地接受航行训练,直至你能完全承受太空船的压力为止,如果你一直通不过训练,你会在基地终老。请确认。"

"确认。"

"你在抵达地球之前、之时、之后,有可能因为各种非人为的不可抗力因素遭遇生命危险,你对此没有异议。请确认。"

"确认。"

季风跟着他们一直在往下走,但是道路的倾斜感并不严重,几乎像是走在平地上,眼前又出现了一扇门。她身边这两个戴着面罩、以内置麦克风与她对话的人,站在门的两侧,用机械的、不明性别的声音进行最后一次确认:"你将抛弃所有,前往地球。请确认。"

"确认。"季风说完,眼前的门打开了。

一位穿着类似护士服但是没有戴面罩、面容非常和善的女士双手提着一个金属的方形盒子,递给季风,说:"这是你的衣服,欢迎来到031基地。请跟我来。"她带着季风走向另一个房间,"进入之后要上交你的所有物品,包括手机,全都要销毁。"

这间房里有一个燃烧的炉子,一双机械手捧着一个放置物品的托盘。季风转过脸看了一眼接待她的女士,对方点点头。室内十分温暖,体感温度甚至接近炎夏,她打开盒子看了看里面的衣服,果然很轻薄,于是她开始换下自己厚重的衣物。

在将手机扔掉之前,她给金圣江发去了一条信息。

"去穿过瀑布。"

(全文完)

后记　一切如此轻轻又充盈

敲下这本书初稿的最后一行字时，正巧是我 38 岁生日当天。自从 2019 年 7 月从北京搬家到上海之后，有四年多不曾外出游玩过，终于在 2023 年 9 月，我因为在书里提到了瀑布，才意识到：啊，我还没亲眼见过瀑布！

于是，我为了黄果树瀑布去了一趟贵州。正巧是淡季，所以人不是很多，景色十分壮阔，实在是非常美好的、值得一生中反复拿出来摩挲的回忆。

接着，我去了泰国的普吉岛，回来之后，又马不停蹄地去了杭州的千岛湖，今年似乎很愿意与水亲近。说到水，活了这么多年，终于在今年走进了有游泳池的健身房，很是粗糙地学会了蛙泳，也开始在教练的指导下，规律地进行着一周两次的无氧锻炼。

接下来的旅行计划还有路过韩国和日本的邮轮，我的脑海中已经有了我在船上用笔记本电脑敲下新书文字的画面，这也是不曾有过的体验。我突然对"体验"表现得很饥渴，像是要把之前因为闷在家里而显得有些空荡的记忆袋子给填满。

最近这些年——可以说是从 2019 年年底或是 2020 年年初开始的吧，我见到各种不可思议的事件在地球上不断发生，许多混乱的现象交织在一起，令我感到躁动和迷幻，有许多我曾经坚信的东西坍塌了、消失了，有一些我以为绝对真实的东西也变得模模糊糊了……我感到自己也在从里到外地发生着一些变化，我变得不愿再等待了。虽然我以前也总是把"及时行乐"挂在嘴边，但没有如今这般急切。

我想要更快地去感受些什么，不是去拥有，而是去感受。我要记得那个触感，记得那个味道，我要闭上眼，就能回想起夜晚的海风扑打在我的脸上，轰鸣的海浪声即刻出现在我的耳边。

多么奇妙，一切看似如常，但一切都变了。

我问妈妈："妈妈，你说，人活一辈子，最重要的是不是体验？"

她肯定地回答："是的，真的是。"

妈妈和我是完全不一样的人，曾经她说人活一辈子，最重要的是成家，是有孩子。然而这些年的一些风风雨雨之后，她认同了我，她会闭上眼，不知道回顾起了哪一段往事，最后嘴角轻轻上扬，对我说："最重要的是回忆。"

我写季风的故事，就是在写一段过程，爱一个人，无论那个人是谁，爱上了、爱过了、不爱了，在一起、不在一起，甚至会自问："这是爱吗？"但这些都不重要，爱存在过就可以了，哪怕是一闪而过、转瞬即逝。不要去纠结于答案，我们总是太看重一个白纸黑字的结局，这里是月球，还是地球，我是男人，还是女人，我是无形的风，还是路边的一粒小石子，我是被设计好的一段程序，还是意外诞生的生命，都不重要。

重要的是我有意识，我能看见，能经历，能发自内心地去爱——我竟然能产生"爱"这样的情感；我对这世间好奇，对人也好奇；我会笑，会哭，会痴痴地望着瀑布，感受水珠飞溅上皮肤；我会为了一个人神魂颠倒，去感受心脏一时因为快乐而狂跳，一时又因为失落而碎裂。

这些全是体验，哪怕我置身于虚假之地，我这些感受却是真切的，即便我错过、我失去，在之后的漫漫长日里，我还是可以因为"记得"而感觉充盈。

体验就是最重要的，这是我近来的人生感悟。

所以年轻的季风会继续往前走，我也是，我不会忘记曾经见过的风景，以及爱过的人，我会带着这轻轻的一切，继续走到我走不动为止。希望抵达终点时，我回过头能露出心满意足的笑容。

以上是一本正经的后记。

接下来，我想对正在阅读本书的读者朋友说几句话。

亲爱的，我没记错的话，第一本书出版时的我是21或22岁，当时是2007年，不知道你是我的老读者，还是新读者，但总而言之，我很感激，也很珍视与你的相遇。

时光飞逝，我是在最近几本书里才写起"后记"的，虽然互联网让我们不至于走散，但我是不太相信虚无的电子痕迹的，因此我非常执着于让作品以纸质实物的形式来向你呈现。

不知不觉，我也38岁了。虽然我敲下这些字的时候，你并没有站在我的面前，可我对你却是莫名有着情感牵挂的，我希望能向你告知我的近况，让你知道我一切都好。如果有一天，我们在人海里失散了，你翻开书，也还能"感受"到我，这就是我开始在每本书中附上"后记"的原因。

我对你总是有着说不完的话，如果可以的话，希望我们下一本书再见，希望很快就能再见。

为了与你再相逢，我会一直写下去的。